"石榴姐"遇上"恐龙哥"

SHILIU JIE
YUSHANG KONGLONG GE

醉久远 ◎ 著

中国华侨出版社

图书在版编目（CIP）数据

"石榴姐"遇上"恐龙哥"/ 醉久远著. 一北京：中国
华侨出版社，2014.8
ISBN 978-7-5113-4835-7

Ⅰ．①石… Ⅱ．①醉… Ⅲ．①言情小说—中国—当代
Ⅳ．①I247.5

中国版本图书馆 CIP 数据核字（2014）第 187873 号

"石榴姐"遇上"恐龙哥"

著　　者／醉久远
出 版 人／方　鸣
策划编辑／周耿茜
责任编辑／月　阳
责任校对／孙　丽
装帧设计／顽瞳书衣
经　　销／新华书店
开　　本／710 毫米×1000 毫米　1/16　印张／16　字数／240 千字
印　　刷／北京中印联印务有限公司
版　　次／2014 年 10 月第 1 版　2014 年 10 月第 1 次印刷
书　　号／ISBN 978-7-5113-4835-7
定　　价／29.80 元

中国华侨出版社　北京市朝阳区静安里 26 号通成达大厦 3 层　邮编：100028
法律顾问：陈鹰律师事务所
编辑部：（010）64443056　64443979
发行部：（010）64443051　传真：（010）64439708
网　　址：www.oveaschin.com
E-mail：oveaschin@sina.com

CONTENTS

目录

目录 CONTENTS

第一章

被 逼 相 亲

　　传闻十年前，城南河边住着位翩翩少年，大学里交换学生去了法国两年，与一女子在塞纳河畔相识相恋，后来毕业归来便失了联系，不久市政府开发城南河段，少年举家搬迁到了另一个城市去，那与他相恋的女子，一年后只身一人寻来，没有寻得，便在这河畔开了家餐厅，匆匆又过去三年，那曾经的少年思念家乡回来看望，又与那一直等待的女子相遇，谱出了一段可歌可泣的爱情故事来。从此，名为塞纳河之畔的独栋双层式高档餐厅，就成了年轻男女约会、谈情以及相亲的理想场所。

　　白晓愣愣地看着眼前这家"塞纳河之畔"，叹着自己是怎么给老妈的唠叨神功逼上相亲这路上来的，可叹哪可叹哪，难道真叫那陈蜀笑给预言中了吗？想到她滴溜溜转着眼珠子得逞的得意表情，不自觉打了个寒战。不过自己已做好万全的准备，决不轻易妥协。下好决心，整了整衣服，拉了拉头发，毅然迈出步子。

　　刚走到门口，一穿制服的男子便迎上来挡住白晓的路："这位小姐等等，您……"他上上下下打量了白晓一番，一副不解的表情，白晓忙说："我是个搞行为艺术的，这身装扮是工作需要。"小保安怔了一下，没有说话也没有动作。白晓又说："我有预约。"小保安突然恍然大悟似的，赶紧让开路，上前两步帮忙拉开门："请进。"

白晓进了门，稍稍环顾四周，雅致的装潢格调充斥整个空间，各个独立区间都设计成双人式的半闭半开结构，既能够表现开放式的轻松，又能兼顾恋人幽闭独处的心理，果然是个专门挣情侣钱的高档餐厅啊。感慨一番后收回心思，拿出手写版的反相亲手册，"二楼17号桌"，便噌噌噌地跑上二楼，楼梯转角处正端餐盘的服务生看到她，一个趔趄不稳差点撞到，好在他反应挺快，一个转身退到边上，低头倾身弯腰抬手，做出一个"请上楼"的姿势，一套动作行云流水，俨然一位绅士。

14、15、16，嗯，17。白晓依次推数着餐桌编号，看到17号桌高高的沙发背对着自己只露出小半个头顶的人，看来相亲对象已经先一步到了。最后再调整一下心态，清了清嗓子，走了过去。

猛地一拍那人的肩膀，拍得自己的手都有点发麻，待那人还没有反应过来，嗲着嗓子惊号道："欧巴，您就是杜月河欧巴吧？"号完先给自己嗲的程度和差点破音的音调给恶心得抖了一抖，下一秒视线转向那转过头来的相亲对象，随即又抖了一抖。

只见这叫杜月河的欧巴穿着一身绿恐龙套装，似乎本来还应该有个头套，这会儿换成了一个假面舞会的遮着半张脸的绿面具，延伸到耳朵上的部分又多出两支横向发展的貌似是恐龙角的东东，上面拖着一排浅绿色的流苏，整张脸露出来的部分基本上就是毛了，头顶的乱发倒是乱中似乎有那么点规律，面具下方的半张脸是络腮胡子，整体形容一下就是有些抽象的绿色的头上长毛的耳腮带鳍的恐龙，是不是可以称为绿鱼龙？鱼龙是不是绿色的？它不是生活在水里面吗，是不是应该有尾巴？它的头上长毛和鳍的吗？……白晓一边恨不得掏出手机查一查鱼龙的特征，一边完全给自己一段关于鱼龙的想法弄得忘记了当下的情状。

"我是杜月河，你就是白晓小姐吧，请坐。"杜月河看见她，先是一怔，然后牵动胡子貌似是在微笑，微微颔首，再抬眼对上白晓的视线，瞧得白晓心下一惊，倒是一双好看的眼睛哪！与这一身装扮实在是不搭的好看眼睛！

她旋即反应过来，抽回还在麻的手，感叹着这人装扮比起自己是绰绰有余，但涵养倒是颇好，被自己猛拍了一下，除了稍稍惊讶，倒是眉头都没皱一下。不对不对，这人的眉毛根本就是给面具遮住了，哪里看得分明？他此番行头诡异，自己接下来怎么过招？本来循着寻常的思路制定了反相亲手册，整出了那些一般男人不太喜欢的女生特点，以为能够出奇制胜，一招就吓着对方，没想到第一招就没得来预料中的猜想，现下，还是先照着计策走，顺便静观其变的好。

白晓到对面的沙发上坐下，大腿一跷，摆出个二郎腿的姿势，抖起脚来，顺便缕一缕当下的局势优劣。

反相亲最重要、最直切要害的一点就是让相亲对象对自己没好感，来之前，白晓旁敲侧击地向老妈打听杜月河的情况，以便反其道而行，惹得老妈还以为她是真的明白了事理，放下了对相亲的偏见。

据老妈坦言，这杜月河只比白晓大一岁，但一年前就从牛津大学取得企业管理的硕士学位，回来后在一家外企公司发展，短短一年就升为市场总监，青年才俊四字恰恰形容的是这等人士。说到性情那更是一等一的绅士风度，涵养优良，品位高雅，要是放在古代那便是迷倒多少深闺女子的翩翩风雅少年郎一个啊……老妈在描述的时候，眉飞色舞得偶尔还冒出铿锵有力的四字短语，那感情饱满得堪比是在推荐新的八点档情感肥皂剧。

说起牛津大学，白晓只知道是个有些历史文化的世界名校，还曾猜想它是牛津英语最大的股东，然后隔着一条街与剑桥英语大眼瞪小眼地竞争。再多的细节上的认识就是有个去牛津留学回来的女生写了本叫《爱上牛津》的书，后来大卖。

这杜月河能去留学，只能说明家境不错，早早取得硕士学位，只能说明学上得早，一年就成市场总监，只能说明那个外企实在有点水吧！也许水得还有点不一般！

总之，白晓已经在心底对这个相亲对象千次万次地批斗过，不留一点好印象。青年才俊是吧，绅士风度是吧，翩翩公子是吧，大抵上偏爱的都是那些个与之相配的青年女才俊，淑女风范，娇娇小姐吧，不但要避开这些，还要往他们不喜欢的地方去表现。

从网上百度了男生讨厌的女生类型，颇有人气的有：长得猪头还过分打扮并且臭美自恋，给韩剧、动漫坑害得不切实际，拜金主义认钱不认人，说人坏话搬弄是非，蛮不讲理，过分虚荣，脾气太大，出口脏话，不爱干净，等等，白晓结合自身情况和各项的可实现度，设计了自己当下的形象和性情。

颜色灰不溜丢的到腰际的假发，鬓角别着朵大红大红的能遮住小半个脑袋的塑料大花，脸蛋儿上敷着厚厚的几层粉底，甩下脸就掀起一阵粉尘，一双眉毛描得跟蜡笔小新无异，水平低得深不见底的浓黑浓黑似乎还泛着各种彩色的烟熏妆，鲜红的口红涂满故意噘着的嘴唇，一身黄色劣质满是蕾丝有些公主裙样式的裙子，腿上一双豹纹丝袜，脚上一双脏脏的帆布鞋。

这一身打扮绝对对得起"过分打扮"、"不切实际"了，再加上性情上花痴、爱财无极限，以为自己美丽又时尚，性感又纯情，终日做着公主梦，说人坏话，不太讲理，等等，完全是现代升级版的石榴姐！秒杀优质相亲男的终极利器！

但是，眼前这相亲男看起来并不正常，保不准就和那个喜欢石榴姐的武状元是一流，我无法不准人家品位独特不是，现在自己的处境是古怪恶俗，隐了自己的真实情状，对方也是个古怪奇特的，他的老底是怎样也不知道，如此一对比，自己完全没占到上风啊。

"白晓小姐。"

"啊？"白晓正在开小差分析敌我状况，突然听到个温和的声音叫自己，一时没反应过来。

杜月河的胡子又扯了扯，这回没分出是在笑还是嘟了个嘴，转念一想，人是堂堂男子汉，嘟个嘴算什么事嘛，那就肯定是朝自己笑笑，这一转念还没想完，杜月河的绿鱼龙装扮再次清晰地映入眼帘，堂堂个头的男子汉啊，人是不是正常还有待考证呢！赶紧得试探试探，过过招啊！立马几不可闻地轻咳一下清了清嗓子，嗲声道："月河欧巴叫人家晓晓就可以了嘛，不仅叫人家全名，还称呼人家小姐，这不是显得太生疏了嘛。"说完，眨巴眨巴地抛过去两个媚眼。

这一招把轻浮的姿态扔过去，对方要是反感起来，那自己就安心地走原来的路数，要是没有反感或者似乎还挺喜欢，那……要不要弃甲？还没思考好，对方温和又带着点磁性的声音响起。

"晓晓，先点东西吧。"说罢把菜单递向白晓，然后按铃招服务生。

"这一餐是不是月河欧巴请晓晓啊？"

"难不成晓晓想要 AA？"

"不是啦，女人用男人的钱可是天经地义的哦，晓晓提前问一下，很有礼貌和修养吧？"说完又抛去两个媚眼，故作期待地盯着杜月河全身上下唯一的亮点——眼睛。与此同时，杜月河也在看着晓晓，一时间，两人对视，又相顾无言，貌似酝酿出一丝十分不恰当的或许可以称为暧昧的因子，只是这因子，着实不恰当到有点犯恶心……

第二章

尽 情 自 黑

　　白晓自己都察觉出了这份不对劲，就在这因子差点转换为尴尬的时候，服务生突然出现，微微一鞠躬，亲和地开口道："先生小姐，请问需要什么帮助？"大哥您出现得实在是太及时了！等会儿给你个好评！白晓在心里赞道，忍不住多看这服务生两眼，嗯嗯，不错，是个帅哥，瞧他的笑容可真甜哪，还瞄了下他胸前的名牌，"白术"，哎哟喂，竟然本家！走的时候一定绞尽脑汁也多抒发几句表彰之词。

　　既然杜月河说是他负责账单，为了增添不好的印象，白晓毫不心虚地寻觅着最贵的价格，心底萌生出一股大款的快意，而且是割别人肉不伤自己荷包，何乐而不为？

　　"小姐，我们店新推出一款奢华情侣套餐，很适合两位。"小帅服务生推荐道，说完斜睨了杜月河一眼。白晓可没注意到他的斜睨，脱口而出："贵吗？"这脱口脱得很顺溜，但现代升级版石榴姐附身的白晓居然没忘记用嗲声，可见一个人身处的场合能生生改掉些许本能反应。

　　"贵！"掷地有声一个字，服务生答道。

"就来这个！"白晓兴奋地敲定，合上菜单递给服务生，然后硬挤出一点娇羞，"月河欧巴，晓晓选了两个人的套餐，主要是那情侣两个字吸引了晓晓。"

"我也想试试这奢华能奢华到什么样，你能喜欢，那固然很好。"杜月河语不惊澜，一点看不出被割了肉之后该有的心疼和撑面子，"服务生，你可以去准备大餐了。"对着还留在这儿的服务生，杜月河特别提醒。

"慢聊，请稍等。"服务生又一鞠躬，随后离去，走时还回头观望他们两次。白晓想，看见这么奇特的客人，总不能让人回头看看都不准吧，也就心安理得地理顺了心思。

不过，从见着杜月河到现在，自己已经表现得很夸张了，对方都没有什么特别的动静，而且看不见脸，语调也没多大变化，不容易辨出情绪变动，干脆直接按原计划上，反正，若是不被看好，那是好事，自己希望的，万一一个惊雷轰隆，石榴姐遇上武状元，那，这石榴姐又不是真正的自己，亮出真身也不迟是吧。这么一看，原计划是能以不变应万变的良策啊。

"晓晓，我们可以聊聊了。"

"好呀，月河欧巴，我们先聊聊……自己的品位吧。欧巴，你是不是刚刚参加完化装舞会，来不及换衣服就心急地来见晓晓了呀？"说完再次抛去一个媚眼，直担心自己这眼皮什么时候会抽筋。

"不是，我只是想以最舒服的方式来见见你，这衣服是我的睡衣，面具呢，是一个朋友的女儿送的，说是可以给我增加形象分，还有这胡子，我工作的公司生产圣诞老人，有规定要养圣诞老人胡子，我向来审美不行，没什么感觉，晓晓觉得如何？"

什么乱七八糟的？但是白晓还是得说："晓晓看着是很好啦，但是和晓晓比起来，还稍微差那么一点点吧。"

"哦？"

"欧巴看晓晓像不像一个时尚性感的公主啊？"

"能否解读一下？"杜月河双手交握支在桌边，一副愿闻其详的样子。

白晓得了机会"表现"自己，当然得抓住啦。"欧巴你看，我这公主裙，是专门为了今天去买的，是不是很漂亮？晓晓一穿上就觉得自己变成了城堡里的公主，等着与命中的王子相遇。看这头长发，一头飘逸的银色长发，可惜今天没有风，不然在风中飞扬起来，那可美啦。再看这朵花，诶，欧巴知不知道有个叫杨二车拉姆的欧巴桑？她长得可真寒碜，但是唯独那朵花戴得超凡脱俗呀，要我说都可以羽化登仙了。晓晓刚用了两个成语哦，有学识吧。"

咽口口水换口气，继续手舞足蹈地推销自己："晓晓的皮肤可好啰，你看你看，粉嫩粉嫩哟，这么好的皮肤最适合的就是烟熏妆了，能够衬托出晓晓的妖艳气质噢，晓晓经常看到那些 90 后小妹妹，自己长得丑死了，还扮成熟，化烟熏，真是看不下去。她们可没有晓晓高超的化妆技术，也没有这么性感的红唇来搭配，红唇配上豹纹丝袜，是现今最最时尚的打扮哦！还有啊，瞧我这双帆布鞋，格子帆布鞋呢，有没有瞧出晓晓文艺女青年的气息来？所以，欧巴呀，晓晓不是很像个时尚又性感而且很有内涵的公主吗？"瞅准一个时机再次抛了串媚眼。

杜月河听完鼓起掌来，连体的衣服包括手掌，没什么响亮的声响，倒像是豌豆投手，噗噗噗噗……"晓晓的品位很独特高雅，是一般人难以翘首的高度，不知月河以后能否有幸被指点一二？"

"这可不成哦，品位可是人家专属的东西啦。"绝对不拖泥带水给人机会见第二次！以防夜长梦多，不伤人倒伤己。

"真是可惜。"杜月河惋惜道。

"欧巴呀，我们不聊这个了，我们说其他的吧，我妈妈讲，欧巴是高才生，在外企工作，欧巴的公司生产圣诞老人，圣诞老人总是给人家送礼物，那是不是很有钱啊？我妈妈说了，像我这么漂亮的女孩子，就只有那些顶顶有钱的才配得上。"

"圣诞老人很有钱，我还没有。"

"哎呀那真是太不巧了，晓晓担心，欧巴和晓晓的缘分也就这些了，缘分天注定，我们也无法预料不是？不过呢，虽然欧巴不是晓晓理想的类型，但还是很愿意吃完这顿饭的。"

"这是我的荣幸。"

"欧巴好会逗人开心哦。"白晓捂着嘴角咯咯咯地笑，"哇，大餐这么快就来啦，这家店的效率也太快了吧！"

名唤"白术"的服务生又屁颠屁颠地出现，后面还跟着另三个托着托盘的服务生，换走桌上的玻璃餐具，换来一整套珐琅彩蓝孔雀瓷器，那造型立体别致，色彩明丽，且组合成套，真是好看得爱不释手！奢华套餐的架势摆得不错。

"波尔多赤霞珠，西湖雨前龙井，黄山祁门红茶，娃哈哈营养快线。"白术将一组四个斟满的小孔雀杯子排开，一边报菜单似的报出名字来。而后接过身后服务生的托盘，置于桌面中间，"西班牙鸳鸯小牛排。"再端起另两个服务生托盘里的盘子，分开摆于白晓和杜月河面前，排出几碟酱，"澳洲大虾，还有炭烤松茸。两位请慢用。"说完领着几位下了楼。

白晓总感觉怪怪的，不过看着眼前卖相的确不错的大餐，肚子也饿了，没细究，叉起一块牛排放到跟前的孔雀餐盘里，"欧巴，晓晓开动喽。"急急切下一块嚼起来，嗯，虽然没有事先问要几成熟，但也没有生到血淋淋的，而且是合意的口味，煎得很好。又叉起一小块虾肉，蘸了蘸沙拉酱，放进口中，细嫩的虾肉和着沙拉的香甜，瞬间弥散在唇齿间，好好吃！再尝了下炭烤松茸，松茸奇特的味道是自己不大喜欢的，这盘也没有改变，转而回去对付美味大虾了。

主餐时白晓心情着实不错，一心享受，不说话，也没兴趣看人一脸络腮和连到手掌的衣服怎么妨碍吃东西，杜月河配合默契，同样地没有只言片语。觥筹交错，时间一点一滴过去，白术终于来收了残羹，送上餐后甜点和布丁。

白晓取出镜子和口红，看看花了的唇角，"欧巴，晓晓去洗手间补个妆哦。"然后噔噔噔地跑了，没有注意到她的包被蹭到沙发边上，岌岌可危地要掉下来，"啪"地一下，真的掉下来了，吧嗒吧嗒地滚出几瓶化妆品。杜月河起身去捡，一样一样放回包里，然后发现了塞在包里的高跟鞋和浅蓝色旗袍……

白晓带着新涂好的烈焰红唇回来的时候，杜月河正有条不紊地吃布丁，"欧巴，啵。"为了凸显补妆效果，白晓噘着嘴唇飞去一个飞吻。

"晓晓可记得是为了什么来这儿的？"

"相亲呀。"

"嗯，我们可以更进一步进入主题了？"

"不是已经有聊的咩？"自己下的招数还不够狠吗？！

杜月河笑言："多了解对方总是无妨吧。"

好吧，既然对方说不够，就继续下狠招。

之后白晓口若悬河地猛吹，吹捧自己修养好、性情佳，天上地下难得造化；扯两个不存在的朋友狂说她们坏话和八卦，小肚鸡肠又大嘴巴；爆出几个夸张恶俗的兴趣爱好，还自以为情趣高雅……最后白晓都扯到了给陈蜀笑家那只名叫"笑笑"的牧羊犬抓虱子，捏死虱子时那无上的成就感、为狗除害的自豪以及杀生的快感……直讲得白晓心里泪流满面，自己都招架不住。

杜月河倒是沉得住气，优哉游哉地喝茶，偶尔插一两句。白晓说得唾沫星子横飞，嗲着的嗓子都要哑了，手舞足蹈的肢体动作也疲乏了，颇有败下阵来的感觉，脑海里酝酿着"承蒙款待，就此拜别，永不再见"。来回默念几次，说道："欧巴，这顿饭实在很好吃，晓晓非常喜欢，你看现在也不早了，晓晓约了朋友逛街看电影，要不就，散了吧？"

"我送你。"

"不不不用，晓晓走了，欧巴留下付账撒。拜拜。"不由分说，拾掇好东西，白晓一溜烟跑下楼，路过服务台，趴在意见箱边飞快地写了对白术的表彰之词，然后逃出生天。

杜月河走下楼来，转进员工专用的休息室，摘下面具一丢，扯着满面的络腮胡，看着旁边在换黑色紧身衣的白术，道："你是要干吗？"

第三章

揭 下 面 具

"唉？你怎么来了，没有送人家如花似玉的姑娘回去啊？我还特地准备了侦探装跟踪你们嘞！"

"你添得乱还不够啊？"撕下整块的胡子，杜月河揉着腮帮，"你弄的这破胡子，我吃东西都碍事。"

"添乱？你你你，欧巴真是过分，人家为欧巴费尽心思啊，又是出谋划策，设计造型，又是准备服装道具，这个面具可是人家亲手做的，本来为了圣诞假面舞会，都割爱给欧巴了啦，还做服务生专门服侍你们，欧巴可知道，那套珐琅彩是人家多么宝贝的珍藏？还有那个套餐，是人家专门设计的，只此一次呀，人家还从客人们先下的单里移过去，不然怎么会那么快上菜，那个西班牙鸳鸯小牛排可是人家亲手给拼到一个盘里去的新菜呢，做这么多，还不都是为了欧巴你啊，居然，居然现在说人家添乱，人家，人家不依啦！"白术假着嗓子控诉一番，捂着眼睛背过身去，扭扭捏捏的样子。

杜月河自顾自换好了西装，正系着领带，瞄了瞄白术的背影，"学她很好玩是吧？"

"好玩的好玩的，这妞太逗人了！"白术一下凑过来，喜滋滋地说，"你瞧她一身乔装，比你的还牛，摆明了对你嫌弃得要死，早知道她也是万般不情愿的来，就不给你这身恐龙装遮面了，细细研究一下你的面部表情也很不错啊，胡子遮得够严实的，都看不分明了。嘿嘿嘿。"

"你何必笑得这么——"顿了一下，选了个词，"促狭？"

"啊？"

杜月河作恍然大悟状："不会吧……你这么积极帮我挡相亲桃花，不会是个 Gay，然后看上我了吧？"

"嘿！你想得美嘞，我两三年也坑不到你一回，这次，机会实属难得，麻烦为那奢华套餐付个账哈，享受了各种优待，当然要至尊价哦，嘿嘿嘿。"

只瞧见杜月河对上白术的视线，怔怔地凝视两秒，缓缓把嘴巴张成了个 O 形。

白术见状，忙开口："你也别觉得我不够兄弟，我被你坑害的时候可不少啊，怎么着也要偶尔让我给扳回来吧，不然一股怨气积压在胸腹，长久不散，不仅容易得心肌梗死，还有害于心理健康不是？为了哥们儿的身心，你插一回刀放一回血又何妨嘞？"

"你，可是认真的？"杜月河半脸的不可置信。

"认真的啊，怎么啦？你在我这儿吃饭不用给钱啊？想赖掉啊？"

"不是，我知道你向来挺笨的，但是倒没预见有这么夸张。"杜月河从西装口袋里掏出张信用卡，在白术眼前晃了晃，"这个，不是你给我的吗？为了说服我把相亲地点放在这儿，信誓旦旦地硬塞给我这卡，说是你全包，说我便宜不占白不占那是傻瓜。"

白术貌似想起来，之前听说杜月河要相亲，为近距离凑热闹而紧锣密鼓地动员他来，真塞了信用卡给他，而且是硬塞的，当时还一副巴巴结结为八卦和热闹牺牲的模样来着，顿时耷拉脑袋，埋进杜月河旁边的沙发，沉吟着："我应该设计更加人性化一点的套餐的，人家姑娘是为了出丑，我应该去隔壁的隔壁的隔壁的对面过两条街的大排档买两份麻辣小龙虾和酱肘子，姑娘可以不顾吃相，也能吃得爽快，要是不喜欢，借故发一顿脾气后愤然离去，她也算达到了目的。主要那样便宜啊，先前确实有点得瑟，为了坑到月河的钱而开心地挑了几样不便宜的，真是失策啊失策啊……"

"嘀嘀咕咕的你念咒让时光到回啊？"

"唉，你说你能不能把卡还我，然后自己去付账啊？"

"我是傻瓜，还是你想让我再奉送你一个 O 型嘴？"

像是突然想起了什么，白术跳起来跑了出去，一分钟后又跑了回来，手里多了个 DV，"我真是英明，你们相亲的过程我都录下来了，独家珍藏版，吼吼，给你设计恐龙装的我真是天才，杜先生，您给个相称的价收购呗？不然这要是流传出去——你懂的哟。"今天要是不坑到一笔，心理太不平衡了。

杜月河却不为所动，起身整了整衣襟，"流传开可就彻底没价值了不是？而且那里面可没出现我的脸，白晓也定不是那样子，说成谁不都行吗？现在是你免单呢，还是我——"晃了晃手中的卡，"去埋个单嘞？你知道，埋了单入了账，就得再加个税费缩水。"

白术不情不愿地挣扎一番，嗫嚅出："免单。"

哈哈一笑，杜月河把卡抛给白术，笑说："乖。我走了。"

白晓从"塞纳河之畔"出来，匆匆赶到附近一栋大厦的洗手间去，回家之前必须搞定自己的妆容，不然被老妈瞧出端倪来，接踵而来的麻烦是一捆一捆的。

看着镜子里的"石榴姐"，白晓叹了口气，开始卸妆。恨恨地想，老娘连假发都想到了，怎么就没想到戴个面具呢，也不用瞎折腾地涂了那么厚的粉底了，转念又突然意识到，杜月河一身化装舞会样貌，大概对那服饰装扮也是有兴趣的，万一自己穿了入了他的眼的服饰装扮，不幸被以为志趣相投，从而萌生爱意，再而死缠烂打地黏上自己，这个亲相得就太成功而事与愿违了。想到这儿，白晓心一跳，皮一抖，大大灭了先前觉得不必折腾着涂如此厚的粉底时那份惋惜。

后来白晓回忆，如果当时说自己是女同性恋的话，是不是能一招制敌？再后来听到陈蜀笑说，男人会常常对同性恋女人抱有性幻想，才终于打消了所有对"石榴姐"形象的偏见，不再找更简单、更高效的方案。不过这是后话了。

彼时白晓已换好离家时的行头，浅蓝色旗袍配黑色高跟，披肩头发简单绾起，露出漂亮的颈项，小巧的耳环若隐若现，白皙秀气的脸庞微微一点粉粉的红，俨然一个带点小家碧玉气的大家闺秀。

面对镜子里的转变，白晓突然好奇起杜月河到底长什么样，全身包得够严实，连个脸都没见着，声音倒是好听，成熟里带着稳重，那身板给衣服影响，看不出身材好坏，但是身高还不错，没准换套衣服拿下面具刮了胡子就是个帅哥嘞……

一边胡思乱想着，一边把相亲时的全套临时行头整理出来。诶？反相亲手册嘞？翻了两遍没找到，估计是掏什么东西的时候连带而出掉了，反正如今反相亲计划成功落幕，它也算是功德圆满，寿终正寝。

抱着衣服、鞋子、假发和一些廉价化妆品，白晓从容淡定地走出洗手间，到最近的垃圾桶扔掉，虽然有实属浪费的惭愧，但一定不能留下蛛丝马迹，老妈的脑袋转得不够快，可眼睛是雪亮的。

呼——总算告一段落了，回家！呃，回家还有老妈要对付。

白晓到家时，白妈正敷着海藻泥面膜看情感剧场，听到开门声，哧溜一下奔到门口，顶着魔鬼脸大声嚷："丫头你回来啦！你看我没跑去跟踪吧！快跟妈说说，怎么样怎么样？小月河能不能进咱家门？"

"妈你先让我卸个妆啊。"从白妈身侧斜进客厅，白晓转进洗手间，今天真是折腾，一个晚上几次上妆卸妆，幸得这张脸还算耐磨。

再次卸完妆，复习一遍给老妈叙述的版本，回到客厅，白妈直喊"过来坐过来坐"。

"妈，怎不见你对其他事这么热心？比如做饭什么的，还能造福一方人民的胃。"

"咱家不是有你爸嘛。你别说这些，说说我们家小月河怎么样啊？"

"你们家小月河，挺好的。"

白妈乐得合不拢嘴，又道："啊哟，那小月河对你什么想法？"

"你们家小月河，对我，应该没有想法。"

"诶？"

"是这样的啊，你们家小月河要是对我有想法，肯定是会出手大方的嘛，但是你们家小月河实在很小气，还有点以自我为中心，自说自话都不怎么理睬我。最重要的是，嗯，有点娘来着。"白妈性情豪爽，出手大方，喜交友，爱互动。太小气、自我中心感太强的人，她都不太喜欢，而八尺男儿阴阳怪气的娘娘腔她顶顶接受不了，白晓把杜月河抹黑成这般，想必白妈对此金龟婿已心灰意冷要退避三舍啦。

见白妈沉思，白晓又说："不过你们家小月河其他地方都不错，人长得还行，家境挺优，学历也好，做事吧，勉强称得上稳妥，从小不是天之骄子也算是先天后天条件出挑的，自我感强些嘛，难以避免的不是？只能说我们俩不大合适，吃个饭聊聊天倒也愉快，你跟杜妈妈说的时候可别乱抱怨小月河呀，一定要委婉，别揭人短驳了面子，就说性情不合适好吧。"万一白妈说得太过分，引得杜月河出面对峙，自己就穿帮了。

"怎么会嘞？当年我见到小月河的时候他很乖巧可爱，这岁月如梭，变化真的如此大？"

"什么？！当年？妈，敢情你认识他们家？"有点糟，老妈可没提前说出这个事儿。

"嗯，当时我还怀着你，梦研——也就小月河他妈，过年带孩子回来探亲——"

"等等——妈你刚才说当时我还在你肚子里？"

白妈点点头。

"杜月河只比我大一岁？"

白妈又点点头。

"呃……"白晓脑海里直环绕着"无语凝噎"，"你见到的小月河不会是乖乖躺在摇篮里睡着的模样吧？"

白妈再点点头，讶然道："你怎么猜到的？"

"妈你赢了……"白晓扶额，"这事儿就这么着了，你和杜妈联系的时候一定要委婉，委婉好吧，我在此拜托母后大人了！"

"哎呀知道嘞，委婉嘛！"

"我去休息了噢，母后大人请慢慢欣赏情感剧场，女儿告退。"

车库，杜月河停好车，拿出"反相亲手册"，看着清秀的字迹和上面雷人的计划，心情颇好，白晓真是个有意思的妮子。

杜家妈妈向来尊重杜月河的想法，从前交的女友，杜妈看着没什么大的人品缺陷，就都接受了，友好相处，从不急急催他们结婚，空当的时候，也不会唠叨找个女友带回家瞧瞧之类，月河在这些事情上很自在，没受家里多少约束。偏偏前些天得知妈妈给自己安排了相亲对象，本以为是说笑着玩的，没想到过了两天妈妈就拿了一沓相片来，厚厚地装了个信封，让他相看相看，月河干笑几声，便扔到某个角落去，没放在心上。又过两天，白术那小子不知从什么渠道知会他要相亲，摆着看笑话和热闹的心理，颠颠地跑来相邀，加上妈妈态度认真地下了通牒，赶鸭子上架那种不爽被注入对相亲的反感里。

白术说："你这副皮囊去相亲，还不被虱子们给盯上？别说你会向对方表示清楚，理由要说性情不合？简直比神马都要更加浮云！"所以白术给他准备那套古怪衣服的时候，竟起了愚弄愚弄对方的心思。提前到餐厅，想了想会是个什么样的女孩能让妈妈打破常规，直接插手自己的感情和婚姻，最后锁定到"知性乖巧"上，正思索时，左肩突然被大力拍了一下，一个嗲得夸张的声音响起："欧巴，你就是杜月河欧巴吧？"

想到这里，月河轻笑出声，白晓居然比自己更胜一筹，本来还有些惊诧，中途越听她胡扯越觉得好玩，最后还给他发现了"反相亲手册"。月河拿出手机，翻到新拍的照片，照片上青春靓丽的女孩搂着爸爸妈妈，秀气的脸上，眸子闪闪发亮，笑容肆意而阳光，真的很漂亮。今天她本是穿上高跟鞋和蓝色旗袍吧，不知是怎样的情状。

月河推门下车，就着手机的光照照脸，打量起反光镜里的自己，嗯，眉眼清晰，轮廓清明，还不错。

"月河，回来了怎么不进家门？"

突然响起杜妈的声音，月河反射性地站直腰身转过来，握紧手机背到背后，紧张道："妈！你走路怎么没声？"

杜妈上上下下扫了月河几遍，抿嘴轻笑，"怎么从前没听你抱怨过我走路没声？"

"你出现得太突然，差点被吓到。"

"好了好了，快点进家吧。"

松懈下来，月河正欲把手机放进口袋，习惯性地瞟了一眼。"妈！刚给你吓得手一哆嗦，把照片给删了！"这张照片可是他搜出白晓的钱包查看身份证，发现夹在里面的全家福，顺手拍了下来，还没来得及备个份啊。声音里透着杜月河自己没察觉到的些许急迫和痛惜。

杜妈微微思索，转而眼角的笑意更深，"不是给你个信封吗？里面可全是删不掉的相片。"

月河忽然觉得有点窘迫，窘迫这个词已多年没有造访过他，一时不熟悉，可能脸有点红了，幸好车库里光影暗淡，看不分明。

杜妈善解人意的："先回屋了。"说完先行走出去。

仔仔细细回忆一番，也没想起之前随手把装照片的信封丢哪儿去了，幸好没有被清理掉。把卧室和书房来回翻检两遍后，在书桌抽屉底层下面的缝隙里找到，估计是扔在书桌边，滑落到地上，在书桌边走动时踢了进去。

推理过程实在狗血，杜月河自己都不想接受，更不想接受的是，自己很多年没有这么上桌下椅地翻找过东西，现今找的竟还是个只有一面之缘的相亲对象，而且，他们俩的情况似乎还称不上"一面之缘"，只能说"一饭之缘"。矛盾老半天，杜月河把一切归结到这个白晓出招太奇，自己好奇心又强，所以萌生出探知欲来，再者，今天接触了白术那小子，智商、情商均给拉低。

抽出厚厚一叠相片，第一张是个婴儿安宁的睡颜，浅色细软的头发还没有长全，眉毛也淡淡的，眼睛轻轻闭起，鼻头小小嫩嫩，嘴巴微微张开，两只小手露出一点点在袖子外……这是还不到六个月的晓晓吧。

第二张是晓晓穿着小肚兜咧着长了两颗牙的嘴巴，抬着头朝镜头爬过来。

第三张是晓晓扎着朝天小辫，穿草莓裙子，低头仔细玩着橡皮泥。

然后是幼儿园和小同学牵着手走出校门，小学开学第一天背着书包，不想写作业翘着嘴唇夹着根铅笔，顶着荷叶拎着小桶举根小竹竿，捧着半瓶子萤火虫得意地笑……中学的夏令营野炊，和伙伴一起蹲在河边洗菜；学校的篮球赛，给运动员分发矿泉水；玩游戏给贴了满脸的便利贴，只露出两只眼睛乌黑乌黑的……大学宿舍里对着锅乘粥，话剧表演饰演一棵树，毕业生穿着学士服……短短却实在地记录了晓晓从出生到大学毕业的面貌，从一个小不点儿慢慢长大再出落成一个亭亭玉立的姑娘。

后面还有一半，看起来都是近期或者不久前的晓晓。

靠在沙发边看书，挽起袖子炒菜，蹲在小花坛边翻土种下一株紫罗兰，笔记本前认真工作……形形色色方方面面，却几乎没有正面的镜头，看起来像是被偷偷拍下的，但同时也很好地保留了日常生活的原貌。

看着相片里白晓活泼丰富的生活样子，杜月河挺被触动吸引。暗自佩服是谁这么厉害，剑走偏锋，不用一贯的正面照或者艺术照做相亲照片，而选了一组成长照和偷拍照。联想一下，能有细致的照片，应该是白晓的爸妈或兄弟姐妹，而这么热心偷拍，只能是白晓的妈妈吧，她们家人的趣味着实不一般些。

杜月河把照片小心翼翼地放进书桌抽屉，想着改天装进个新相册里。

第四章

书 店 再 遇

相亲宴将将过去一天，正值周日，白晓接到陈蜀笑的电话，约她出去逛街。白晓这个大学舍友陈蜀笑，为人唯恐天下不乱，曾经预言白晓一定会走上相亲之路，弄得白晓暗暗发誓此生要与相亲绝缘。这次的相亲虽然被自己搅黄，但若是给她发现，不定要揶揄自己多久。正欲拒绝，电话那头的陈蜀笑突然吼着嗓子道："晓晓我失恋了你不能拒绝我！那太残忍了！"

"你什么时候开始恋的？我怎么没有听说……"

"详细的见面说，下午两点，百越路瀚海书店，就这样，不见不散。"然后不容白晓回答就自顾挂了电话。

"呃……"白晓考虑了下陈蜀笑已经知道她有去相亲的可能性，觉得应该还不知道，再考虑下自己不会说漏嘴的可能性，觉得应该不会说漏嘴，然后放心地出了门。

瀚海书店是近两年才发展起来的新书店，地处繁华地带百越路，偏居一隅，靠着湖泉公园，颇有闹中取静的优点。书店主营图书音像，兼营周边产品和休闲餐饮。

现年头电子书大行其道，百度文库提供的免费分享平台相当大，而 MP3 音乐也是泛滥了，实体书和唱片有网络书店的低折扣来竞争，所以实体店的前景并不乐观。

这家瀚海书店开业两年，业绩节节攀升，其主营兼营的业务经营相互影响，都做得非常好。

近两千平方米的两层楼层，装潢简约时尚，布局精巧，图书种类丰富质优，摆放的书架特色显著，形形色色，审美性强，图书区边设置很大一片阅览区、休息区，供客人停憩，结合度很高，比一般书店要受欢迎很多。

学习用品全面化、高质化、新颖化、个性化、精致化，特别容易受到各个年龄段的学生的喜欢，再加上有教辅书专栏陪衬，有自己背后的学生辅导机构业务相辅相成，家长们也愿意陪孩子来选购。速食餐厅、高档餐厅和慢摇咖啡厅的餐饮分类，充分考虑各种人群的需求，速食餐厅满足餐点时匆匆过来买书的客人，在现代社会，这种人群不是少数，高档餐厅满足消费力高、前来找休闲的人群，慢摇咖啡厅适合青春时尚的年轻人群，再配以唱片的销售，需求一直在扩大。

白晓挺喜欢这家书店，虽然有点挂羊头卖狗肉的嫌疑，但舒适度很好。常会在周末过来，与陈蜀笑相约在此的回数一多，就似乎成了可以称为"老地方"的地方。

这次，白晓出门早，到瀚海书店时离约定的时间还差很久，熟门熟路似的挑两本书往角落的沙发上一靠，选了《追风筝的人》读起来，半个小时后正看得入神，突然被人打断。

来人是店员，略带抱歉地点头致意，说："小姐您好，不好意思打扰到您，请问您还需要桌上这本书吗?"

"这个?"白晓指了指桌上的《弗罗斯特诗选》。

"是的，小姐，有位先生要买这本书，我们店只有这一本存货了，不得已来打搅您，如果您需要继续使用，将可以拥有优先权，给您带来不便，真是非常抱歉。"店员再次致歉。

"这样啊，没事的，我用不到。"

"谢谢。"店员拿起书轻点一下头，转身离去。

白晓又看起手里的书，才翻两页，身边的沙发坐下来一人，白晓没有理会，只当是个拼桌的。

如此又过去大半个小时，白晓想着陈蜀笑也该快来了，打算先去买两杯饮料。一放下书就看见旁边的人手里拿着《弗罗斯特诗选》在看，是店员来拿去的那本，于是自然地脱口而出："原来之前是你要买这本书啊。"

"我远远瞧见店员是从你这儿讨的，这是这儿最后一本，有点担心是否夺人所爱，所以本想过来与你打个招呼，可惜从我坐下到刚刚你都没偏头看一眼。"来人抬头对上白晓视线，淡淡一笑，温和说道。

白晓也一笑，忙说："我以为是普通拼桌的，倒是你，要过来和我说话，招呼也没打，竟是要等我开口。"

"没一下子开口，顿了一下倒没机会开口了。对了，这书，没有夺人所爱吧？"

白晓说："没有没有，弗罗斯特的诗选我有一本，就是与这个版本不同，所以我也不是非买不可，之前找书时发现了想翻翻看，先生也是巧，恰好需要，并且还是最后一本了。"

"今日因为一本书相识，既是有缘，不如做个朋友吧。"来人伸出手，说，"在下杜月河，小姐怎么称呼？"

轰隆一声，白晓脑海里炸开了，杜月河？这个名字这么熟悉，还新鲜着没有忘干净呢。白晓快速又仔细地打量了来人一圈，西装革履的正装，看着材质和做工不错，应该不便宜，身材颀长，皮肤比小麦色稍稍白一些，脸部轮廓清晰，眉毛浓密，鼻梁高挺，眼睛炯炯有神，总之长得蛮帅的，此刻正笑容温婉地瞧着自己。

怔了一下后，白晓想这世间重名也不能算是件小概率事件，然后犹犹豫豫地问："杜月河是杜甫的杜，月亮的月，河流的河？"

"猜得很准。"杜月河轻扬眉角，微微笑着。

这个声音，忽然觉得有点耳熟，细细回想了一番才隔一天没见的杜月河欧巴恐龙装背后的声音，蛮沉稳的，声线带点磁性，貌似和这个杜月河的有点像。飞快瞄了下杜月河的眼睛，有神的眼睛，很好看，那个杜月河的眼睛也是这样好看的，不会吧，难道真的是一个人？

"小姐还没有告诉我，你的名字？还是我问得太唐突？"杜月河看着眼前又发怔的白晓，心里暗暗偷笑，再次问她名字。

"呃，我，我叫，黑黑黑夜。对，黑夜。"白晓胡乱诌了个名字，与自己的白晓算是个相反的。

"黑夜？黑夜的黑，黑夜的夜？"杜月河问。

"呃，不不不，黑夜的黑，摇曳生姿的曳，黑在姓氏里面读成 hè，hèyè。"大白天在书店这么文艺的地方跟人说自己叫黑夜，真是太装文艺女青年了，趁着还能弥补赶紧改了。

"黑曳，"杜月河仔细把名字嚼了两遍，评价道，"是个不错的名字。"

白晓暗自舒了一口气，自己多了个名字叫黑曳了。

这时候，杜月河又说："我认识个女生，名字叫白晓，白天的白，拂晓的晓，你的名字听起来和她的倒是很对称。"

瞬间将心提到了嗓子眼儿，真的是那个杜月河！！这月老喝多了想乱搭桥牵线，还是和媒婆勾搭上了一计不够再来个连环计？但是现在只能硬着头皮上了，幸好自己上回伪装足够，连声音都是嗲化过的，自己果然英明神武。这个杜月河也是个神武的，上回一脸络腮，看样子是假的了，现在一表人才的样子，恐龙装睡衣的恶趣味欧巴?! 怎么想象啊？

"白晓？"装模作样地转两圈眼珠子作思考状，"名字很好诶，比我的黑曳好多了。是个怎么样的女生？"白晓也想知道自己给对方留下个什么样夸张的印象。

"有点大大咧咧，爱憎分明的，想到什么就直言，为人很有个性，拥有强大的内心不为外界干扰，其实看着很单纯简单。"

听着杜月河说出一堆听起来在夸奖自己的话，白晓越发觉得那些夸奖实在是很陌生，自己苦心经营了那副"石榴姐"装扮，怎么到杜月河眼里都成了优点了？急急问："就没有什么缺点？"

"有吧，有点小笨。"杜月河心想，你就在面前还装模作样不知道早就被戳穿了，都不止小笨喽。

白晓万万没想到自己的英明给折腰成了"笨"，抽了抽嘴角，干巴巴道："你可别让人姑娘听到，这年头，姑娘们的心眼都针眼那么小。"

"没事，她是我女朋友，不会对我这么小心眼的。"杜月河给白晓抛去这个重磅炸弹，然后抱着手臂，好整以暇地看白晓的反应。

果然白晓已经傻了，直反应自己听错了："女，女朋友？"

杜月河继续逗她："嗯，我们相亲认识的，估计不久就会结婚了。"

白晓忍着骂人的冲动，想这杜月河难不成真是那个喜欢"石榴姐"的武状元，真能够臆想和自我代入，看上去有点小帅，呃，是比小帅多一点，呃，再多一点，算了，是很帅啦，但是真太扯。自己现在一定不能穿帮，然后回去再敲打敲打老妈，让老妈毁了这人的念头，自己现在是谁来着？黑，黑曳，对，黑曳，黑曳不能像那天的白晓，要不表现得知性文艺点儿？

"相亲认识的？现在相亲节目都非常火，以前还觉得作秀成分太多，现在想想可行性还是挺高的，中国自古父母之命、媒妁之言的，相亲也算是自古传下来的传统了，有传统成分在，尽管现代社会崇尚婚姻恋爱自由，想必也不会太排斥。从前我还有点偏见，现在听你说相亲认识的女友，两方想来都不错，突然相信爱情了，我黑曳祝福你。这个朋友我交了。"最后一句顺其自然的豪言壮语一说完，立马后悔，这朋友要是交了，还不迟早发现自己是白晓，忙说，"海内存知己，天涯若比邻，有缘千里来相会，有缘我们会再见的，今天我还约了人，就先告辞了啊。"

杜月河一直抿嘴笑听着白晓胡扯，问："又是约了人看电影？"

"啊？"白晓一僵。

"亏我循循善诱的，提醒到这个份上了，晓晓怎么就没有认出我来，还是不愿意认出我来？"杜月河盯着白晓怔住的脸，似笑非笑的。

第五章

欲 盖 弥 彰

"我、我，杜月河先生，您误会了吧，我、我是黑曳呀，我们不刚刚才认识的吗？难、难不成我和那个白晓长得有点儿像？"白晓不大反应的过来自己已经被识破，"石榴姐"那朵人群中的奇葩和今天完全正常的白晓，怎么看怎么想都联系不到一起，杜月河如何显了神通开了火眼金睛看破的？

杜月河继续笑："看起来可一点也不像，不过，晓晓你这个包，和前天晚上的可是同一个？"

白晓忙低头看自己的包包，米色皮料，款式简约，做工蛮考究的，看起来不大起眼但细看倒挺简单大方，前天的装扮里唯独忘记了配个很搭风格的包啊，本想包包不是很惹眼断然不容易被注意，没想到真被注意了，此番可叹哪。

"这个，大概是和那白晓的包包看起来很像，杜先生您该是看错了。"白晓仍然抱着最后一丝希望，杜月河马上能说出"哦，是我看错了"。

但是杜月河可没满足她，伸出食指，指了指白晓的包包边上的挂件，橘黄色的猫叔，旁边坠了两个陶瓷小猫，猫身上两个字连起来是"白"、"晓"。

　　"晓晓?"一脸狡黠，杜月河又笑言。

　　白晓直恨自己太大意，顿时有"千里之堤溃于蚁穴"的感觉，想想貌似不恰当，换成"一着不慎满盘皆输"。看着杜月河的脸，心里直骂，笑笑笑，笑屁啊笑，怎么不笑抽个筋玩玩，一张俊脸变个形丢下脸倒是不错。

　　"晓晓?"见白晓不说话，杜月河再叫了声。

　　"算了算了，我扯不下去了，我就是白晓。"白晓甩甩手撇开头，大不了这破罐子破摔，"我对相亲有偏见，去相亲也是迫于无奈，所以既然你处在相亲对象的位置上，咱俩就不可能再有后续发展，你也别自我臆想我是你女朋友嘞，OK?"

　　总算这妮子愿意开诚布公些，这话可是从认识到现在第一句以白晓的真正相貌说的真正想法，杜月河说："我们现在可不是在相亲。"

　　"什么?"白晓不大明白杜月河想表达的。

　　"你看，我们相亲那天，我见到的不是真正的白晓，而你见到的杜月河，也非真正的我，相亲安然结束而且是没有结果的。"停顿一下，征求白晓的看法，白晓"嗯"了一声表示同意，杜月河继续，"今天我们在这里再见，我要买的书恰好就剩下一本，更巧的是在你这儿，缘分是有几分的，看你完全没有认出我来，得是全新的邂逅吧。"

　　白晓念想一圈，要不是杜月河自己说出来，自己肯定是无法将面前的俊朗青年和相亲的恐龙欧巴联系到一起的，要说新的邂逅，算得上吧。

　　"大不如我们就抛了相亲这回事，今天我们在这里认识，如此一番交谈，做个朋友，应该不唐突吧?"

　　杜月河的语气里带着几分真诚的意味，白晓一时有点犹豫。现在想想，杜月河"英俊潇洒，风流倜傥，玉树临风"的，相亲时毁自己形象，很有可能也是对相亲反感，那这样就好了嘛，"同是天涯沦落人"的感觉一升起，白晓立马想开了，心里舒坦不少，说："呵呵，我们本就没仇没恨的，本来对你是有些偏见，既然再次相识，缘分哪，你这朋友我交了。"

　　"幸会，我是杜月河。"杜月河伸出右手。

"同幸同幸，我是白晓。"白晓也伸出右手，轻轻握了握，算是结个重新认识的仪式。"诶，我说啊，你是怎么认出我来的？我上次的伪装可是很夸张诶。"

"我妈妈有给你我的相片。"

"相片？什么相片？难不成相亲之前你就知道我真实长相？"

"成长照和生活照吧，我是相亲回去之后才看见的，所以你那时的表现就不攻自破了。怎么，你没有我的？"

"呃……真没有，我回去问问我妈啊，也许是看你长得好看，被她自己扣下也说不定。"白晓扶额，相亲这个事儿，真真伤不起，突然想到什么，忙问，"你刚说成长照和生活照？很多张？"

杜月河轻点头。

"电视上演的相亲互换照片，不都是一两张吗？我还有成长照？"

杜月河又轻点头，说："挺有记录性的。而且——"

白晓正认真看着他，身体微微倾着，作仔细听状。

"——生活照很像是偷拍的。"

白晓慢慢张大嘴巴，想到老妈前些时间总是抱着单反相机乱拍，本来以为是一时起的兴趣，没有在意，敢情是偷拍她啊！相亲这个事儿，老妈还真上心。

正千转百回地埋汰白妈，突然白晓的手机响起来。白晓一看，是陈蜀笑！

糟糕！居然忘了是和陈蜀笑有约的，这这这，杜月河可就在旁边，虽然他刚刚说放下相亲那回事重新以朋友的方式认识，但危险因子还在空气里面飘荡不远，总觉得不大安心的。

"你别说话。"白晓对着杜月河说，然后深吸一口气战战兢兢地按下接听键。

"晓晓你在哪儿啊？"陈蜀笑突然石破天惊的音调吓了白晓一跳。

"我在阅览区这边，你告诉我你在哪儿，我出去找你。"先和杜先生告别，再去找陈蜀笑，然后飞快地转移阵地，这样比较安全。

"你都到啦！我还抱点希望你没有去呢！对不起呀晓晓，刚公司有事，我要去加班了，都把你约出来了，真的好抱歉啊！"

"呃，"陈蜀笑没来，到底算是蛮幸运的呢，还是蛮不幸的呢？白晓用余光扫了扫杜月河，归结到挺幸运那一方，但是不能让肇事者察觉到自己这么觉得，于是问，"你不是失恋的吗？传说中的失恋？"

"这个嘛，那是之前，现在我去加班就不算是失恋了，我铁定还有机会的。"

"哦？听起来是在公司有猫腻哟，办公室恋情？做得够地下的啊，我竟然一点没有得到消息呢？"

"晓晓，晓晓女侠啊，勿怪勿怪，我不是今天想跟你坦白的嘛，但是此刻给耽误了没法去呀，这叫什么来着？岁月不饶人，不对，造化弄人，也不对，事与愿违嘛，对对对，事与愿违，白晓晓女侠海量啊，肚里能撑船的海量，烦请多多包涵，多多包涵。"

陈蜀笑也不常如此，姑且原谅，但提醒："那，补偿什么的，你懂的。"

"改天我做东呗，给你放次血，不要客气，像吸血蚂蟥致敬！"

"一言为定。好吧，既然你来不了我就自己安排了。"

挂了电话后的三秒钟之内心情都挺好，白捡一顿饭能不高兴吗？乐呵呵地正准备计划一下怎么度过下午，刚刚被晾到脑后的杜月河开口问："约了的朋友没能来？"

"是啊，临时加班。"

"正好我下午也没事，不如一起看场电影？"

白晓突生一念，默默打量杜月河一番，说："你，是不是和我妈串通好的，知道我要出来？然后再买通约了我的朋友不要来，然后就顺理成章地约我？"

杜月河扑哧一笑，给她时时防范的精神和一点点神经质般的联想弄得好笑，说："你觉得可能性大吗？"

先说老妈，老妈出卖自己的可能性，如果自己给老妈的一番对杜月河形象的说辞被识破，就是高不可攀了，再说陈蜀笑，陈蜀笑这厮绝对不会放过挖苦自己的机会，尤其是相亲这种千百年一回的大事，刚刚没见陈蜀笑有什么异常的地方，除了那么爽快说要请客，不过自己被放鸽子嘛，也是合情合理的，所以杜月河买通她的可能性实在很小。白晓分析之后，又问："刚刚那个书的事，不会是你买到就剩下一本，然后设计了与我邂逅的吧？"

杜月河沉默着像是思考，半晌，说："我可以收回之前对你的评价里面的'小笨'吗？"

"你终于发现我很聪明了啊？"

"不是，说你'小笨'有点太高估你了。"

"……你这个话，有点得罪我。"

"哈哈，你真是挺好玩。你说我能事先预料你挑什么书来看？"

好像真的白痴了，刚刚脑子怎么想的，一定昨天没有睡好，现在神经系统在打瞌睡……在周六晚上睡满 12 个小时的情况下，白晓这么瞎掰地安慰自己。

"其实我下午还有事，没法约你看电影的，看你也有些为难。计划去哪里吗？我可以送送你。"杜月河已站起身，手里拿着书。

白晓想了想，说："我还是在这里吧，平时也常来，这本书——"晃晃《追风筝的人》，"——也还没看完。"

"那好，对了，我还没有你的电话，给，电话联系。"杜月河从西装口袋里拿出张名片，从口袋里取出钢笔写了些什么，递过来。

"电话联系。拜拜。"收下名片，挥挥手告别。

杜月河轻轻点点头，以示告辞，然后转身离去。

第六章

年 少 初 恋

消磨到下午三点多，看完两本书，买下第一本。从书店出来时还不晚，不着急回家，白晓便沿着湖泉公园散散步。

公园很老，树木不成林但是很高大茂密，植株种类不多但经过多年的融合已浑然天成，人工修饰裁剪的痕迹比较淡，很赏心悦目。靠着繁华地段，却没有在这么多年的城市建设中被抹去，机缘巧合也好，有意保护也好，总是件幸事。

6月，梅雨季，遭雨洗涤的季节，天空一放晴就湛蓝澄澈，今天恰是个明朗日子，天空一碧如洗。早过午时，阳光不再过分强烈，更是添上一丝柔和，透过浓密的枝丫稀稀落落地投到地上。清凉的风掠过湖泉湖，拂在身上非常舒服。

在上不上下不下的时间点，公园里的人还不多，白晓很惬意地转悠，很容易就找到长椅坐下。

以前高中学习紧张，白晓很喜欢吃完饭或下了晚自习在并不大的学校里走走，有时一人，有时拉着一两个同伴，学校里长椅很多，躲着校领导恋爱幽会的小情侣也很多，时不时会遇上要抢座位的情况。白晓后来找到个几乎万无一失的宝座，就在与篮球场隔了些距离的竹林边，竹林刚刚种成时，这个长椅一定还规规矩矩的显眼，但每年的春雷都能唤醒一批竹笋，渐渐就掩起来，半开半闭不易被抢还可以遮阳，最重要的是，可以悄悄观望篮球场的情况。

学校里的篮球场承载了太多东西，男生们的青春激情，女生们的殷切目光。白晓也曾暗暗追逐一个在篮球场上挥汗如雨、健步如飞的身影，一暗就暗了五年。毕业几年后白晓回学校看望阔别的老师，特意去看了看竹林长椅，都说竹林扩展缓慢，但也已经全部掩盖来自遥远时空的注视。

在湖泉公园轻松怡人的环境，联想一段无疾而终的往事，着实煞了风景，白晓晃晃脑袋，想要赶走刚刚的一串思绪。

"晓晓？你是白晓吧？"突如其来的名字被叫到，白晓抬头看向声音来源。一对情侣模样的男女，女子正挽着男子的胳膊，笑看着自己。

"啊，王晓莺。"白晓第一眼就认出，于是相信，这个世界上，随着时间的流逝，即使当初自己恋过的人被忘记，也难以忘记曾经被定义为"情敌"的那些人，尤其是相貌很不错的"情敌"。

"真的是你啊！真巧！你还记得我，高中毕业你搬家后联系就少了，我们那时关系多好啊。"

白晓想，自己对这位王晓莺同学的感情其实有点复杂，一方面她们在一个羽毛球班而且是搭档，关系确实不错，但另一方面她的男友也是白晓的初恋——李悦，虽然没有和李悦在一起过，甚至从未说出自己的感情，而把王晓莺冠上个"情敌"称号，也确实吧，不太妥当，只是心里还是感觉有点膈应着，就加了个引号。

白晓瞄了瞄王晓莺身边的男子，虽样貌平平，眉眼间却不失风度。

白晓回想了一下高中，说："是啊，那时真是好，没想到一晃眼就过去这么久了。对了，你怎么会在这儿？"

王晓莺抿嘴笑，带着小女人的羞赧，万种风情地说："给你介绍下，这是我未婚夫，下个月结婚。"

"恭喜恭喜啊。"白晓忙说。

"谢谢。你好，我是石峰。"王晓莺的未婚夫给白晓一个微笑，伸手与白晓握了握，亲和而文雅。

王晓莺接过去话："晓晓，我的婚礼你可一定要来。"

"一定一定，到时候给我下请帖哦。"

从前的熟络，三言两语的寒暄并不能全部唤起，倒是交换了电话和地址，临分别时，王晓莺再次强调要她一定要来，白晓只好一再保证。多年前的好友已经和自己的初恋分道扬镳，马上就要嫁为人妇，自己却被逼上相亲之路，可叹可叹哪。

回去的路上，白晓一直想着王晓莺的事，然后想到李悦，有些深陷回忆无法自拔感，自觉不太舒服。

白晓在正常的年纪情窦初开，懵懵懂懂地过了两年，到高二分文理科时，悄悄喜欢上同班的李悦。

李悦是体育委员，篮球打得好，人长得很俊，为人健谈爽朗，成绩也好，不由得就会联系到恰同学少年那风姿绰约。

喜欢李悦的女生不少，赶着流行自诩为"月亮"，本班就有一批，其他班、其他年级都常有慕名追来的。外来的"月亮"两三个一起，眼巴巴在教室后门往里瞅，讪讪地笑，这时，本班的"月亮"顿时来了精神，闪亮登场，走到李悦身边的小圈子故意说两句笑话，引起注意，最好的结果是能引起李悦的注意，然后屁颠颠地走出教室，在外来"月亮"边骄傲地哼一声。这个情形，白晓看了整整两年，即使在最忙碌的高三下学期，面对高一、高二的学妹，班上那些"月亮"也会故技重施，颇乐此不疲，白晓以为，这行为很有减压的功效。

白晓从来没有加入那个团体，从未自称过"月亮"，一方面，尽管名义上说是为李悦充当的啦啦队，但那份喜欢太显露，并且很奇特的，在某些小范围的月亮圈子里，竟然能相安无事地共处，共分享对同一个人的感情，如此就有了追星的模样，而不是最纯洁的那份爱恋了。另一方面，白晓在懵懂的年纪，性子也是内敛的，怎么都无法好意思去表白的，想着就在一个班级，不说"近水楼台先得月"，至少也是转个头便能看见李悦的身影，没准李悦渐渐就发现自己的好呢，那份单纯干净的喜欢，自己满满的小心思，也很快乐，然后一拖就拖到王晓莺成了李悦的女朋友。

王晓莺长得美，从小练芭蕾，身型很好，高一那年学校70周年校庆上，一段白天鹅的独舞跳得美轮美奂，牵动几乎全校男生的芳心，被推上学校"四大花旦"的殊荣宝座，自此为了王晓莺赴汤蹈火的男同学们不胜枚举，但她也洁身自好，没有与人玩暧昧，并借以向人炫耀，王晓莺的性格开朗，为人热心，除去男生，女生们也喜欢她。活脱脱一个通吃"女神"。

不知道是不是那一次的演出让李悦对王晓莺另眼相看，在高二下学期开始的时候，他们在一起了，消息蔓延得很快，作为女生心目中"偶像男主角"的李悦，和作为男生眼中"雅典娜"的王晓莺，理所应当很容易被关注。

白晓是从当事人那儿得知这个事的。她和王晓莺都在羽毛球班，班内组队双打比赛安排时，她俩都迟到，阴差阳错地成了一组，后来会在每周一次的自由活动课上约了打球。那天周三，下午最后一节课，白晓和王晓莺一组与人打双打，快下课时，李悦从不远处的篮球场奔来，汗水湿透了他的背心，脸上笑容灿烂地，递给王晓莺一瓶矿泉水，看见白晓，把手里另一瓶水顺手递过去，白晓一愣，接过来，小声道了谢。"我男友，你们班的。"王晓莺满面春风地说。

对于李悦和王晓莺在一起的事，后来倒也传出佳话，毕竟郎才女貌也女才郎貌，在青春期的人眼里，绝对的"门当户对"，而且双方对于普通人都有些"高不可攀"，即使羡慕嫉妒恨，自己总是没有这对男主女主好的。

那瓶水是李悦第一次送给白晓的东西，尽管是顺手给的，即便是在暗恋的人有了正式女友的心碎时期，也很开心终于能有件缅怀他的物件，傻傻地对着瓶水感怀。这瓶水一直给白晓当宝贝珍藏着，高三毕业的暑假给几岁的小侄女做陪玩家教，小侄女给芭比娃娃做衣服，她给瓶子做了件衣服，回家喜滋滋地小心翼翼地给瓶子穿上，她给瓶子取了名字叫"小兔子"，后来搬家，小兔子被带到新家，整理东西时被白爸翻出来，咕噜咕噜一口气喝光，然后跑去问白晓还有没有，口味挺不错的，还问什么水这么高级还有布料包装，只是这个包装的款式做工还有待改善……对现如今的白晓来说，单单对一个瓶子的傻劲，就足以不堪回首了，要是给陈蜀笑晓得，后果……后果就不往深了想了。

白晓想过很多次，自己为什么会喜欢上李悦，还喜欢了那么久，直到大三有了第一个男友才放弃。究其缘由，要回到他们俩第一次见面时。高二分完文理科，白晓把放在原来班级柜子里的书搬去新教室，书的量搬一次嫌多，搬两次又嫌少些，还麻烦，所以白晓勉勉强强地抱起一堆书，爬楼梯时看不见脚下差点摔倒，正巧被李悦一把拉住，书落了一地，但人没事。看着青春年少帅气逼人的李悦，白晓的心一连漏掉好几拍，回过神后又怦怦怦直跳，仿佛要补回刚刚漏下的。

李悦蹲下身帮白晓捡书，一边说："一次抱着这么多书爬楼，要不是我恰好路过，你就摔得不轻了，下次注意些。"白晓跟着捡书，直点头。

"你哪个班的？"李悦问。

"文科（1）。"白晓回答，细若蚊蝇。

李悦抱起大部分的书，笑笑说："文科（1）？那我们是新同学诶。这个书，我先帮你拿，免得又摔。你只拿你手中的那些，应该不会有问题吧？"

"那，那是意外。"白晓低着头跟在李悦后面。

"你说话声音真小，这么内向啊？"

白晓只低着头不说话，心跳一直很快，很担心脸有没有红。

这一段"楔子"成为白晓暗恋李悦五年的最初诱因，白晓后来想，如果自己生在古代，一定会要以身相许地嫁给李悦，自己真的太有"英雄救美"后的报恩之心了！怎么不化身白蛇白狐来段人妖之恋？

一段五年的爱恋，从少年到青年，不能豪情感叹"我给他的是整个青春岁月啊"这种话，但少年时期的初恋，那份纯情那份深刻那份执着，在一个女孩的生命岁月里，印刻下不能抹去的痕迹。他一颦一笑千斤重，时时刻刻轻易牵动自己的情绪，他处在世间所有光彩的中心，其他一切全部黯然失色。

是这么喜欢他啊，随着时间的点滴流逝，慢慢发酵，越发浓郁，溢满心房，深陷其中，无法自拔。

白晓第一个男友安澜说，爱上了她的明朗。白晓想，如果自己在李悦面前能够放得开些，明朗一点，或者正常一些，而不是拘谨得很，谨小慎微地注意言行，是不是能更多一分可能，不会空留下五年的遗憾。可是，如果再给白晓一次机会，重新走一次 17 岁到 22 岁这段年轮，既然白晓依旧是白晓，李悦依旧是李悦，那一切都不会改变，自己一定会一步一步地走来，走到自己脚下的土地。

白晓和李悦，这辈子的关系只能比纯净水还纯了，一点仿冒伪劣的杂质都没有。

初恋这件事，不常轰轰烈烈，却总刻骨铭心。

第七章

峰回路转

从湖泉公园回到家，白晓的心情有些低落，谎称自己在外面吃过了，回到卧室，一头摊到床上，一动不想动。

都说这个世界上有自己爱的人，有爱自己的人，白晓早已过了绝对理想主义的爱情幻想时期，李悦给她的五年企盼，真真实实的很理想主义，放弃他选择开始恋爱，那时白晓就接受了现实对理想爱情的刻薄，一生遇到一个自己爱着又恰好爱自己的人，越来越觉得是件奢求的事，无数无数的人，到了自己这个年龄和社会阅历阶段，将将就就便谈婚论嫁，交往对象的参考因素里早早加入了家世背景身价地位，婚姻越来越昂贵，婚姻里的爱情越来越廉价。

有人喜欢把结婚和谈恋爱分开，说婚姻是婚姻，恋爱归恋爱，不能说这理论的对错好坏，但白晓心里并不认可它做自己的行为方式，白晓想找个相爱的人再结婚，李悦不是，安澜不是，还没有人是。大学毕业两年没有谈恋爱，不过才25岁，爹妈就着急了，连专为结婚的相亲都出现了。

对了，说到相亲，杜月河那个人，总体还是不错，做个朋友绰绰有余。

从床头滚两圈到床尾，用脚钩来沙发椅上的包包，翻出之前收下的名片，仔细端详。

黑色行楷的"杜月河"，RT中国市场总监，RT?! 杜月河是不是说过他们家公司是做圣诞老人的？RT可是法国著名的奢侈品品牌，主要经营女装、男装、首饰、香水、化妆品等高档消费品，他是RT中国的市场总监？真的假的啊？还有，那个，自己是不是有怀疑过他们公司是个水到不一般的外企？

看到在被划掉的联系方式后面，是钢笔写下的一串号码，难道联系方式是联系他们公司，或者说他的助理、秘书的？那后面手写的就是私人号码？白晓呵呵笑两声，想着，真高级。正好自己有点郁闷，又躺着不想动，去骚扰他可以抒发郁结之气吧。

于是编了条短信发过去："建行卡号6227001341610277635，白素贞。"

无聊地在床上翻滚，滚了几分钟见没反应，手机一丢，准备不等了。杜月河这时回复了消息："亲爱的，已汇款5000，省着点花哟，法海。"嘿嘿，来回耍自己嘞。

"混蛋，你骗人，还占我便宜！"

"亲爱的，真的汇了，你再查查。"

难不成真的有给自己汇钱！白晓突然脑抽地真的爬起来，打开电脑，到建行网页里去查了自己的账户，根本就没有入账5000，怒了，正打算再兴师问罪，忽然意识到自己发的卡号是随意编的，而且是为了耍杜月河才发的，怎么给绕进去了。顿时羞愧起来，恨不得一巴掌抽死自己算了，要是抽不死就求抽通任、督二脉，一瞬间变个天才。

于是又玩起来："真的呢，亲，么么，下个月能不能再加两千？现在物价都涨了，什么都好贵呢。"

"我家那位最近盯我盯得紧，手上余钱不多，亲爱的，要听话，等这阵风头过去，我一并补给你。"

"可是，可是再过一阵子，人家的肚子就遮不住了嘛。"吼吼，杜月河你再继续编呀。

白晓抽抽嘴角，实在想象不出衣冠楚楚的杜月河此刻会是怎样的猥琐表情。正艰难想象着，手机震动起来，是杜月河打来的，白晓接了。

"喂？是晓晓吗？"杜月河温和低沉的声音传来，顿时打消了刚刚白晓臆想的猥琐模样。

"是我。"

"刚刚我在洗澡，和你发短信的，是我认识的一个下流胚子，你就当什么话都没看见，快点洗洗眼睛去。"

白晓还没说什么，就听到电话那头传来一个大声嚷嚷的男声："亲爱的你怎么叫人家下流胚子！人家是纯情少男好不好？！"

"呵呵，"白晓被雷了，"杜先生，您家小朋友真淘气，您真的是，呵呵，特立独行啊，口味颇有点……赶流行啊。"杜先生就是刚刚那位口中的"我家那位"——了吧。

杜月河似是一怔。

之前的男声又嚷起来："你比我还恶心啊，瞧瞧瞧，你是采花贼，江洋大盗，迪加奥特曼要打的小怪兽……"

"晓晓你等我一下。"杜月河丢下电话。

然后就听到了一段凄厉绵长的哀号控诉——白晓想象那人被拖走，砰的一声——白晓想象门被甩上，砰砰砰的声音——白晓想象那人哀怨地捶着门，刺啦滑动的响动——白晓想象杜月河走到卧室阳台拉上推拉门，之后捶门声和喊叫声都低下去。

正在一边听声一边臆想，杜月河又接起电话："晓晓？"

"呃，还在还在。刚刚……"

"他是我从小一起长大的朋友，唯恐天下不乱，平时口没遮拦惯了，你别介意。"

"不介意不介意，就是——"就是更想知道你刚刚对他怎么了，好证实自己的臆想能力不错，但是话到嘴边没好意思问，于是说，"就是你怎么知道是我啊?"自己的确没有给他号码,上次相亲的联系也全部是老妈搞定的,难道和相亲照片一样,其实都有交换过去?

"第六感,你信不信?"

"说得跟言情小说里的男主角似的。"

杜月河"哦?"了一声,问:"那你就是女主角喽?"

"正经一点嘛,怎么还调戏我嘞,你给我印象转变太快了。"

"怎么转变的?"杜月河轻笑。

"第一次见到以为是怪趣味的小大叔,今天见到觉得还……还蛮帅的,蛮沉稳也蛮风趣,现在就有点小花花公子样了。"

"以后会有更多印象的,别担心。"

担心?说白晓担心?她刚刚的话里哪里表现出了担心?还没纳闷完,杜月河一改先前带着调侃的语气,柔声问:"对了,怎么想到要联系我的?还一副玩味的样子,短信都写成那样。"

对哦,自己是干吗找他的?要是单单礼貌性地交换号码,只要写个"我是白晓"发过去不就好了?啊,想起来了,因为遇到王晓莺然后想到李悦了,所以心情郁闷,找人排遣。白晓说:"我找你解郁愤的,今天啊,真是太倒霉了,从那个瀚海书店出来,散散步就遇到了高中一个同学,一般同学就算了,偏偏是我那时的'情敌',你知道,'情敌见面分外眼红'嘛,人还带着自己就要结婚的男友,哦不,未婚夫,那未婚夫看着就是个多金又有风度的好男人,怎叫人不心里堵得慌?就像你,你要是看到你的情敌找个顶好的女人,不郁闷得很啊,你说是不是?"白晓由着话乱说,反正自己不想再提到李悦,就扯到王晓莺身上去吧。

"嗯,一般情况下,我不大会郁闷。情敌找再好的女友,只要不是抢我的,何必拿那么远的人那么远的事给自己添堵。"杜月河想了想,挺认真地回答,而后说,"还有,晓晓,我觉得你不像是因为这么个小事就郁愤的人吧,是不是还有其他事?你说'情敌'了,是不是关于那个'情'?"

呃……这厮有做侦探的潜质。好吧,干脆坦荡点说了,解郁愤。

"我想起我的初恋，我喜欢了五年，但是他从来没有看到我，唉，我真想说'造化弄人'，是不是帽子扣得大了点？呵呵。"白晓傻笑两声，借以掩饰刚才那份坦荡后的苦涩。

"如果你也喜欢我五年，我们到那时应该早就结婚，都有两个小孩了。老大叫杜大懒，老二叫杜小懒。"

"你又调戏我，我跟你没这么熟，别乱调戏姐，姐的费用很高哦。"白晓的情绪好起来，杜月河没有顺着话去问自己的感情，转到其他地方去，避重就轻，是个聪明体贴的性子呢。虽然他转的方向是暧昧他们。

"那我，还是积累感情到时候用感情打个折吧。呃，刚什么声音？"

白晓有点囧，下意识地嚷："你什么耳朵啊，我肚子咕咕叫一下你都能听到啊！"

杜月河沉默了一下，才说："你肚子咕咕叫，能叫得这么有节奏？还有调子呢。"

白晓认真听了听，听到了《喜羊羊与灰太狼》的主题曲，《别看我只是一只羊》，这个，好像是老妈晚间健身操的配乐……啊，好丢脸。

"晓晓，现在心情好多了吧，饭点过去那么久，吃些水果好消化，之后再休息。"杜月河沉稳的嗓音让人安定，这个人，真的很善解人意，不说很多废话，也不过分矫情，自己作为新认识的朋友，能如此体贴，是个好人。自己本来是想骚扰他的是不是？真小心眼，顿时有愧。

白晓的性格里有些优柔寡断，尽管跟了自己多年，白晓也没对它有点好感，非常不喜欢自己的犹豫不决，拖泥带水，既然从前下了很大的决心，终于放弃终于忘记那份无果的感情，时隔三年，缅怀一番就适可而止吧，自己还有很长很长的路要走，这条路上不会再有李悦，只有自己偶尔驻足回望，遥想当年，当年年华正少，风景独好，往事都回不去，也不必再回去，人始终得看开，得往前走。

一想通，肚子更饿，心里却轻松不少，说："我去吃个水果夜宵，刚才打扰了，早点休息，谢谢你。"

"再见。"

"再见。"

在白晓挂电话的前一秒钟，听到对方那儿传来带着怨气的男声："杜月河！你欺负人！我要向你爸你妈告状！"

第八章

闺 密 失 恋

周四的晚上，白晓才洗完澡敷上面膜，不速之客不请自来，是陈蜀笑。她一身职业装，风尘仆仆像是下班就从公司来，笑容满面地问候问候白爸白妈，很自觉地到冰箱里取了一瓶酸奶、一瓶纯牛奶、一包薯片、一袋火腿肠云云，径自走进白晓的卧室。

白晓顶着面膜问了句："你怎么来了？"

陈蜀笑也没有回答，把手里的东西放小桌上，坐进小桌边的单人沙发，默默地吃东西，白晓不明就里，竟也默默地看着她吃，直到她一扫而光，最后吸着牛奶盒子"滋滋"响了，满足地打个嗝，潇洒地抛个弧线丢垃圾桶，可惜没进。

白晓粗略估计一下她吃东西的时间，觉得面膜敷的时间差不多够了，正准备去洗脸。陈蜀笑笑笑说："亲爱的，我失恋了呢。"

"你什么时候恋的啊？我都没听说。"白晓脱口而出，一瞬间想起来前几天好像嗅到点陈蜀笑的猫腻，突然贼笑着说："哦，办公室恋情哟。"

陈蜀笑撇撇嘴，不善道："别打趣老娘，老娘失恋，心情烦躁，容易内分泌失调，后果自负。"

陈蜀笑长得如花似玉的，外表看着很甜美可爱天真烂漫，活脱脱一漫画里出来的无害小萝莉，但人一不留神就会给这假象给蒙骗了，白晓刚上大学那会儿，看着这么个可爱得紧的小室友，萌生起一股大姐姐护犊子的情结，可惜这情结还没从花骨朵开放那么一点点，陈蜀笑的"性感"就毁了清纯玉女的外在形象。说她"性感"实在不妥，但陈蜀笑一直的自我定位和人生追求就是"性感"，而且很有自己的标准。

她说，娇滴滴真恶心，豪放才是性感；半推半就真拖拉，直接才是性感；什么美腿丰臀高跟鞋，全是瞎掰。唯一一个正常的标准里的"性感"能符合自己标准的，是胸。陈蜀笑162厘米，长得小巧，细胳膊细腿儿的，比例也匀称，看着舒服，美中不足的是没有波涛汹涌的胸器。有回在宿舍看到陈蜀笑一边闭目养神一边做丰胸操，白晓凑过去问："你的目标是多少啊？"她闭着眼睛幽幽回答："E。"白晓瞄了眼她的胸，轻声说："革命尚未成功，同志仍需努力，道阻且长啊。"

陈蜀笑为人很豪爽，通常是个大嗓门，说话很直接，跟人表白或者拒绝别人的表白，直接得太有气场了，所以被表白的人一般都能拿下，来表白的人一般都不会再来，用她自己的话说，是"性感"的魅力。桃花可以满天飞，烂桃花一朵没有的人，要说失恋这个事儿，太少光顾她了。

白晓也起了点好奇心思，于是不再打趣她，和声说："好好好，陈女侠，小人洗耳恭听，洗耳恭听，劳您大驾给说说。"

陈蜀笑鼓着腮帮子，憋屈一会儿，本来就是来倾吐的，估计憋不住了，开始讲："我们公司老板，就那个长着小胡子的八爪鱼，对我不特殷勤嘛，还送我花儿，男人是能随便送女人花的吗？他随便，我也不能随便啊，以前我性子多烈，那些个烂花烂草我一嗓子就吼没了，可他是我老板呀，半个衣食父母是不是，我得悠着点儿，勉强偶尔就收下了，他倒以为我收下就是对他有意思，以为收个花就表示同意'潜规则'啦？看他那样儿，头发还没胡子多，偏偏要挂在头上随风飘，飘就飘了，还喜欢拿个那么长，这么宽——"她的手比画了一下，大概 20 多厘米长，1 厘米宽，"——的破梳子梳头，数头发还是数梳齿啊？"

趁陈蜀笑喘口气的工夫，白晓忙插嘴，不然她能一直在这儿绕，绕到头发随风飘完了，"你的恋人是工作啊？然后因为邪恶老板对你意图不轨，你虽然悲愤交加但是还是敌不过命运的无情，舍弃了工作，失了恋？"

"我没丢工作，我刚还加班呢，不然怎么这么晚才来你家。"

"快说失恋好不好，失恋！"

"噢噢，失恋，失恋啊，我们公司那个主管，叫周明的，那叫一个帅，我看上他了，上次以为他有未婚妻，就上周约你的时候以为的，没想到只是女朋友，女朋友就好说了呀，只要我们两情相悦，女朋友算什么，但我还没表白呢，他就给八爪鱼调走了，调外省啊，我就失恋了。我失恋了八爪鱼还叫我加班，在我旁边凑来凑去的，真讨厌真恶心，罪魁祸首就是他，觊觎老娘的妩媚性感，公权私用，执法不公，我咒他明天就秃头，永生永世不再长出来！让他积一辈子的胡子才能做个假发套！"

白晓给这个诅咒的恶毒程度和才华水平给惊艳到，忙不迭地鼓起掌来，陈蜀笑也得意地笑了笑，露出一口小白牙并嘴角的两小酒窝，无邪纯良极了，联系起刚刚那般豪放，尽管白晓已经很习惯这反差，也顿时眩晕了一回。先拿下面膜洗个脸缓个神，端来两杯水，再问："从前也没见你对感情的事多没能耐，甩个人跟洗完手甩甩手似的，那么潇洒恣意，大学四年羡煞我也，就为了个还没谱的周、周什么，对，周明，至于弄得如此深沉？你瞧你刚刚，和颜悦色地还跟我爸妈寒暄，一来我这里半晌不说一句话，还让我以为你脆弱的小心肝粉碎粉碎了呢，那家伙怎那么大能耐？"

陈蜀笑默默不回答，想了想，还是开了口："其实他没什么，我也不是多么迷恋，就是，就是觉得太像我初恋男友了，有点放不下。"

白晓抽了抽嘴角，表示无语，怎么女人一个一个地都栽在初恋这个坎儿上？

陈蜀笑的那个初恋早就在大学寝室卧谈会中被挖出来，据说是初二时认识的，谈了两年，本来说好一起考他们那儿最好的高中，没想到初中毕业时，男孩在美国留学的姐姐读硕士出来，工作生活安稳了，说要把弟弟带去美国上高中，家里人不约而同地赞成，最后他俩当然是分了，男孩子去美国多年都没有回来，联系也断了。陈蜀笑常说，虽然谈过不少恋爱，但就是放不下他，如果不是当时没办法才分开，也许现在她早嫁了人，如今也不是要等他回来什么的，本来就没有约定，断得也算干净，只是一到选男友的时候，就平白地要牵扯上对比一番。

白晓想了想，建议道："亲爱的，你要不要考虑一下相亲？我可以给你把把关，嫁个钻石王老五家的万年常青的高富帅小开，叫你每天晚上睡觉都乐得合不拢嘴，把其他莺莺燕燕忘个干干净净的，如何？"

"相亲？"陈蜀笑表情有点呆滞地讷讷重复，突然嚷出来，"相亲？！相亲不是你这种必将走上大龄剩女之路的人才需要的吗？我陈女侠，武功盖世，美貌无双，如今年纪轻轻，风华正茂，正是笑傲江湖时，叫我去相亲？！晓晓你确定你没有在说梦话？"

脸色不虞的白晓顶着张黑脸，斜睨着陈蜀笑，尽量表现得鄙夷一点，不屑一点，恨恨道："凡事都是物极必反，你这么自信，一不留神就失足了，一失足就30岁了，到时候剩女就是你了，那时可别动不动就到我家来，我该是都结了婚生了小孩的当家少妇，跟你不是一个级别。"

"哟，就你啊，就你一个到了大三才，不，不这么说，就你一个到了奔三的年纪才有第一个男友的黄毛小丫头，也敢这么大言不惭？我不是说过嘛，你一定是会相亲结婚的，铁定免不了，这就是我陈女侠的慧眼，慧眼识天机，天机我都泄露给你了，你得听，赶紧的赶紧的，趁着还年轻，资本还足点，赶紧去相亲，大不了一直相到40岁，总有个迷迷糊糊给你绕进教堂的。"陈蜀笑一扫之前的阴郁，顿时像打了鸡血一般来数落白晓，顺溜得让自己都差异了下，顿时愣了，忽然明白白晓是在安慰自己，与白晓相视一笑，眨眨眼，一副"我收到了"的表情。

白晓看她的生龙活虎，于是打趣起来："你还是赶快嫁个高富帅，也好给我暂时惨淡的桃花树浇浇水，让你家高富帅给我瞄着点同胞们。亲爱的，我的未来就靠你了！"

她颠颠地笑，一边笑一边说："好说好说，我的目标是 180 厘米以上的美貌理科男才子！"

"我要 180 厘米的美貌男就好了。"

陈蜀笑睨白晓一眼："没志气，你就要个花瓶呀？气质、内在懂不懂，要不要，宁缺毋滥懂不懂?!"

"你刚刚还要我赶紧相亲，忽悠一个。"

"呃……我忘了。"

"你赶快再忘一次！我也要内外兼修的极品男！你不能一个人独吞！"

白晓知道她已经好了，来自遥远时空的记忆总是太磨人，但当下的生活那么真实、那么忙碌、那么深刻，永远能掩盖去从前只剩下模糊轮廓的感觉，我们活得也不必太较真儿，何必为难自己何必与自己过不去，现实没有交给我们太多必须要证明的东西，自足踏实最好。

第九章

同 学 聚 会

　　白晓的理科成绩，不能说从小就烂得可以，但中学之后，数理两门是不怎么样的，一直到高中毕业都没飞黄腾达一下，以至于白晓高考成绩平平，只考上个普通大学。白晓的大学是所新校，成立没多少年，但是发展速度极快，一跃学生过万，虽然目前综合水平还不足够高，可是发展速度和管理水准都让人咋舌，唯一让人不满的地方是，对于学生而言，管理太严，大学不应当给学生足够宽松的环境吗？白晓和陈蜀笑为这个命题抱怨过很多次，尽管她们的抱怨永远无疾而终，能找个"同是天涯沦落人"一起相互怜悯，却是件快事。因为建校不久，白晓的大学尚且只在省内招生，没有来自遥远边疆和少数民族的同学有些遗憾，但是一舍姐妹，一班朋友，一系同学，都不必忍受过分距离的分离，再怎么远也是在省内，只要是省内，最远也不过几个小时的车程。

　　如今白晓毕业两年，日前听闻大学时代的女班长和隔壁兄弟班级的男班长，在多次为班级荣誉的争夺的基础感情上，终于擦出火花，牵手成功，让我们两个班的同学们了却一桩心愿，喊着要请吃饭的呼声越来越高，男女班长当然不能轻松负担两个班同学的饕餮大餐，所以心思一转，整了个兄弟班级联欢聚会，说诱人点儿叫联谊会，说直白点儿叫聚餐，主意一出，立马一呼百应，此次两班班长强强联合，全场是爱的主打，所以要能带家属的就带家属，带不了家属的带备胎也行，一来我们多数人都有两年未见，二来各位的家都在一个省，利用周末时间就能聚起来，可行性难度不大，即使不能全员集合，但大部分是没有问题的。

白晓从陈蜀笑那里得到聚会消息的时候，正在与杜月河吃饭，又是在一家高级的餐厅，旁边坐着把关的杜妈妈白妈妈，两姐妹情深比金坚，笑靥如花，连鱼尾纹里都填满了笑意，杜妈妈对端庄贤淑文静乖巧样的白晓分外满意，白妈妈对着人模狗样衣冠楚楚，哦不，是仪表堂堂举止文雅的杜月河频频点头。

对于白妈妈一副相中个金龟婿的脸，白晓直想翻去几个白眼，当初千叮咛万嘱咐地叫她要委婉，委婉，再委婉，没想到两大妈级别的好姐妹果然没有因为数十年的分别而情淡一些，直言不讳地透彻，把两方小辈的一举一动都交换了，最后，慧眼识人的杜妈妈分析出事情的始末，白妈妈一拍大腿说这回保准俩小子跑不了，她一定把白晓丫头押送到场，全程看护，一点猫腻都耍不出。唉，于是白晓真的是给押来的，没办法，她怎么能料想到杜妈妈的智商那么高呢？不过，他们应该不知道在首次相亲之后，他们已经决定抛去相亲这回事，做个朋友不为过。

想到这里，白晓暗自舒口气，瞄了杜月河一眼。他倒是安定，一身成功人士得体的西装，正笑眯眯地与白妈妈聊天，内容是马蹄莲种植技术……为难他了，老妈口味奇特，而且思维特别能绕，从她们点了杯咖啡讲到茶叶到丝绸之路到西域骏马到马术到马蹄莲，接下去会不会到莲子粥黄连丹到苦味人生到悲惨世界？

投过去的同情目光被杜月河接收到，他误以为是白晓受不了当下的场景，意味深长地给杜妈妈递了个眼色，杜妈妈很识趣地立马拉着白妈妈的小手遁了。

"刚刚你接的电话是说要同学聚会?"白妈杜妈一走，杜月河先开了口。

没发现老妈折回来躲在什么地方偷窥的影子，舒了一口气，白晓说："嗯，大学同学聚会，两个班一起，还勒令要带家属，说带备胎都行，真是，我是会养备胎的人吗?"

"哦？我连一个备胎都不能成为?"杜月河一脸促狭地说，完全没有了家长在时的端庄仪表姿容。

白晓斜翻了个白眼，调侃道："哟，刚刚可还是一副入赘的小相公的嘴脸嘞，怎么一下子，就翻了身做了花花公子？杜先生的演技，真是不错哟。"

"晓晓，我们能相两次亲，缘分可不一般，我想了想，至今还没遇上如此有相亲缘的人，我也不想到了30多岁功成名就时再找个二十出头的小姑娘，干脆就这两年把婚姻大事给办掉，如果能是你，我瞧着也不错，晓晓意下如何?"

"我们不是说了从朋友开始的吗？上次相亲都不算了。"

"是啊，上回相亲是不算，但我们现在不是另外一次相亲吗？你妈妈看起来真心喜欢我呢。"

"呵呵，反正我不从。"

"那好吧，我含蓄点先追你好了。"

"你还能再厚脸皮一点吗？"

"应该不能了吧。"

"……"

那日匆匆甩了表决心要追她的杜月河，白晓忽然觉得这家伙忒难缠，自从相亲开始，三番五次出现在自己身边，本来还稍微对他有点好印象就耍起流氓来，老妈怎么评价他来着？英俊潇洒那些话都说滥了，竟然还说人小子性情内敛！他性情内敛什么啊?！说话够直接够露骨的，就差没有黄色情节了好吧……

同学聚会的日子终于在得知消息后的第二个周末顺利举行，陈蜀笑虽然不养备胎，但也不喜欢随便就拈个花惹个草，轻易放下身段来，美美梳妆打扮一番就来约了白晓一同去隔壁 S 市，本来白晓还想要不要拉扯上刚高考完没事做的小表弟充个数假装一下，见陈蜀笑都坦荡一人了，便也理顺了心思。

因为一共两个班的人，加上来了家属，粗略估计将近百十号人，没有哪个包间能塞下去的，不塞一起就没有气氛了，所以包了个酒店的大厅的一半，男女班长做"主办方"招待"客人"，很多同学打趣说"干脆直接当来参加婚礼的，立马结了，宾客也算是来个大半，包好红包直接上份子吧"，弄得女班长淡定多年的脸红了很久。

入座之后，一圈一圈的朋友聊开了，纷纷交换近两年的情况，还热情地介绍家属们，一看才注意到，没想到啊，虽然明面上说了一定要带家属，但不用落实得这么好吧，从前哪次班级工作有这么高效？白晓观摩一圈，还悄悄数了下人数，除了没来的人，再除了陈蜀笑和自己，全部都是一对一对来的，其中还有几个抱着个第三方——孩子，以及两三个挺着肚子的，她们俩光棍能不能不要那么显眼嘞？偏偏陈蜀笑浑然不觉的，弄得她连个同胞惺惺相惜一下都不成。

正懊恼，突然看到个貌似熟悉的身影，西装笔挺的颀长身材，穿得那么好看，白晓的男性朋友里还没有谁能把西装穿得那么浑然天成的风姿绰约，舍杜月河其谁呢？

白晓心下一震，忙端坐好，背对着杜月河，扫视一周，人都忙着聊天，应该没注意到她刚刚极不自然地转头，再看陈蜀笑，她优哉游哉地玩着手机，应该也没发现。暂时缓口气，掏出包中的小镜子，尽量藏在手心里，照着身后，锁定到正与人交谈的杜月河身上，他的嘴角挂着温雅的笑容，与他交谈的几个也是西装领带的正装，难不成是来谈生意的？为了防止老妈出卖自己，她特地隐瞒了同学聚会的真实时间，没有告诉老妈今天来 S 市干吗了，只说是和陈蜀笑出去玩，晚上就回家。

透过小镜子跟随着杜月河的移动，看到他被迎进了大厅边上一个包厢，包厢上写着岸芷汀兰，真骚包的名字，白晓想。

自发现了杜月河，白晓便感觉有些如坐针毡，背后似乎随时会有道视线投过来，像激光一样把自己给贯穿，然后切了。直到周围的朋友终于发现单身前来的陈蜀笑和白晓的"鸡立鹤群"，纷纷来唠嗑。陈蜀笑不愧是个豪放的，一开口就说："老娘叱咤情场多年，刚刚结束一段无聊的感情，正在休养。"

话题转向白晓时，白晓正纠结，是说自己单身呢，还是说男友没来呢？自己不能像陈蜀笑那么容易就用单身搞定这帮人，不然还不给数落死，那要不就拉个不存在的男友被戳成无情小子蜂窝煤？

"晓晓怎么不给我留个位子？"一个可辨度越来越高的声音响起。

第十章

阴 魂 不 散

　　脑海里轰隆一声响，浮现出个词，"冤家路窄"，近些年，用"小冤家"来描摹言情小说里的男主角女主角还不为过气儿，但是此刻白晓万分不想谱出什么情事来，脑袋当机几秒，周围也跟着沉默几秒，正想着要不要把如此窘迫的和杜月河剪不断理还乱的关系写到下一本小说里去，某杜轻轻弹了下她的额头，用温柔得要把白晓融化的功力抿嘴一笑，柔声道："小傻瓜，呆什么呆，还不快给人介绍家属？"

　　附近的女孩子有点覆没，白晓看到杜月河的笑容也有点傻住，这个男的，长着张能杀人的脸啊，他低头看着自己，有些背光，脸部轮廓一下子柔和极了，眼睛对比之下更加亮亮的，自己之前拒绝他好几次，是不是真的？就单单这美色，便能让白晓自认为会弃甲投降的！简直可以媲美《秦时明月》里面的张良啊！以后叫他"杜良"怎么样？

　　见白晓没行动，"杜良"笑着轻叹口气，与最近的男同学握手，说："杜月河，晓晓的男友。"

　　"幸、幸会。"

……

白晓就眼睁睁看着"杜良"——向她的同学们握手，直到这场握手仪式结束后回到白晓身边来，之前不知的路人甲已经把白晓身边的座位空出来，"杜良"径直坐下，对着发呆的白晓眨巴两下眼睛，白晓回过神来，"杜良，你怎么会在这里？"

"度娘？"

"哦不，杜十娘，你怎么会在这里？"

"嗯？杜十娘？"

"杜、杜、杜先生，你怎么会在这里？"

"晓晓，我现在可是直接越过备胎成了你的正牌男友，你怎么也要叫我声月河吧？"

白晓伸出手指戳了戳杜月河的脸，感觉挺有弹性，然后伸出另一只手，一起扯着他的脸颊转了转，音量大一度，一字一句地问："亲、爱、的、正、牌、男、友！请、问、你、怎、么、会、在、这、里？"

杜月河回答得嘟嘟囔囔没说出能听懂的话，干脆也伸手，附上白晓的手，抓住，扯离，轻握在手心里，又说："我来谈生意，看这么多人就稍微留心下，门口那里不是有某某大学某某届某某班与某某班聚会的标志嘛，我对你的资料还是有点了解，估计是你上回说的同学聚会，所以凑过来看看。"

"我怎么觉得你是有预谋的？"

"你高估我的能耐了，这是个重要的饭局，我区区一人之力没法事先掌控。"杜月河又是笑，晓晓任由自己握着她的手，肯定是关心其他事情，转移注意力后，没有意识到，"这次聚会几乎都带了家属吧，就两个班，不会这么多人，我来不是帮你撑了面子？我的面子还不错吧？"

白晓终于反应过来杜月河已经赶鸭子上架地成为了——或者被所有人认可成为了——白晓的正牌男友是怎么样的实在感，一种"赶鸭子上架"的被动感作祟起来，一把抽回手，恨恨道："要是你能证明一下你的里子比面子还要不错一些，我就马上把你收归囊中了！"

"你说的哦。"

"我、说、的！"

白晓大义凛然的模样非常可爱，杜月河揉了揉她的头发，把垂落的刘海儿拂到耳际，想着下回怎么给她证明里子，要不耍赖一回，把"里子"理解为衣服里面？那样倒是好证明多了，他对自己的身材，还稍稍有点自信。

"晓晓！！他是谁?！"先前尿遁的陈蜀笑忽然出现，惊号出来！

白晓皮一抽，各种关于相亲的"反作用力"瞬间弥漫，陈蜀笑是最大的"反作用力"来源啊，千钧一发之际，白晓还没来得及狡辩，杜月河微微点头致意，轻言："我是晓晓的男友，杜月河。"

"男、男友，晓晓？我没听错吧？"

完了完了，狡辩不成了，杜月河要是下一句就说"我们相亲认识的"，后果可就泛滥不可收拾啦！她立马急中生智，佯装淡定道："是啊，我的男友，我们在——"白晓想到那次在瀚海书店，"我们在瀚海书店认识的。"

"就那次我约你的时候?！"

呃……好像才过去没多久诶，这么快就升级为男友，是不是有点轻浮了？于是又忙说："不是不是，我们认识已经有大半年了。"

"大半年了怎么一点不告诉我?！"

"呃……这个，这个，哦，不是还没个准信嘛，你看你办公室暗恋不也是没有准信没告诉我？"白晓忽然觉得自己随机应变的胡扯功力又上了一层了，看来偶尔写写小说啥的是能提高的。

"好了，我问完你了，杜先生，你是不是高富帅？"

杜月河看向白晓，有询问的意味，白晓指了指陈蜀笑，轻言："陈蜀笑，大学到现在的死党。"杜月河哦了一声，转而回陈蜀笑："陈小姐觉得杜某算不算得？"

陈蜀笑这厮对这个破问题，居然佯装深沉地托着腮帮子思考了几秒，再故作高深地道："高和帅倒是一眼就看得出来，富嘛，看你的着装气度，大约是还蛮富的。"

"晓晓你看，你死党都认可我了。"

"这是什么认可?! 满世界高富帅多了去了，我们家蜀笑长得这么漂亮，什么样的多金帅气男没有见过，单单这么两句话的评价，而且笼统得不成样子的，你就翘上天去了。"白晓极其不以为意，得赶快想办法把杜月河赶走，他在这儿实在越添越乱。

杜月河点了下白晓的额头，带点耍赖地不满道："我才没有翘上天去呢，你就给我各种高标准，真是苛刻。"

这杜月河真是太主导局势了，居然调情似的真把男友演绎得很好，还是个有点小媳妇气的小男友，事情进展到这一步，白晓就算直嚷着杜月河和她没有半毛钱关系，也是百口莫辩了，还有陈蜀笑在这儿虎视眈眈，自己被杜月河当成小推车推着走了，想推哪儿推到哪儿啊……

陈蜀笑听着小两口儿互相调情，忒不满，忙插嘴："你们置我于何地啊?"

白晓冲她笑笑，她翻了个白眼回敬，杜月河冲她笑笑，她嘻嘻也笑起来回敬。

如此不公平的待遇啊!! 这么些年的姐妹情怎么比不过美男的一笑啊!! 白晓恨恨地刚想抱怨几句，陈蜀笑立马飞快不知道从哪里取出颗糖塞进她的嘴，剥脱了她的发言权："晓晓，这儿没你什么事了，我跟你们家杜先生谈谈。"说完眼睛里一闪，一副狡黠模样。

难、难不成陈蜀笑是看上杜月河了? 不、不会吧，虽、虽然他实际上不是白晓的男友，但刚刚的认识里怎么都是很清楚表明了，杜月河是白晓的挂牌男友呀，这牌坊还新鲜着漆没干呢! 多年姐妹陈小姐难不成要尝试一回挖亲姐妹的墙角? 杜先生能被挖走的可能性有多大嘞? 他和陈蜀笑也算是俊男美女，看着倒是登对。对了，如果杜月河被挖走，不是解了自己的围吗? 哎呀不对呀，被谁挖都好，但是被陈蜀笑挖不行啊，不然自己和杜月河之前相亲的事情还不连一分一秒的细节都被探知嘛! 而且他们还是两次相亲啊! 自己怎么会遇上此等难得之事啊?! 要不要马上去买张彩票等着中 500 万?

这边白晓在胡思乱想，那边杜月河和陈蜀笑已经聊得欢声笑语了。只听:

陈：诶，你是理科生吧？

杜：中学是理科，本科学的金融，硕士学了企业管理，单从学科上分，后两者都不归理科。

陈：啊？你都念研究生了？在哪里念书呀？啧啧啧，你看起来真是年轻，我还以为才是大学生呢，奚落不了晓晓"老牛吃嫩草"了。对了，我还没问你年龄呢，杜公子年方几何，今年贵庚呀？

杜：下个月满26，我一年前就工作了，不是学生，今天是来S市谈生意，我估计是晓晓有些嫌弃我，不大愿意带我来，今天碰到，也是巧合。

陈：什么？晓晓那小妮子还嫌弃你啊？真是个口味大的，不知足。诶，你们怎么认识的啊？

杜月河瞄了被排除在对话圈之外的白晓一眼，继续：

杜：有个周末，我去书店买书，恰巧我要买的那本就剩下一本，给晓晓拿去看了，怕夺人所爱所以过去打了招呼，才认识的。

陈：哦，诶诶，你看你和晓晓也这样了，我和她情同姐妹哦，亲属关系上勉强算得个小姨子吧。

杜：嗯，小姨子好。

陈：嘿嘿，小杜乖，叫我"笑笑"就可以了嘛。诶，你瞧啊，本来吧，我拉着晓晓一起单身过来，就想嘛，反正至少还有她给我垫底呢，可你出现了嘛，所以如今就剩下我一个了，我俩关系可好了，隔三岔五待一起的，你们俩肯定想独自待着嘛，电灯泡怎么都不会受欢迎嘛，所以嘛，你还挺优质的，身边肯定也有些一样优质的单身男青年是不是？小姨子我呢，终身大事也很重要，帮了我的忙，你们也能自由自在的是不是？

杜：噢，我懂了，我留个心眼帮你瞄着。

陈：哎呀你真好，咳咳，我看着你和晓晓真是天生一对呢。

杜：真的啊？

陈：咳咳，当然真的啦！

杜：那，晓晓要是埋汰我嫌弃我的时候，小姨子要多替我美言几句。

陈：好说好说，不用这么见外。

……

你们有关心一下旁边当事人的感受吗？

第十一章

葩 友 相 惜

陈杜两人正说得火热，突然又来了一人。此人纵横情场多年，是把好手。

他屁颠屁颠地从"岸芷汀兰"包间里面出来，颠到白晓他们旁边，伸着脖子一瞅，奇道："月河呀，你说要出来见见的熟人就是她？"

白晓和陈蜀笑都看向来人。白晓看着一张精致妖娆的脸，恍惚觉得有点印象，搜索一圈没有想起来，于是继续看着他。陈蜀笑倒吸口气，心一下子怦怦跳得要蹦出嗓子眼儿了，小心翼翼地呼吸两口，不敢弄出大动静来，沉默着也没有说话。

见两人没有动静，杜月河只好出面，理睬一下来人。他说："给你们介绍一下，这是我的生意伙伴，姓白名术，白术。"

来人立马抗议："什么生意伙伴！说得这么生疏！我是月河从小穿一条开裆裤一起长大的哥们儿，关系可是竹马竹马。"

白晓终于想起来，这个人是"塞纳河之畔"的服务生，白术，当时她还给他写了表彰呢！那时一张小帅的脸，怎么如今换了套行头变得如此妖艳如花啦，一袭黑色燕尾服，穿得跟个黑精灵似的……不是说来谈生意嘛，这是什么趣味？虽然的确很好看。还有他们关系是什么？"竹马竹马"？"青梅竹马"里面的"竹马"？登时脑海里浮现出两个还穿着开裆裤的小儿骑着竹马互相追逐嬉戏的场景。

陈蜀笑和以往看见帅哥时那副豪放的形象不同，腼腆地微微低着头，一言不发。认识她的人都知道，只要她不动不开口，温良淑静宛如一个纯正的淑女，绝对想不到她是下一秒钟就可能撩开裙角，一脚踩椅子上，以"老娘"开头一句话的人。她的此番情状，着实有点诡异。

还没有将白晓她们介绍给白术认识，杜月河已经站起来，拉着白术的后衣领，一边跟白晓说他先去解决饭局，一边拖着白术走开，白术反抗几下没成功就消失在包间门后了。

一消失，陈蜀笑立马坐直了张望，语气里满是可惜："唉，还没有介绍我跟他认识呢。"又惆怅一会儿，想起来什么，"诶，晓晓，他是叫什么？白竹？有白色的竹子？"

"原来读'zhú'啊，是白色的'白'，术语的'术'字，但是读成'zhú'诶。"

陈蜀笑做深思状又沉默一会儿，缓缓开口："晓晓啊，我感觉我坠入爱河了呢。"

在杜月河走后，白晓刚舒了一口气，喝口茶压压惊，登时给呛着了，猛咳嗽几声才好一点，没怎么顾得就问："你是说坠入爱河？坠入杜月河？"

陈蜀笑茫然地看着晓晓，把白晓刚刚的话慢慢输入脑海，再慢慢反应过后，终于灵台清明一些，翻了个大白眼，说："俗话说'朋友妻不可欺'，杜先生作为你的人，我怎么能随便染指呢？我是说白先生呀，白术先生。"说完作遥想桃花状。

"哦，不是杜月河是白术啊。啊?!你不刚刚才见过他吗？别乱发花痴呀，你还不知道人家有没有女朋友呢，也许人都结过婚了呢。"

"你懂什么，女朋友算什么，结了婚又有什么，我不会嫌弃他的。"说完又是陶醉状，"晓晓你看见了吗，我的身上正在冒粉红色的泡泡。"

"你为什么从不担心是别人会稍稍嫌弃你一下啊？我看这单就有可能诶。"白晓尽力扑灭刚刚升起的粉色泡泡。

显然，陈蜀笑太沉醉在自己的情绪里，没有听到白晓的话，她自顾自地继续说："诶诶，你懂不懂这种感觉啊？一眼就知道是自己想要的人。"

白晓无奈附和："你在说传奇吗？"

陈小姐如梦初醒般，恍然大悟："《传奇》？王菲的《传奇》？'只是因为在人群中多看了你一眼，再也没能忘掉你容颜'，嗯嗯，有点这种感觉。你说我怎么才能和他搭讪啊？刚刚都没有介绍下我，真是的，我就说'你好啊，我叫陈蜀笑，四川那个蜀，脸那个笑'？"陈蜀笑一脸得瑟。陈得瑟。

继续附和："呵呵，四川那个蜀，脸那个笑？你介绍名字真高端。"

陈得瑟："这不是内涵嘛。"

白晓再次附和："其实吧，我觉得你的名字还是挺好听的。"

陈得瑟："嘿嘿，那是。"

白晓附和结束，说出真理："但是一听就只能是在一部电视剧里面充当女二号女三号那种地位的。"

陈得瑟："……我可以告你诽谤吗？"

"不可以，真理至上。"

陈得瑟："……我要改名字，改成'陈笑蜀'。"

"啊？这个像男的名字！"

陈得瑟："……我要告你诽谤。"

在中国做生意的决策层都兴饭局，包囊了一切关于生意的成功与失败点，而且他们特别能拉长饭局，一顿饭一个下午，再一顿饭一个晚上，要是再来个宵夜啥的，一整天就是在桌子边度过了，这么一想，那些混迹于饭局的人，实在能熬。

所以在一大群互相闹腾的同学拉家常说里短吃得闹得很尽兴之后，餐桌上的聚会结束，但杜月河的饭局还在继续。

在陈蜀笑的监视下，白晓给杜月河打了个电话，说了接下来两个班级的计划，分成两拨儿，喝得有点醉的，闹得有些累的，去唱歌，剩下想怀想怀想大学时光的，去学校转一转，现在六月底，大学差不多是在期末阶段，老师教授估计还在学校，兴许能见着一面，因为期末阶段老师们很忙，聚会都来不了实在可惜。最终白晓决定回学校看看，杜月河说他结束之后会去接她，在陈蜀笑严厉的眼神里，没能鼓起勇气推脱掉，还在陈蜀笑激动的提醒下，白晓问了问白术会不会一起来，得到会带上的准信之后，陈蜀笑也决定回学校，要寸步不离地跟着白晓，等着杜先生乘一朵祥云来娶妻，祥云下面拴着条绳子，白先生孩童一样在上面荡着秋千。

　　阔别两年的学校，与记忆中的模样没有很大分别，只是当时身处学生那个圈子里，尚且顺着人生路走，在什么时间做什么事，大体上都可以预见，回忆时也有迹可循，此番折回来缅怀，却带着再也融不进学校氛围的社会气息，时过境迁，所有一切都会改变，即使再微小，一步一步的微小步伐聚集起来，渐渐也显出条无法逾越的鸿沟，作为每个人都要经历的一段变迁，都要默默承受。母校是个承载太多东西的地方，平平白白就能牵扯出人怅然的心思。

　　已经出梅好些天，夏季高温来袭，学校里全部都是青春靓丽朝气蓬勃的青年人，着装当然也很是青春，青春的特点就是时尚并有点暴露，但露得还算得体，总体看来还是养眼多一些，还有就是感概这些孩子的防晒工作做得不错。

　　白晓和陈蜀笑手拉着手，离开在湖边乘凉的大部队，像大学时代一样，围着学校最外圈的绿化带散步，路两旁的梧桐和香樟似乎又长得更高了一些，看得出修剪细心，长得枝繁叶茂，在地面投下连片的树荫，偶有微风，惬意凉爽。

　　到了偏居一隅的学校花苗田，看见一个黑瓦白墙的六角亭，越过亭子有一片实验田，田边围着不少学生，一个老师模样的年轻人正低头讲解什么，看起来像是园艺或者生物之类的专业在上实践课。陈蜀笑定定看了几秒，揉了揉眼睛再看几秒，拉着白晓跑过去再看几秒，瞅着个空当，不确定地问了声："安澜？"

　　白晓一怔，仔细看向那年轻的老师，他听到声音转过头，对上白晓的视线，也一怔，旋即笑起来，目光柔和，笑容温暖，一如从前无数次一样，他笑言："什么风把你们吹来的？"

"真的是你啊，我刚还以为自己看花了眼呢。"陈蜀笑说完推了推白晓的手臂，白晓反应过来，忙说："我们同学聚会，回学校看看。你是在上课吗？我们有没有打扰你啊？"

周围的学生都已投过来视线，看得白晓有些拘谨，这时远处响起下课的铃声，安澜回过头去布置了期末论文，讲了些注意事项，宣布下课。而后对她们说："你们也是巧，正好赶上下课，不算是打扰了。"

"你怎么会在这里呀？"陈蜀笑忍不住问出来，"研究生不是还没毕业吗？怎么来当老师了？"

安澜指指旁边的六角亭，然后一起走过去落座了，才说："研究生是还没毕业，我的专业是园林，本科时对我影响最大的教授王磊，就是设计我们学校绿化的教授，你们应该认识吧，他半年前胃肠炎复发，挺严重，恰好那时导师没什么事情要忙，我就提出帮他带几次课，后来他病愈还拉着我在这里实习，说一定的教学经验会有很大好处，于是就做起代课老师来，不过仅限于这学期。"

安澜说得不快不慢，声音温和，他一直以来就是这样的人，谦和儒雅的风度。

陆续离开的学生三三两两，白晓看见有几个女生一边走一边悄悄回头看他们，目光里透着几分询问的意味，安澜这样的男子，理应受人喜欢，自己从前放开他，应该是对的，他应当有更好的女子相配，而不是她这样为了消除李悦的影响才选择恋爱的人。

陈蜀笑和安澜像对老友一样，相谈甚欢，白晓只在一旁仔细听着，偶尔为了表示不太沉默而主动插句嘴。

阔别后的重逢，交换的只有快乐开心的事，就算不如意的很多，也缄默不谈或者草草带过，今天的聚会里，白晓对这样的情形也算认可，相聚本是乐事，如此只能是锦上添花，但对于真正想关心关注的人，却了解不全他们的经历。

实话里，白晓从来没有爱过安澜，大二的时候，他们在义工社团认识，安澜追了她一年，对她很好，本身也是个怎么看怎么好的大男孩。不是说，忘记一个人最好的方式就是进入下一段感情吗？白晓没有切身试过效应，也许是有效的吧，所以到了大三时，她整理整理对李悦的心思，把从前悄悄写下的只言片语，通通烧干净，灰烬放入纸盒，寻个契机埋入土里，纸盒不防潮不防腐，很快就会腐化消失，这不可逆的仪式，埋葬从前的岁月年华里一段悄无声息的感情。

与安澜一起的时光是快乐的，安澜有超越他年纪的沉稳成熟，照顾人很体贴周到。女孩子大多数都喜欢稍稍成熟稳重的人，随着年龄的增长，安全感那个虚得很的东西渐渐充斥在女孩的脑海里，寻一份感情归属，很像是寻一份安全归属。如果能长久地拥有安澜这样一个好友相伴，白晓一定十分愿意。可是安澜是她的男友，她却不能给他女友该有的情感。现实里的爱情，有那么难得吗？安澜那么好，为什么自己无法爱上他呢？是不是慢慢暗示自己已经喜欢他了已经喜欢他了就会真的喜欢上？曾经花费太多爱恋在李悦身上，如今不能再分出些给安澜吗？

彷徨很久，终究无法对安澜生出情愫。面对安澜的温和如水，一脸恬静的笑容，白晓不能占着他自欺欺人，他以后会有很好的生活，会遇到更好的女孩，会有幸福美满的婚姻和未来，自己不能太自私，所以她提出分手。至今，她都觉得，这是正确的决定。

陈蜀笑像是说了个什么冷笑话，说完就自顾哈哈大笑起来，也不管对面的安澜一脸莫名，白晓想，陈丫头的冷笑话是很无敌的，偏偏她自己不以为是冷的，非要以为是很热很热，每次说完白晓没法笑的时候，陈丫头就翻个白眼数落她没情趣，白晓不明白什么样的情趣才能让人对笑点高得离谱的笑话有反应，此时她朝安澜投以一个同情的眼神，想说些什么转移开陈丫头的话，还没开口，陈丫头笑完了，自己转了话题："安澜你现在有女朋友没有？"

说完突然发觉自己失言，作为前男友和前女友见面的场合，提现任男女朋友总是不合适的嘛，飞快扫视下白晓和安澜，果然两人有点僵，气氛尴尬起来，忙补充："我、我就随便问问。"

就算本来是随口问问的，但点明了后，未免刻意，只让气氛更加尴尬。白晓偏着头看着八角亭边的实验田，田里有几把小铲子，白晓想象着，拿那小铲子刨啊刨，刨出个大坑，把陈蜀笑埋下去，盖上土，撒点水，一根小苗发出来，长成参天大树，树丫上挂着几个大果子，果子一切开就是小孩子，给她们取名字叫陈大丫、陈二丫、陈三丫……

"没有呢。你嘞?"安澜的声音响起，以平常的方式打破之前的僵局。

"我、我也没呢，我就单着呗，反正单着也不错嘛。"陈蜀笑见化解了局面，也坦然起来。

"晓晓呢?"安澜的声音又响起。

呃，怎么扯上自己，自己多么不想回答呀，反正刚刚自己在一旁没怎么参与他们的发言，就当发呆没听到好了，陈蜀笑你上。白晓面上不改色，维持着微微发呆的神情，脚底下悄悄踢了陈蜀笑一脚。

收到那一脚，陈蜀笑只好无奈地说："晓晓她……"

"嘀嘀——"两声喇叭声。他们转头一看，一辆黑色奥迪 A8 停在路边，一个熟悉的身影开门出来，朝她们挥了挥手。

"晓晓她男友。"陈蜀笑一句话接上之前断开的话，也间接回答了安澜的问题，说完矜持地坐端正，很礼貌很淑女地挥手。

第十二章

回 城 高 速

车门打开，还穿着燕尾服的白术走出来，笑嘻嘻地奔到白晓他们的亭子，先围着他们转个两圈，顶着妖艳如花的笑脸冲着他们，白晓自然还好，安澜只是有点奇怪，陈蜀笑就覆没了，僵僵地坐着一动不动，腼腆地微微颔首。

"月河来接你的。嘻嘻。"白术在最后一个石凳上一坐，开口。

"噢。"白晓实在不知道怎么答了，安澜还在旁边呢，白术一来，陈蜀笑就没法用了。

安澜善解人意地，主动说："晓晓，你男友在等你，还不过去。"

"噢。"白晓先几不可查地瞪花痴状的陈蜀笑一眼，起身往杜月河那儿去，走到靠近的地方就停了下来，保持一定距离。

"过来。"杜大人发话。

白晓磨磨蹭蹭地不动弹不说话。

见白晓没反应，杜月河干脆自己走到她旁边，伸手揉揉她的头发，宠溺道："淘气。"

"人在看呢！"白晓推推杜月河，又往后退了一步。

"哈哈，从前怎么没见你这般脸皮薄的模样？"杜月河一把抓住白晓的手，紧紧握着不容分说，拉着她到车身右侧，绅士地给白晓开门，将她推到副驾驶的座位上，再转到另外一边去，向还在亭子里的几人挥手作别，就上车发动开走了。

终于反应过来的白术跳起来追着，一边追，一边喊："你怎么把我丢下啊！我没开车来呀！"

杜月河看着后视镜里消失的白术，拿起手机按下了短信发送键，像是之前就编好的短信。

几秒钟后，一副淑女模样的陈蜀笑收到条短信，上书："小姨子，俊男给你留下了，把握机会。"陈蜀笑立马回："大恩不言谢！事成请你们吃酒！"

杜月河看到回复的短信，轻笑两声，把手机丢给白晓看。白晓看了眼，语气不确定地问："你这样是不是有点不厚道啊？"

"哦？何以见得？"已经到学校大门口，杜月河慢慢开到坐班的门卫处，摇下车窗，取了自己的驾驶证，而后开上大道。

"嗯，他们没开车，你后面不还有座位，何必让他们去坐火车啊？"

"我又不傻，干吗找俩大灯泡？"

"噢对了，白术不是'塞纳河之畔'的服务生吗？怎么和你成竹马啦？"

"服务生？他是老板。"

"老板？他就是那个到法国留学回来的让人姑娘寻来的大学生？！"以前还想过，什么样博学文艺的男子能让一姑娘不远千里寻来呀，居然是白术那个美如一只妖的妖艳男子！

杜月河皱皱眉，在思考的样子，才说："什么法国留学？我和他认识好多年，姑娘倒是见过很多，法国留学可没有，他大学的时候明明是去阿联酋留学的。"

"呵呵，怎么不去欧美，去阿联酋啊？一般去阿联酋的不多吧。"

"本来是打算去美国的，后来他知道阿联酋人可以娶四个妻子，说要去见识一下，考虑一下移民，当然他不是这么跟他爸妈说的，幸好没移民，不然他一辈子就祸害四个人了。"

"呵呵，白术这个人，好像唯恐天下不乱的感觉啊。"白晓忽然觉得他和陈蜀笑性格上情趣上还算是有点投机，希望陈丫头再接再厉，不然是比不上白术的夸张的，至少陈丫头就不会在饭局上穿一身礼服呀。

"我感觉，世界上就你说的这个词最能形容他了，你说的法国留学那个是怎么回事？"

白晓就把关于"塞纳河之畔"这家餐厅的流传故事讲给杜月河听。

杜月河听完一笑，说："我突然想起来，阿术开店的时候，收到张明信片，好像就是塞纳河夜景，给他贴在餐厅的休息室里，我见过几次，这个大概是餐厅名字的由来，但故事嘛，没准是他自己编了放出去的，做生意上面，他还稍微有点才能。"

唉，无奈叹口气，白晓拿出自己的手机，也发了条短信给陈蜀笑："此人小开，抓住可保饭食无忧，加油。"然后问杜月河："你去白术那里吃饭会打几折啊？"

"我一般是，免单。"

"啥？免单？你们关系可真好，不过要是我朋友开店，我也不好意思总要求免单诶。"

"跟你说个事，我们在他家餐厅吃饭的全过程都给他拍下来了。"

"我忽然觉得要是白术我就会好意思了！"

这时陈蜀笑回了短信："嗯，亲上加亲！"

什么亲上加亲啊！她白晓和杜月河实际上是蜘蛛丝那么细的关系都没有撒！连忙对杜月河说："诶，杜先生啊，你找个时间找个时机赶紧向陈丫头解释清楚我们的关系啊！我同学就算了，反正不是朝夕相见的，改个朝换个代也正常，不大会影响，但陈丫头和我的生活，不是抬头不见低头见，也是要快踏破我家门槛的那种，我愿意撮合她和白术，但我们的事你早点解决。"

杜月河放慢车速，停了下来，白晓向前一看，红灯处，他说："你从了吧，反抗无效的。"

"这不是旧社会，不能强来的！"

"要是旧社会，我这会儿已经去你家提亲了。"杜先生幽幽道。

"你、你这般不是耍赖嘛！强烈抗议！"

杜月河发动车子，绕上高速沿线，又幽幽道："你要反对，之前怎么不反对，凡事都有保质期有效期，过期不候的哟。"

"我跟你说哦，我喜欢的可是温文尔雅的，你刚才看到那个小亭子里的帅哥没有，他可是我第一个男友，性格好得一流，温柔得能把你化掉，你如此赖皮我断然不会倾心，在我们还没有太僵之前，还是放弃吧。"

杜月河默默开车，没有说话，气氛凝重起来，以至于白晓都要以为他有些生气，从而反思自己是不是把话说重了，寻思一番，好像没有多重诶。或者说，杜先生是成功人士，一般不太受得了反对之声？也不对嘛，成功人士应当千锤百炼才出深山，如此小气度也难成大事。

直到过了收费站，又开出好一会儿，到了最近的一个服务区，杜月河开进去转了一圈，把车停到最偏最偏的角落，得逗地一笑，说："晓晓，你愿不愿意成为我的女朋友？"

"呃——你刚不是在生气啊？"

"回答我问题，你愿不愿意成为我女朋友？"

"呃——我要拒绝的。"

"哦，很好，"杜月河再笑，露出小白牙，但白晓恍惚觉得看见俩獠牙，他一边漫不经心地抽了张纸巾擦手，一边轻飘飘道："晓晓你瞧，我们正在高速上，除了服务区附近有点人，其他地方大部分都是农田和绿化，还有铁栅栏围着，什么时候才能赶回家去呢？"

白晓听这话，知道是话里有话，后面大概是个圈套，谨慎地问："你不会是看我不同意，要把我丢在这儿吧？"

本来杜月河是想这么说来吓唬她的，既然人家自己预见到了，那就再说个更狠点的吧，于是说："哦？晓晓以为就这么简单？孤男寡女的，这里也没什么人不是嘛？"

白晓抓紧包包护在胸前，身体往边上靠了靠，语气变得不确定："杜、杜先生，哦不，杜月河，月河啊，先奸后杀是大罪啊！"

"先奸后杀？"这妮子的思维跳跃比他想象得要大幅度很多啊，要是遇到没想到先奸后杀的坏人，都给她提醒了，不过也蛮好玩的，还是继续挑逗她吧："那先杀后奸是不是就不算大罪了？"说完将窝成一团的纸巾丢进角落的小纸篓，直直盯住同样要把自己窝成一团的白晓。

白晓咽了口口水，默不作声，紧张起来，细细观察一分一毫的局势，心中大为感叹，都说男人的车是很危险的地方，果不其然啊，自己怎么就一时大意跑了上来，先前还和他说说笑笑的，这下万一不知自己怎么死的咋办？哎呀！杜月河他把手伸过来啊！难道要一下给个手刀劈混了好办事儿?！要行凶啦！白晓大喊："杜大侠饶命啊！你还有大好前程不能做傻事啊！"

"砰——"杜月河猛地一弹白晓脑瓜子，一点也没有客气。白晓一瞬间有些茫然，之后捂着脑袋嗷嗷叫嚷。杜月河哈哈大笑，只觉得很开心，直到白晓确定他之前是与自己开玩笑，自己倒蛮当回事的，登时恨恨瞪着他。

杜月河收敛起笑声，仍挂着掩不去的笑容，又飞快地伸过手去，在白晓本能捂着脑袋躲避中准确地落到她的头上，摸摸头，笑叹："傻瓜，还不下车。"诶？不会吧，真要把自己丢高速路上？

杜月河转身开门下了车，走到后备厢拿了什么，在白晓这边敲窗，举着手里的小铲子小铁锹，说："快点下车帮忙，被服务区保安发现我们就要被抓起来啦。"

白晓讷讷地下车，杜月河已经蹲到角落绿化带上挖起什么，凑过去看是一株草，叶子挺像兰花，忙问："这是什么？"

第十三章

明 确 关 系

杜月河塞给她小铲子，叫她挖旁边一株一样的，回答："我也不知道，早上开车来时在对面的服务区停的，白术发现了一片，知道这一边的服务区也有，说回去的时候一定要挖些，这些——"他晃晃手中的小铁锹，"——就是他在我们饭局后去买的。我都把他丢下坐火车了，还不给他挖个草安抚一下，回家他不闹腾死我啊？"白晓一边挖一边问："你对他一向如此吗？'给一棒槌再给一蜜枣'？"

"不是，用他的话说，是一直给棒槌，偶尔给雷劈了才大发慈悲给回蜜枣，还是不怎么甜的那种。"杜月河轻飘飘地说，与语速不相称的是手上的速度，小铁锹下泥土横飞，转眼间已经挖出两三份带泥的兰花类似物，土块大小适中，既没有很多断根，也没有显得敦实笨重，俨然一合适小园丁。

白晓挖得挺慢，悲催得挖断了第一株的根，换了株重新挖，一边说："你这样好像蛮腹黑的，我以后要多注意，最好离得远远的，千万不要得罪你。"

"你嘛，你和白术不一样，我作为你男友，当然是要包容你多些，不用担心。"杜月河头都没有抬，依旧轻飘飘地说，依旧认真对付手下的植株。

终于在扩大范围后，挖了一个大球球，没有破坏根茎，白晓捧出老大一个泥土团时，不满地噘了噘嘴，带些无奈道：“杜月河，你最近一段时间总是在我身边晃，虽然说实话挺养眼，我也把你当个朋友真心实意地交了，你何必如此得寸进尺，我自认为不是太脑残的偶像剧女生，一点不想成为你的女友，而且我们认识的时间确实不长，无法相信你是真爱我，最多就是有少许好感吧，我的话说得很明白，你要不要接受？”

杜月河停下手中的活儿，抬头看着白晓的眼睛，白晓看见他眼里的澄澈，他的眼睛真的比一般人要传神，闪闪亮亮的，让人不想移开目光。

白晓以为他会因为被拒绝而有些难受，会说些伤情的话来，没想到他一段认真痴情的凝视后，又飞快地挖了两株草，然后拎起一大把花叶，说：“我们再不走，保安就要来了。”语气很平静，听不出什么波澜，而后把东西放进后备厢去。

他不给自己说法是怎么回事，是不要接受白晓的话？如果他是真喜欢自己，被拒绝应当伤心点啊，为什么一点都看不出来端倪？真没诚意，还喜欢呢！白晓忽然觉得有点懊恼，就像自己自作多情了那般。

见白晓还捧着一个大泥团傻站在草地上，杜月河折回来拿过她的小铲子，再拿过那笨重的大泥团，想去摸摸她的头，碍于双手沾满了尘土，他温和道：“怎么傻了啊？先上车。”

白晓拍掉手上的泥，恍恍惚惚地思量着，男人的车很危险，要不要上？环视一下四周，服务区外是大片农田，好像不能轻松潇洒地一甩手说“本小姐不用你送了”之类的话，那要不试试搭车？那些车主不知根不知底的，保不准比杜月河还要危险，唉，算了，上吧，先下了高速进了城再说。

杜月河已经在白晓恍惚的时候先钻进车里，白晓一坐下，他就递来几张纸巾，口吻里带些无奈和调侃：“你的反应总是这样慢半拍？”

先飞快地朝他翻个白眼，白晓说：“我现在反应够快吧。”再接过纸巾擦手，擦两下想起什么，翻包包拿出一包湿巾。

车子又发动起来，开出了服务区。

杜月河沉默两分钟后，说："晓晓，我是认真的。"

车窗外的风景飞速往后逝去，就像时光荏苒连成线，时光里，青春正在行进，白晓忽然想起安澜，之前离开时，都没有认真告别，甚至没有认真交换下最新的联系方式。安澜对她是认真的，她对安澜呢？不够认真吧。白晓问："你认真到什么程度？"

见她能不一味拒绝自己，而是正面与自己交谈他们俩的事了，杜月河细想自己对白晓的感情，要说多深情，那稍微戏剧化了些，要说只是谈谈恋爱消磨时间，他无法把白晓仅仅当作一个来消磨时间的女友，要说婚姻，白晓尚且没有接纳自己，那一步还远，自己也没有想短期内结婚，于是他回答："认真到恋爱后，结婚前。"

"是说感情？"白晓疑惑，杜月河对她短短的接触就有那样深的感情？

"不，是态度。学生时代的恋爱是单纯的，即使想到婚姻也太遥远，但是我们已经不是学生，我想追求你，想至少发展到结婚前那样的感情。到那时，我会尊重你意愿。"

学生时代的感情，单纯吗？是的，单纯，就说白晓对李悦的感情，她只幻想李悦的一颦一笑和对自己的温情，倒很少有未来工作生活婚姻之类，白晓对安澜的感情，也是被排除在婚姻之外的。毕业两年没有恋爱，却也感受到身边同龄人的变化，对待情感，一定会牵扯上婚姻了，这样其实理所应当，尤其对女子，女子的青春寥寥十来年，一旦花期过，人老色衰，还有何资本叫嚣一份足够优质的婚姻呢？婚姻永远是女子的归属，女子从 34 岁起的人生保障。

恋爱后，结婚前，那样程度的认真是一个适龄男子能给的最大的感性又理性的答复，以恋爱为目的的恋爱，理想主义而且不负责任，以结婚为目的的恋爱，刻板得有些过头，恋爱和婚姻的适度契合，是浪漫的现实。自己，自己的年龄和社会处境，是可以认真对待一份感情了，总要面对的，自己的未来，为了不过几年草率解决婚姻大事，是可以开始寻觅感情归属了，不能永远生活在过去的阴影中。杜月河，杜月河吗？他其实很优质，没什么可挑剔的，唯一可以挑的，是自己对他没有多少实质性的感情，如果和对待安澜一样呢？两年的时间都没有爱上安澜，即使不断暗示要求爱上。

"杜月河，你愿意成为我的男友吗？"白晓淡淡地说，语气冷静极了。

"我愿意啊。"

"你要知道，我有时候比自己想象得还要狠心，对待爱情，我不能完全给你肯定的答复。"白晓说。

"没有事情是百分百肯定的，但要是我们展开这方面的话题，就往哲学方向去了，我掰歪道理可以，哲学可不行哦。"说完，杜月河轻轻一笑，偏向白晓这边的嘴角隐现一个淡淡的小酒窝。

白晓看着他安静恬淡的侧颜，忽然觉得安心，她说："到你了，再问我一次。"

"晓晓，你愿不愿意做我的女朋友？"

"我愿意。"

杜月河的笑意更深，那种直接、真实、爽朗的笑意，白晓看在眼里，云淡风轻那种轻松突然间涌起，眼前的这个人，能带给自己安全感。

闲适的氛围一起，白晓整个人就懒洋洋起来，眼皮渐渐沉重，杜月河说还有些时间才能下高速，之后直接送她到家，她可以睡好一会儿，当然白晓也没有客气，心安理得地安稳睡着了。

睡梦中，白晓迷迷糊糊地做梦，梦见自己还很小，大概就十来岁，在一家魔法学校念书，上课的阶梯教室非常非常大，比大学里最大的还要大上几号，教室里都是同学，他们都很喜欢自己，正在上美术课，老师很端庄有气质，布置题目为"缤纷"。白晓坐在倒数第二排的位置，最后一排就一个男同学，白晓看到他画了巨大的蝴蝶侧翼，弧形的线条很优美，翅膀下是绚烂的彩虹，画工很好，相当精致，但是有一个女同学在他之前交了幅彩虹上去，老师还夸奖了她，最后那个男生把画有彩虹的画纸塞进画夹，重新草草画了一张花田，白晓觉得他挺失望伤心。放学后，白晓就跟着他，一直走到个广场，广场中心的喷泉没有开启，他坐在喷泉边开始画画，白晓看见了天边的彩虹，于是也拿出画笔画起来。最后画完的时候，他站起来对白晓说："我送你回家。"之后迷迷糊糊听到有人在喊自己。

　　睁开眼睛就看见熟悉的景致，镂空围墙，红色铁门，从门两边延伸出两方花坛，里面的大丽花正开得红艳艳的……这里是，家……小男孩送自己回家来了！那小男孩呢？偏头一看，杜月河微微向自己倾着身子，俨然一副端详的模样。白晓一惊，猛地站起来，"哐当"一下撞到车顶，又跌落回座椅上，嗷嗷叫着捂着脑袋。

　　杜月河被她的行动一吓，连忙把她的脑袋掰到眼前，拉开她的手检查伤情，没有伤口破皮，也还没有鼓起大包，按了按最顶上的头皮，按得白晓直嚷嚷，最后揉了揉她的头发，叹口气无奈道："我是凶神恶煞还是美若天仙了，把你惊成这样。"

第十四章

白 晓 的 家

"我正做梦呢！艳遇知道吗?！人还要送我回家呢！还有你干吗离我那么近啊?！我一睁眼看见谁不都这个反应啊?！"白晓缩回脑袋又自己揉了揉，伤心道："刚刚我双眼都要冒金星了，没有外伤，也不知道有没有脑震荡，我聪明的脑袋难道要在此亡命了吗？你这辆破车真讨厌，顶盖弄那么硬干吗？跟我气场太不和了！"

"哈哈，晓晓你好夸张，我家牛牛还没有怪你撞疼它呢，你倒怪起它来了。"杜月河笑起来。

白晓斜睨他一眼，没好气地说："切，你家车还起名字啊？牛牛？真幼稚，杜先生我真没想到你是偏爱幼齿型的。哼。"

"偏爱幼齿型？那我现在偏爱你，你是不是幼齿型的?"杜月河似笑非笑的。

"本小姐是御姐型的，你现在知根底了，要不要打退堂鼓嘞?"

"噢，御姐型啊，看来我是偏爱御姐型的咯?"

"切，你就会说好听点的话。""我只说给我想说的人听嘛。"杜月河一脸促狭地嗔道。

白晓额头冒出两滴冷汗，没想到杜先生娇嗔起来竟也满是风情的，长得帅就是好，随时随地做什么事情都容易有福利，她说："杜先生啊，'牛牛'这个名字实在是，太不符合你高端的气质了，赶紧换一个，趁这个名字还没有被这辆车记牢，好歹人家也是 A8 啊，要是哪天它生气了不悦了，半路上随便抛个锚漏个油啥的，你也吃不消不是吗？"

杜月河伸手过来摸摸白晓之前撞到的地方，以一种貌似自言自语的口吻说道："难道是刚刚撞坏脑袋了？什么天马行空的思维啊？"

"啪——"白晓打掉杜月河的手，拉开门下车，下逐客令："我到家了，你圆满完成任务，慢走不送。"然后不客气地"砰——"，关上门，径直走向红铁门。后面杜月河当然是不依的，自己也下来车，到后备厢取了一株兰草类似物，颠颠地跟在白晓后面要进门去。

白晓发现他跟来，猛地要关上，杜月河为了不被关在外面，也稍稍用力抵着门，摆出可怜兮兮的模样，一时间，出现僵局。

杜月河受委屈了似的说："晓晓，我要把这个草送给你。"

想了想，白晓说："草留下，人可以消失了。"

"晓晓，我送你回来，没有功劳也有苦劳，你看今天天气这么热，我就不能进去喝杯水吗？"委屈中。

"你车子掉头后开 150 米有家便利店，里面什么水都有。"

"晓晓……"撒娇中。

"放弃吧，不行的，我爸妈应该在家，你不能进来。"

"晓晓……啊！白阿姨你好！"耍诈中。

白晓一惊心，猛然回头，却没有看见白妈妈的身影，不由生起一团气愤，再想去拾掇拾掇杜月河，但是他已经趁白晓刚刚的分神，侧身进来了，正嘻嘻笑地看着她，双手捧着兰草类似物。

才要数落杜月河耍她的事，就又听他微微偏头看向白晓身后，声音响亮地叫了声："白阿姨好！"哼哼，这又是耍自己吧，上过一次当，怎么可能再上第二次当呢？白晓站得身板挺直，左手一叉腰，右手指向杜月河的脸戳戳戳，带点得意地娇嗔道："月河哥哥，你真把晓晓当傻瓜耍哟！"

"哎呦喂，真是月河呀，我刚刚还奇怪我怎么听到亲亲月河小婿的声音了呢！晓晓，你刚刚是要干吗？小两口的感情蛮不错的嘛！我和梦妍总算放下心来喽！快快快，月河快进来坐。"晴天霹雳出现的白妈妈，大着嗓子奔过来，拉着月河小婿的小手就拉进了白家，留下一脸黑线有些石化的白晓。

无奈地甩甩头，想自己其实不用这么避着爸妈，都已经接受是杜月河的女朋友了，而且，她几乎所有大学同学都比她先一步接受，确实不需要遮遮掩掩。

进家门后发现，白妈妈居然一路拉着月河小婿的小爪子去洗手，此刻正宠溺地教导他："洗手一定要用舒肤佳香皂哦，不伤手，还除菌，最适合小孩子用了，我们家晓晓啊，就是用舒肤佳长大的……"

只听那月河小婿语气里满是惊奇和崇敬，对晓晓的惊奇，对白妈妈的崇敬："晓晓真的是用这个长大的啊？那我以后也要用这个牌子的。"

白妈妈的笑声连绵不绝，弄得白晓眼前立马浮现出她合不拢嘴的样子，白妈妈说："月河能做到爱屋及乌，我家晓晓以后有福气啦！"

月河小婿："白阿姨，是月河有福气咯。"

白妈妈："福气福气，我们大家都有福气。"

……

白晓想了想最后一次吃东西是什么时候，又看了下手机上的时间，估摸着大约已消化得差不多，所以不用分神担心不小心就恶心地吐出来。脑袋一闪，恍然大悟地觉得，"四大皆空"真是人间至理，可以以不变应万变，今次自己不过肚子"一空"，就解去了一烦恼，我佛实乃博大精深，妙不可言也。

……

月河小婿洗完小爪子后又给拉回客厅，彼时白晓正福至心灵地剥橘子吃。白妈妈把月河小婿往白晓身边的沙发轻轻一推，他就顺风顺水地坐到旁边来了，嗤嗤地朝白晓笑，跟傻帽一样，偏偏生着张精致帅气的脸，平添出几许傻气的可爱，简直要萌翻了！

白妈妈从善如流地拿走白晓刚剥好的橘子，飞快地剥掉橘肉外的橘络后塞进杜月河手里，一边还抽出心思来数落白晓："晓晓还不快去倒水啊，月河都进来好一会儿了。"

"我也进来好一会儿了，要喝水自己倒，我们家从来都是以'自食其力'为准则的。"

"哎呀你这个丫头，真是不懂事，月河你稍微担待点啊，平时她不怎么这样，乖巧还是挺乖巧的，你先坐着，阿姨给你去倒茶，别起来，你坐好，和晓晓说说话，阿姨马上就回来。"白妈妈咻的一声消失不见，腿脚麻利极了，想来晚间瘦身操什么的还是有锻炼身体的功效的。

白晓白了杜月河一眼，自顾又取了个橘子来剥，然后直接把旁边的人儿忽略掉。杜月河笑笑，把橘子掰开两半，再掰出一颗小瓣，飞快地塞到白晓嘴边，白晓一愣，忙道："诶！唔——"已经给瞅准时机的家伙得逞，橘子给顺利送进嘴里去了。白晓颇为气恼，但又不便此刻发作，默不作声地嚼了两口便撇开脸，杜月河摸摸她的头，凑近了轻声道："别恼，别恼，我等下还有事，不多时就走，不先把咱俩的进展让你妈妈知道，我不放心。"

白晓受影响地也轻声回问："有什么地方不放心的？我又不是轻易反悔没诚信的人。"

"不怕一万，就怕万一，我才不要冒一点点险嘞，不然损失太大了。"

"我俩正式确定关系都还没有两个小时吧，你总得让我有些心理准备再告诉我妈他们呀！"

"哎呦，说什么悄悄话嘞？不能带白妈妈听听的？"白妈妈已端了茶来，笑嘻嘻地调笑他俩。

白晓回答："没说什么。"

杜月河非常恭敬地接过来茶，稳稳放到茶几上，再顺溜地拿过白晓小手，暗暗发力握得紧紧的，不让她能抽出，面儿上笑容灿烂，冲着白妈妈说："我们在说，怎么告诉阿姨我们的打算。"

白晓怕杜月河会说出什么惊世骇俗的话来迎合白妈对一个女婿的热切需求，毕竟他的话总是先斩后奏的，这一点白晓已经见识过了，所以立马接话道："妈！我们打算在一起了！"

"哎哟哟，要是晓晓都承认了，那铁定是真的嘞，月河呀，本来我还担心这丫头一把年纪了还不开窍，直教人着急可能眼睁睁地目送她断送一段良缘，看来月河就是比一般人有魅力啊，一出手就手到擒来啦！"白妈妈极为满意地对自己的想法点点头，再向月河小婿招招手，继续说："来来来，再给阿姨仔细瞧瞧。"

杜月河看了看被抓在手里的白晓的小手，再看看招财猫状的白妈妈的大手，心里做了一圈计算权衡，松开前者，选了后者的方向凑过去，即将又要上演一段丈母娘会女婿的桥段，应当毫无疑问作为主角的白晓，被轻易地晾在了一边……

"妈，您老人家有没有发现您老人家的女儿，也就是我才只有 25 岁，不能说成是一把年纪啊……"没有人理睬，"杜月河，您有没有发现您和我妈妈她老人家相比起您和我这小人家更加有共同语言啊……"没有人理睬，"你们两个慢聊啊……"依旧没有人理睬。

只听得那边传来月河小婿如此言语："晓晓觉得我很靠谱，可以给她足够的安全感，现代人总是浮夸浮躁压力也大，我能做到的就是给她一个比一般人更坚实的肩膀。白阿姨，结婚我也有想到过，但对晓晓来说还是太快了些，我们虽然都不年少，倒也年轻，先好好谈场恋爱，结婚这一步我可以等她准备好，您可要适时地稍微提点一下啊，阿姨我是真心喜欢她，虽然真正结识的时间不长，但就是放进心窝窝里了，您和我妈妈都年轻过，您肯定明白我说的情感，太感谢您是我妈妈的朋友，太感谢您能生个晓晓这样的女儿，太感谢您放心把她交到我手里来……"

"妇女之友"一词猛地出现在脑海中，这厮实在是能讨大龄妇女的欢心了，解决了大龄妇女关于嫁女儿的大问题，还说得那么冠冕堂皇情真意切天花乱坠的，实在厉害，于是决定避让避让，让娘儿俩好好叙叙吧："我回我房间去了啊，你们继续，结束了也不要来喊我啊，直接走掉就可以啦，嗯，下午安。"

　　才站起来转个身走了四五步，杜月河"嗖——"的一下起来，两三步就追上，眨巴着好奇宝宝的眼睛请求道："我也要去，还没有见过晓晓的闺房是怎样的呢!"

第十五章

动 情 一 吻

　　本能地，白晓瞬间反应："NoNoNo，女孩子的闺房你一个汉子怎么能乱进?! 古语有言:'发乎情，止乎礼。'小毛孩儿懂不懂啊?!"

　　杜月河偏头看向白妈妈，一脸找帮手的味道，白妈妈会意，说道:"这都什么年代了啊，我们那个时候就没有这个规矩了，晓晓要是不愿意——"似乎在斟酌着用什么词，白晓自己脑补"那就算了吧"，但是白妈继续说:"晓晓要是不愿意，那就阿姨带你去参观吧，阿姨还是知道一点点她的小秘密的，可以都翻出来给你瞧瞧哟。"

　　"啊——妈!! 你到底是哪家的啊!!"白晓一把抓住杜月河的手臂就往楼上的房间拖，顿时化身大力士。

　　直接利索地把"小毛孩儿"杜先生拖进白晓的房间，"砰——"地甩上门，一边指指各个方位一边飞快地介绍:"这是书桌、书架，里面是书，这是床，这是沙发，这是笔记本，这是梳妆台，这是衣柜。"三两步上去拿起垃圾篓晃晃，"这是纸篓。"再走回来将杜先生往单人沙发上一推，居高临下，语气不善:"杜先生还有什么地方要指教的吗?!"

杜月河环顾一下四周，指着侧墙的墙绘道："你没有介绍那只把自己耳朵挂起来的阿狸。"

白晓轻轻眯起眼睛，高深莫测地打量着杜月河，酝酿了一下情绪，选择直截了当的方式，说："杜月河，难道没有觉察出晓晓此刻非常特别有那么一点点的气愤吗？"

"有吗？"杜月河抬抬眉，故作轻佻地问。

"没有吗？"语气里带着重重的强调。

"没有的，晓晓脾气好，哪里会因为我要看看你的房间就生气？"说完眨巴下眼睛。

白晓怒了，直接上手捏住杜月河的两个腮帮子往两边扯，说道："虽然我的确说了要做你的女友，但是，你太快地进入我的生活了，我这个人不仅是很久没有正经谈谈恋爱，也是没谈过两三场的那种，说直白一点，就是我对于男子还是有点排斥心理的吧，嗯，大概是这样，而且，平时我也算是个慢热的人，所以你最好还是步伐慢、一、点，understand？"嗯，可恶的皮肤真是好！这个浑蛋在多少方面占尽先机了！老天不公，必须申诉，可恨申诉无门！

"耶系麦多姆。"杜月河嘟嘟囔囔地发出奇怪的声音，见白晓没有听明白，于是伸手落下白晓在扯自己腮帮的手，轻轻握着，清晰地说："Yes，Madam！"

白晓抽回手，往床边一坐，偏开头，气闷的样子，一言不发。

"晓晓？"杜月河试探地问。

"……"

"晓晓？"杜月河再试一次。

"……"

"有没有人跟你说过，你生起气来的样子好可爱哦？"杜月河嘻嘻笑言，透露着些许讨好的滋味。

白晓瞄了他一眼，在心下轻叹一口气，觉得自己这个气生得有点多，毕竟杜月河也没有做出非常过分的事情来，不过是要来见见她父母，赖在这儿拖点时间，自己果然是太久没有接触男女感情之事了，如此容易就有大反应，于是说道："其实如果你说我生气的样子非常性感的话，我会更受用的。"

这个已经是白晓在给杜月河台阶下了，才开了口搭了话，没想到杜月河竟是个不喜顺着台阶下的，一般人还能勉强理解成是没有体会出其中的意思，但是要说他这个精明的脑瓜子理解不了，白晓干脆就自诩为深藏不露的民间一等一高手好了，那杜月河竟然接话道："性感？你是指哪里？我怎么没看出来？难道是藏得太深了？"说完把眼光定在白晓身上，略微往下移一些，到达可以称为胸部的范围，并且刚刚的语气和此刻的眼神都充满了怀疑之情。

按理说，杜月河这个行为是有轻薄的嫌疑的，但是那极为不确定的神情深深刺激了白晓，所以你可以调戏一个女人，但是绝对不能在调戏时用否定语气！

白晓抓起床上一个小驴的抱枕，猛地往杜月河脸上砸过去，嘴巴气得鼓鼓的，可惜那个抱枕实在没有什么攻击力，杜月河轻轻一抬手就挡住了，拿在手里仔细端详一番，居然依旧火上浇油地说："晓晓，你的口味实在好奇特，这个驴实在是太丑了。"

白晓眯起眼睛看着杜月河，这个浑蛋笑得这么灿烂做甚？可恶啊，太生气了！

"晓晓，你现在生着气，有没有想跟我分手？"忽然地，杜月河问出这个问题。

"啊？"白晓着实有些诧异，然后细细想了想，一般人这种时候都是会想着可恶啊气愤啊讨厌啊生气啊然后便是"再气我就分手"？而且难道他惹自己生气是为了逼自己讲分手？这个人是变态？或者说是对自己感情全部都是说着玩耍自己的，就是那种追不到人时死缠烂打，追到了之后马上放手，以自己曾经收集过的女友名单为兴趣和炫耀的花花公子？

"很好很好。"杜月河笑着从单人沙发挪到晓晓坐着的床边，在白晓还没有完全反应过来之前就凑过去，手抚上白晓的面颊，一面端详，一面轻抚，神情就像在细究一件感兴趣但是还没了解透彻的艺术品。

　　白晓给他的神情给奇怪到，本想说些有气势的话来，以表自己刚刚确实被气到过，而且不轻，由此为不示弱，但她却一时语塞住，嘴角动了动，什么都没有说出来，只好眼睁睁地不解地看着杜月河，只是她没有想到她这样的不作为的结果就是，下一秒，杜月河就吻了上来。

　　吻很轻，轻轻附上白晓的唇，轻轻地咬着她的下唇，温柔的力道延长了白晓的惊诧，待她终于反应过来，撑起手推杜月河的胸膛，这时才发现杜月河已经一手伸到她的背后搂住她，另一手在她的颈后按着她的头，任她小小的力气是怎么也挣脱不开的。

　　"唔！"白晓尽力推搡着，一时没注意，齿关一松，杜月河的舌便探了进来，长驱直入，忽然加重了力道，像一阵急雨挟着狂风，要扫遍每一寸口腔，缠着她的舌。

　　白晓不过将将谈过安澜一个男友，他又是个性子温婉的，虽然不是没接过吻，但绝对没有这么激烈，可以说成依旧初出茅庐的白晓被这阵仗惊得蒙了，完全忘记了要反抗一下，哪怕是象征性的，白晓只感觉自己的心跳加快，胸口明显能感觉到它的跳动，简直就要从喉咙里跳出来了，她的脸很烫，已经变成了个熟透的番茄，身体不由自主地无力起来，杜月河顺势将她揽进怀里。

　　惊诧让白晓一时屏起气忘记了呼吸，待缺氧受不了时，却发现狂跳的心脏和热烈的吻让她难以呼吸，顿时难受极了，双手不自觉地抓着他的衣服，这时，杜月河终于放开了她，唇也离开来，嘴角旋即画出一个满意的弧度。

　　白晓大口大口地喘着气，脸颊红得像要滴下粉红粉红的胭脂来，她全身虚软，没有半点力气，伏在杜月河的怀里一动不动。

　　"真是小傻瓜，都不会换气。"说完，杜月河又将白晓抱得更紧一些。

　　白晓脑袋里全部都是糨糊，几乎完全停住了不转动，晕晕乎乎好一阵儿，白晓才反应出刚刚究竟发生了什么，猛地推开杜月河，站起来往后退，一直退到窗台边，无处可退了。白晓掀起落地窗帘，把自己裹到它后面，简直想在墙上刨个洞钻出去！

　　躲了一会儿，没有听到什么动静，于是从窗帘后面探出一点点头，发现杜月河正抱着双手好整以暇地瞧着她，抿着嘴巴忍着笑的样子，白晓又把脑袋缩回窗帘后面，叫出来："烂人杜月河，你都不会觉得不好意思吗?!"

"哦？难道你这是害羞吗?"轻飘飘的声音透过布帘传来。

"去你的害羞！本女侠豪气冲天！一辈子大方磊落没有听过'害羞'这个词!!"躲在窗帘后的白晓不甘示弱。

"那你——"

"我是怕你尴尬所以不直接照面!"死鸭子嘴硬。

"那你要躲到什么时候?"说完，杜月河起身走近窗台。

"啊啊啊啊!! 你不要过来!!"听着靠近的脚步声，白晓不淡定地直嚷嚷，裹紧了帘子。

但是杜先生没有绅士地停下来，反而加快速度走到窗边，三下两下就扯开窗帘，瞧见后面捂着脸转过去的白晓，他说："晓晓，你要不要这么可爱哟！不过是亲你一亲，又不是把你怎么怎么了，你的反应也太像几岁的小孩子了吧!"

"你你你你稍微离我远一点啦!"偏执的白晓。

"不闹了，乖哟，来这里坐下吧。"杜月河超级温柔地用哄小孩的口气哄着白晓，一边拉着她的手往沙发那边去，然后把床头柜上的矿泉水递给她，说："喝点水，压压惊。"

白晓此刻顿然懊恼不已，被吻了这回事暂且不说，是他自己贴上来的嘛，想想要是没办法就算了，但是后面自己的表现实在是太逊了，居然还躲到窗帘后面去！此番丢脸真是丢大发了！

第十六章

怦 然 心 动

　　为了扳回一点面子，白晓先发制人道："你如此行为实在越僭！"

　　"越僭？你说我？"说完杜月河又凑上来些。

　　"诶诶诶！"

　　"哈哈哈，你先前说过什么的，'发乎情，止乎礼'？"

　　"对！就是这个！你越僭了！轻薄行径！纨绔浪子！非良人也！"白晓逮到这个切入口直咄咄数落。

　　趁其不备，杜月河伸手点了下白晓的鼻子，郑重道："晓晓，我越来越喜欢你了。"

　　白晓红着脸低下头，不满地嘟囔着："说什么呢，不害臊。"

　　"啊？我们俩中有你一个这么害臊的人都难得了，怎么能抱着两个人都是这样的期待嘞！"说完自己揉了揉自己的头发，一副有点烦恼的样子，"要是我也和你一样扭扭捏捏的，我们的关系怎么发展迅速啊？"

　　白晓不甘示弱，道："你这是在自夸脸皮厚。"

　　……

那边没了声音，白晓抬头瞧了瞧状况，杜月河正低眉颔首作思考状，后疑惑地问："难道脸皮厚不是个优点吗？"

"你不要给我灌输奇怪思想，毁我三观。"

"晓晓，你真厉害，明明心里已经乱得不得了了，还能这么嘴硬地跟我敲竹杠。"

杜月河拿出手机看了下时间。

"哼！"没有否定，只是仍然不服气。

站起身来，杜月河理理着装，说："晓晓，我还有事，再不走就赶不上了。"顿了一顿，继续，"你要不要送送我？"

"不要！"撇开脸，强硬道。

"我就知道是这个回答，不过算了，谁叫我偷香了呢，这个香太值了！"

飞快地俯下身，"吧唧——"，又在白晓脸颊上亲了口。自顾去开了门，突然想起什么似的回头，说："那个，之前你说道个谁？是不是叫安澜的？你说他温文尔雅性格好是你喜欢的类型什么的吧？"

安澜怎么了？

"其实我各方面都蛮好的，听你夸他我有点忌妒。嗯，就这样，走了，可以的话明天见。"说完轻轻带上门，脚步声远了几步，然后是下楼梯的声音。

白晓愣了好一会儿，听到窗外传来汽车发动机的响动才反应过来，连忙到窗边打开窗户，探出了身子看去。

杜月河抬头看见她，微微一笑，柔情万千，挥挥手，发动他的"牛牛"走了。

"啊啊——"白晓回身蹲到地上，捂着脸，脑海里印着刚刚那轻轻一个微笑，杜月河英气逼人的脸怎么那么有杀伤力！深深地吸口气，长长地呼出来，懊恼自语："唉——我是不是要完了。"明明都觉得自己挺成熟的了，怎么弄得跟个初出茅庐的小女生一样啊。

"咚咚咚咚，啪——"白妈妈以敲鼓似的响动上楼来，猛力推开门，瞧见只白晓一人蹲在地上不知在发什么神经，左看看右看看还是没见着杜月河的身影，破口问："丫头！不会是你欺负人小月河，把他赶走了吧！"

呵呵呵呵，白晓在心里苦笑，人家小月河是什么角色，自己这个打酱油的群众演员地位，如何能欺负到人家！刚刚丢人的感觉太不爽了，必须要转换一下心情！但眼见着白妈妈不善的眼神，没办法地自叹口气，说道："您家的小月河有工作要忙，不能因为女色就懈怠了工作嘛，这是成熟稳重的好男人才能做到的！他下楼没见着你，所以才直接走了吧。"

"呃——这个，我刚刚是在厕所来着。"说完凑过来到白晓身边，试探着问道，"晓晓，你觉得月河这孩子如何？你可是真心要和他好的？"

白晓见妈妈一副认真的样子，完全没有了之前的嬉闹样儿，也就掏心窝地说说母女之间的话："妈，我觉得他还不错，挺好的，各方面都挺优秀，身世背景也知根知底的，虽然之前你和梦妍阿姨在那边乱捣鼓相亲的大戏，让我们俩还蛮抵触的，但是后来也算是挺有缘分才又相遇了，现在这样也蛮好的。"

白妈妈伸手摸了摸白晓的头，一副宠溺的意味，这个孩子，从小并没有让她操心太多，性格也算得上乖巧，偶尔的小任性也只是女儿对父母的撒娇，25岁的年纪，也并没有到着急结婚的年纪，按说也不至于要给她谋划相亲的事，也是恰好之前和梦妍一起聊到孩子的事，知道双方孩子都单着，一时兴起就想到了这上面来。在还年轻的时候，大部分闺密都会想想以后要是生了一男一女，就结成亲家来，都是男孩或者都是女孩，就结为兄弟或姐妹，这种用来嬉笑的话，常常都是增添了感情，但是不怎么会实现的，现在的孩子，都有自己的人生路走，连她们自己都是自己实现的婚姻了，更别说更加开明时代的孩子们了，她虽然希望和梦妍能亲上加亲，但感情这种事是强求不来的，自己女儿一辈子的幸福才是最重要的。"晓晓，平心而论，月河这孩子的确挺好的，踏实又有能力，也有责任心，我和梦妍阿姨给你们牵个线搭个桥，后面还是要你们自己走的，好好处着哦。"

"知道啦，妈，你以后不要这样子热情得好像人家才是你亲生的一样啦，还月河小婿呢，都不觉得害臊地就能叫出这个称呼来。"白晓撇撇嘴调侃起妈妈来。

"怎么，不叫月河小婿，那叫什么？难道要叫姑爷？"白妈妈也是个喜欢耍嘴皮子的。

"妈……"

"哈哈，好啦好啦，月河刚刚带来什么小植物，看着像什么品种的兰花，也不知道你们在哪里买的还是在哪里挖的，快去种下吧。"

"哦，那个啊，高速服务区挖的……"

说到这个，好像哪里有点不对劲啊，是哪里呢？白晓一边想一边下楼去取了小铲子，然后在花坛里找了个巴掌大的空地，把小小一株兰草类似物种了下去，从挖出到种下，时间间隔挺短的，球根上本身还带着土，所以植株非常精神，没有一丝萎靡的样子，不出大意外，肯定能活，不过，这个到底是什么植物啊？是兰花的什么品种啊？改天找学生物园林之类的同学问一下，呃……好像认识的人里面就只有安澜是学园林的……算了，还是哪天想起来百度一下去，不行再和白术交流一下。

想到白术，也不知道他和陈蜀笑俩活宝怎么样了，想到他出去吃饭却穿一身燕尾服的样子真是忍俊不禁的，蜀笑同学这个如狼似虎的性子，不晓得能不能把他给吓跑了呢？不过，既然两个都是唯恐天下不乱的，也有可能会一拍即合的吧，这次的同学聚会真是收获好大呀，看到了很多久未谋面的同学朋友，看到了安澜，捡回来个杜月河小男票，还可能把蜀笑那厮的感情大事给落实一下，不错不错。

忽然白晓意识到是哪里不对劲了！她去其他城市参加同学聚会，然后是被杜月河送回家来的，但是白妈妈居然一点都不觉得意外似的，而且对她聚会的事情一句都没有问到……就说怎么在外市遇到杜月河这么机缘巧合，需要多大的缘分才能做到这样啊，肯定有猫腻！

白晓立马蹿到白妈妈身边，白妈妈正一副心满意足安然地窝在沙发里看电视，一边还剥着橘子吃得很开心的样子。

白晓抢过剥好的橘子，不由分说地就塞进嘴里吧唧吧唧几下咽下去了，然后轻飘飘地问道："妈咪呀，我觉得你心也真是宽哪。"

白妈妈装傻充愣："啊？怎么呢？"

"你女儿去外市参加同学聚会去，你都能给人通风报信创造偶遇啊，你就不怕女儿一个人远离家乡，给先奸后杀抛尸荒野，鲜花从此飘零，红颜香消玉殒吗？"

"哎哟，人家没有啦，你不要随便冤枉人好不好嘛。"

哼，居然不承认，牢牢盯着妈妈的眼睛，一定是妈妈串通的，要坚信这一点。

"哎哟。"白妈妈表示反抗。

继续盯着妈妈的眼睛，继续坚信是妈妈串通的。

"哎哟，你看，你根本就没有告诉我你是去参加同学聚会的不是吗？你只是告诉我你和蜀笑出去玩，晚上就回来的。"

"是啊，但是你也没有问我关于蜀笑的事情啊，我和蜀笑出去玩，却是杜月河把我送回来的，怎么都要奇怪一下、问一下是怎么回事吧？"继续坚信是妈妈串通的。

"哎哟，这个，月河不是你男朋友了嘛，你们刚告诉我之后我就不用问其他的了嘛，你知道，女儿长大了，不能干涉太多，告诉你的呢，你就都听着，不告诉你的呢，就等着她找到合适的机会再告诉你，或者就自己瞒着，都是她自己的事情嘛，所以我就没问了啊，懂？嗯，你应该不懂，你没有一个二十多岁的女儿，你不会懂的。"白妈妈一本正经地开脱着。

"妈……你不用挣扎了，赶紧承认吧，承认了我就可以去做晚饭了，今天有油焖茄子、清蒸鲫鱼、番茄蛋汤——"白晓说着晚餐的菜，还没说完就给白妈妈打断了。

"哦！好的！是我悄悄从蜀笑那里知道的，然后偷偷告诉了月河，真相就是这样的，宝贝女儿你赶紧去做晚饭吧，可以不做清蒸的改做红烧鱼吗？宝贝？……"

……

不会做饭的吃货妈妈，这是最好拿下的方法啊。

第十七章

晓莺婚讯

晚饭时告诉了爸爸关于自己和杜月河的事情，爸爸欣然接受，表示虽然他之前对于白妈妈捣鼓相亲的事情不支持，但是也睁一只眼闭一只眼地没有怎么反对，想着女儿也大了，自己可以做出抉择了，现在这个样子，能发展下去自然是不错的。

白爸爸是中学语文老师，文人一个，容易沾染上"手无缚鸡之力"的评价，虽说不是什么大学士、大文豪，但也曾是书生气浓厚的翩翩公子一个，不仅上得厅堂，也下得厨房，一手好菜轻松地把年轻时人比花娇的白妈妈给拿下了，人们常说抓住一个男人的心要首先抓住他的胃，这一点上面，看来对于女人也同样适用呀。

文人白爸爸，总是带点文人的清高和儒雅的，从小对白晓的教育就是温和中带着内在的严肃，白晓人生中的几次选择，包括高中大学的择校填志愿之类的，都是极大地尊重白晓自己的意愿，希望她能自己走出自己的人生，很多时候都是采取"放养"性质的教育，但是在很多关乎原则的方面，也极为严格，比如从小培养白晓独立做事的能力，还特别注重读书修养自身，弄得白晓的性子也颇为文静，年纪小的时候甚至表现得颇为怯懦，长大之后倒是带上了点年轻人的活跃，显得青春朝气又不失温婉。多读书的好处，除了让白晓培养了性情，也经常让人给她贴上"知性"啊之类的标签，叫人觉得不是肤浅的女孩子，总地说来也是不错的，女孩子都是喜欢被人称赞夸奖的嘛。

白晓从前没有怎么和爸爸谈过感情的事情，和安澜恋爱的时候只是和自家小姨知会过，让小姨在事后给妈妈透露一下，从而表明自己不是什么奇怪的不谈恋爱、单身主义之流，让她不要太积极地担心女儿的终身大事，虽然后来还是牵扯出一些麻烦事儿……但是妈妈那样的性格在那里搁着，也总是难免的。这次确实是第一次和爸爸提到感情的事情，白晓想，自己果然是到了要面对这些事的时候，都摆到自家餐桌上面作为家庭话题了，爸爸没有见过杜月河，不知道他们见面会是个什么情状呢？自己的话，梦妍阿姨是见过的了，以后还有杜爸爸要见，不知道会是个怎么样的人呢，自家的老爸是温文尔雅的书生，杜爸爸要是个雷厉风行的，该怎么相处呢？好像首次见面还要带见面礼，选什么才能恰到好处既不失礼又不过头呢……

想着这些就越想越往深了想，仔细地思考着，直到电话响起才打断白晓的思路，猛然惊觉自己刚刚一咕噜都是在想之后见家长之类的事情，顿感丝丝羞愧，这八字刚刚写出来，墨迹还没有干透，怎么就在考虑顶后后面的事情了呢？自己真的是把杜月河当成正正规规的男朋友了啊！

看清电话上闪烁的名字，白晓又略惊讶，是王晓莺，她找自己，难道是说婚期的事情？

"喂，晓莺。"

"晓晓，这么晚给你打电话实在有点不好意思啊，我婚期是这个月23号，是周末的，你有时间来吗？"王晓莺甜美的声音通过电话传来，甜美又不造作，恰如其分的让人舒服的声音。

"有时间的，你结婚，我没时间也要空出来呀。"明明早已没有从前无话不说那么熟络，但是过去的友情很容易就被找回并很快就回温了。

"太谢谢你了晓晓，你等下把地址发给我吧，我给你寄喜帖。"王晓莺顿了顿，试探性地揶揄道，"晓晓呀，我这次还是请了不少高中时候的同学的，据我了解，有不少也还单着呢，你看你是不是可以抓紧一下趁机钓个鱼呀。"

又是同学……怎么又是同学……同学们毕业之后的聚会，是不是单身就没法安然轻松地参加去呀，幸好自己不是单身了，虽然刚刚脱单。上次在湖泉公园偶遇王晓莺和她未婚夫的时候，因为晓莺问了她，所以知道了白晓还单着身，这刚过去没多少时间，她已经成功脱单，这个时刻也不晓得算不算件好事了。

白晓说："晓莺，那个，我，我已经有男朋友了，就不用钓个鱼啦。"

"啊？上次见着你不是还说单身的吗？害我可费心地帮你瞄着了。"王晓莺，略吃惊。

"这个，这个嘛。"该不该说自己今天才脱单呢？感觉应该会被揶揄更多的，算了还是保险一点，"也就是最近才在一起的。"

"那能不能八卦一下是什么样的人呀？"

"嗯……"该怎么形容杜月河呢？180厘米以上的高智商美貌男？是不是太轻浮了点呀，要不然说风度翩翩？是不是不像形容现代人的呀……"挺好的。"最终浓缩为含含糊糊的三个字。

"说得这么笼统，算了不问你了，到时候带来就能看到，到底是什么人把我们晓晓给拿下了。"

"还要带家属啊？"白晓吃惊，怎么现在出席个场合就要拖家带口才好啊，她才大学毕业两年呀，结婚生子的压力虽然渐渐有了，但是之前都没有觉得有多大，怎么感觉"忽如一夜春风来，千树万树带家属"了呢？

"那必须呀。"

"能不能不带啊？"虽然杜月河不至于丢人，或者说肯定是给自己长脸的，但是还是没有适应就这么带他出双入对地到处跑呀。

"当然不能啦！必须带来哦！"王晓莺的声音很是坚决。

"那个他比较忙，到时候不一定有时间的。"

"我婚礼是周末了都，要是真有事你也让他调一下咯，我都提前这么多天通知你们了，工作安排应该没到的吧，而且啊，就算只出现一下下让我看看是什么样儿的就好啦。"

"晓莺其实我是骗你的，我没有脱单呢。"不知道杜月河听到晓晓这么说会是什么反应呢？

"不用挣扎了，你要是没脱单，不来我婚礼钓鱼，也会被很多单身汉的鱼钩给砸得不死也伤的。"

挣扎不得，最后只好勉强说："那我尽量带吧，他真的挺忙的，得问问他时间。"

"好的好的，我这儿就算默认他来了啊。"王晓莺自顾得了个结论出来，"那就先这样，别忘了把地址发来啊。"

挂断王晓莺的电话，白晓把自家地址发过去，然后往床上一躺，想着真的要带杜月河去吗？虽然她和王晓莺不同班，但是同校的同学还是有些认识的，总感觉不好意思就这么带去呀，要是，要是李悦也去了呢？高中毕业之后到现在也有六七年了，之后都没有联系了，从前偶尔还在 QQ、人人上面找找他的近况，后来就不再关注这些，也不知道他如今是个什么情状，自己已经放下他了，但是想想要是会碰到，还是会觉得不自在。

白晓迷迷蒙蒙地想着各种事，在快要睡着之际收到了杜月河的短信，问："睡了吗？"

"嗯，睡着了。"

"我手机被人偷了。"

"啊？"

"就是从你家回公司的路上被偷了。"

"有重要的东西在手机里吗？"

"嗯，主要是一些客户的联系方式之类的。"

"这些没有备份什么的吗？"

"没有啊。"

"你也太不小心了，我就不经常丢东西呢。"

　　这条发出去，杜月河没有回短信，而是打来了电话，白晓没想什么地就接了，接完还没有说喂就听到那边传来抑制不住的大笑声，顿时觉得自己应该是被骗了，瞬间困意就没有了，怒道："杜月河！你骗我的对不对？又耍我！"

　　"哈哈哈……晓晓你太逗了哈哈……我手机被偷了还怎么给你发短信啊？"

　　"这……"都怪自己刚刚困得要睡着了，脑袋运转极慢地给他回短信，再加上自己足够天真，"这是因为我以为你立马去补办了手机卡并且还是记住了我的号码。"

　　"嗯，好像你这么以为的也是说得通的。"那边终于停止了笑声，貌似认真地在考虑白晓说的成不成立。

　　白晓看对方已经不笑她了，问道："找我什么事情啊？"

　　"除了为了耍耍你，看看你智商余额不足的反应，也没有其他什么重要的事情啦。"杜月河又调侃起白晓来。

　　"你嘴巴怎么这么损啊？你才智商余额不足呢！"白晓不服气，虽然刚刚的确表现得有点白痴，但那也是将睡未睡时的迷蒙呀，大脑都休息了，做好进入睡眠状态的准备，当然是正在关机的状态呀。

　　"好好好，我智商不足，不仅如此，我还拉低了整条街的智商呢。"杜月河做出一副唉声叹气对自己的智商表示惋惜的样子。

　　白晓扑哧一声笑出来，也亏他能这么自黑了。

　　"不生气啦？"

　　"嗯嗯，说吧，到底找我什么事呀？"

　　"我就是想听听你的声音啊。"

　　"您这是在给我说情话吗？"

　　"是啊！"杜月河直言承认。

　　"嗯，还挺好听的。"

第十八章

最 毒 总 监

闹钟把白晓吵醒的时候，刚刚过七点，之所以这么困，就是因为昨天晚上和杜先生聊嗨了，弄得有点晚才睡，完全忘记了周一要上班，必须早点睡之类的事情，要是睡过去迟到了，后果还是颇为严重的，因为今天是周一。

白晓在传媒公司做策划，之前接手的那个项目，白晓写的策划案被新上任的总监批得体无完肤伤筋动骨连渣渣都不剩，回来大修了几次才勉强入了他一点眼，让周一早上汇报一下最新进展，所以迟到的后果还是相当严重的，特别因为今天是周一！

匆匆整理了下资料，因为同学聚会，所以特地之前赶好了。到公司之后，果然的，气氛比较凝重，同事们都有点暮雨潇潇花儿给打蔫了的无精打采，其中还飘荡着一些紧张的因子，都是给新总监闹的呀。

这个新总监，姓周名言，周言，虽然名字里面有个言字，但是其实并不多话，更没有唠叨之嫌了，但是他说出的话都是字字弹珠，啪啪啪地打得人一个一个的孔，回去喝口水都能从身上的洞里全漏出来的，总是叫人目瞪口呆的，伤口好久都不能愈合……有几个拍马屁的没拍好马屁，给伤得可重了，但是说来也奇怪，他们不约而同地都深深给周总监的口才给折服了，完全拜倒在他的牛仔裤之下，说他的话那是一个字字珠玑、一字千金啊，总监就在背地里有个了外号"珠玑言"，是啊，"煮鸡眼"，说不定是道好菜呢。

不过皮相还不错，秀气极了，长得算不上倾国倾城但却是秀色可餐呀，和他穷凶极恶的性格真是极大的反差。

白晓看着同事一个一个轮流进总监办公室，出来先傻一会儿，一动不动的，有两个还搬了椅子坐到窗边太阳照到的地方，然后慢慢地好像是缓过来了才有所行动开始工作，就像被冻住了的解冻过程。

旁边的吕思涵垂着头走回座位，一屁股坐下来之后，头都没有抬地轻轻说了声："晓晓到你了，安心去吧，同是天涯沦落人，等你出来我们心心相惜相互抱着取暖安然度过我们下半辈子啊。"

本来不紧张的白晓给思涵这副颓废的样子给催生出些许急迫来，把资料拿好，深呼吸放松，告诉自己不是紧张，只是进入了状态，已经准备好面对总监的毒舌了，然后毫不迟疑地走到总监办公室，敲了敲门，随即就听到了"请进"的声音，半点不停顿地开门进去。

周总监坐在办公桌后面，一张秀气的巴掌小脸正对着电脑，头也不抬地说："坐。"

白晓坐下。

"策划案。"

白晓递过策划案。

沉默煎熬的两分钟，周总监哗啦哗啦地翻着文案，只剩下纸张轻微的声响，让氛围更加凝结地沉重。

翻完后，周总监轻轻把文案合上，轻轻放到桌上，终于抬头看了第一眼白晓，默默地看了几秒钟，问："周末去哪里玩了？"

"啊？"白晓一惊，不应该说文案的事情吗？那要不要如实告知去同学聚会玩的事情啊，不敢诶，"没去哪里啊。"

"那你一个简单的策划案改到现在还改不出个名堂来，你确定你没有把脑子丢到什么地方去了吗?"

"……"

"大学学财务补考了几次啊? 预算一直弄得乱七八糟看不出来?"

"……"

"你这里 ＆ ＊ ^％ ＄ ＄ ％^＆ ￥ ＃ ＠……"

"……"

"拿回去再改。"

"好的总监。"暂时解放了啊,松一口气。

"定稿了再打印出来,浪费纸张是一种罪孽。"

"……"

走出总监办公室,白晓轻叹了口气,总监这么不苟言笑的,面相也太凶了。他刚来的时候,公司好几个单身的适婚年纪的女青年还激动了一把,想着没准来了个单身贵族高富帅,恰好又是个面相上乘的,从小看韩剧长大的小伙伴们真真按捺不住了。然后,没过一个星期,所有人都谦而远之,唯恐避之不及的。真是想象不出,周总监会怎么对待女朋友,毒舌腹黑还是叫人大跌眼镜的温柔得不得了呢?

白晓甩甩头把这胡思乱想甩开去,回到座位上面,思涵猛地抬起头,问道:"晓晓,几级伤残啊?"

"啊? 几级伤残? 虽然总监嘴巴比较毒,但是也不至于把你们都伤得蔫成这样吧。"

吕思涵的头又垂下去了,道:"晓晓你的策划写得已经很不错了,都给批得那么狠,劈成好几瓣,我们这种小虾米,都不是劈了,是直接给剁成了虾泥,做成虾丸丢火锅里涮涮直接就可以吃了。"

"没有这么夸张啦,至少总监提的意见都很切实很中肯啊,按照他指的方向改,出来的效果确实挺好的。"

"破茧成蝶的伤痛吗? 晓晓你是要告诉我这个道理吗? 唉,我宁愿一辈子只做一只毛毛虫啊,总监好可怕呀,明明长得花美男的相貌,为什么不是邻家阳光大男孩的性格呢？上天实在是对我不公啊……啊啊啊啊我好想去法院告他危害社会，危害我们普通人的心理健康，罪大恶极十恶不赦啊！"继续颓唐的吕思涵。

白晓点开策划案的文档，准备着手修改，一边还安慰安慰思涵："要不你去太阳下面汲取一下紫外线？消毒杀菌效果还是可以的，你看先前那两个小男生都已经恢复了呢。"

"不用了，我还是先把文案改好吧，总监让我下午下班前再拿去给他看。我的周一综合征更加严重了……"思涵最终勉力撑起脑袋，也开始面对今天的工作。

据说这个总监是留学回来的海归，但是他自打来了之后，除了工作上的接触，闭口不谈私事，个人信息也只是公布了基本情况，27岁，留学美国，学成归来，其他的就像是机密一样丝毫不透露，加上他的工作方式，这些小鱼小虾们也不敢放肆地问东问西的，硬生生地折了一群八卦军团的"信号天线"，却也大大助涨了好奇心，这个小总监，确实是一朵难以触碰的"高岭之花"呀。

中午休息的时候特地联系了下陈蜀笑，想问问她昨天回来的情况还顺利不，没想到居然电话没打通，QQ消息也不回，微信也没有反应，就像人间蒸发了一样，这个事情在别人身上也许偶尔还颇为正常，但是在陈小姐身上就绝对地奇怪极了，她可是手机不能离身的人，用她自己的话说，就是"这辈子最亲最爱的'小宠物'"。

然后给杜月河打了个电话，问他有没有联系白术，杜月河说他联系不上白术了，电话也打不通，打到餐厅去也说老板不在，也不知道哪里去玩了，害得他还要自己先把那些兰草类似物种下，真心觉得有这样一个"竹马"小伙伴太不靠谱。杜月河约白晓一起吃晚饭，说下班之后来接她。

下午又是继续改策划案呀，而思涵小友在崩溃三次之后终于交出了一份勉强及格的文案，她举着定稿的文案，宛若胜利一般地得瑟起来："晓晓你可知道，咱们这个总监呀，你知道他一副冷冰冰的语气，好像我欠他多少钱还不上后来给我打了个折扣一样，说出'勉强及格'四个字的时候，真真叫人觉得是有魅力呀！诶晓晓我跟你说，他这个人哦，肯定是好的也会说成不好的，不喜欢人自负的，所以他给我的这个及格啊，其实是对我完美的文案的极大肯定了！诶晓晓——"

"停！思涵小友啊，你上午还在那边喊着要不要去法院告他，完全抓狂的样子，现在不过是通过了文案，就这么得瑟啊，不要因为棍棒之后给了一粒小小的蜜糖就感激成这样吧？"晓晓一边说一边敲完最后几个字，小小欢呼一下，"耶！完成！"

"那，亲爱的晓晓呀，完成了就赶紧去给总监瞧瞧呗～"

"呃……"对哦，完全不是完成了就可以欢呼的情景啊，还有那位"珠玑言"拿着散弹枪在等着自己呢，"唉……慷慨赴死英勇就义，希望这次也可以得个'勉强及格'什么的。"

"NoNoNo。"吕思涵伸出一根手指，左右摇晃道，"这个和完美联系到一起的'勉强及格'可不是容易拿到的。"

"通过了请你喝咖啡。"

吕思涵缓缓地把食指放下来，一下竖起大拇指，继续说："嗯嗯嗯，我们晓晓的策划案一般都是超越完美这个级别的，拿个良好优秀什么的那都是杀鸡用了宰牛刀，太大材小用了！"

但是吧，有些人说的话都是好的不灵坏的灵，周总监直说了"重写，写完再下班"几个字就让吕思涵的那杯咖啡烟消云散，不过吕思涵也因此立马转到白晓的阵营了。

怎么办呢现在？马上就下班了，还和杜月河约好了一起吃饭的。

无奈地给杜月河打了电话，说估计要加班了。杜月河问是怎么回事呢，白晓一五一十地把自己被拒了好多次的策划案的事情说出来，杜月河想了想，让白晓把文案电子稿发给他看一下。

第十九章

两 人 失 踪

下班前三分钟，白晓的邮箱里收到了杜月河发回来的文案，打开一看，不少地方都给改过了，尤其是预算财务那里，虽然白晓做的预算没有多少错误，但是杜月河给优化了一下，瞬间就花费少了而且效果好像还好了些，粗略看一遍，好像真的改良了不少。

白晓一边打印出来，一边有点无奈，明明是自己工作的领域，怎么他三下两下就给弄好了呢？

随即收到杜月河的短信："赶紧交了，我去接你。"

吕思涵等同事陆陆续续地下班了，留下几个还有工作没有收尾的，白晓细细检查了一下这改过的文案，没有什么错误的地方，而且的确是被优化过的，和自己之前修改的程度不是一个层次的，丝丝灰心之中，还是直接把杜月河发来的修订版丝毫不改地交上去了。

周总监默默翻了两分钟，说："你可以下班了。"

就这么通过了？自己改了好些天一直都不顺利，给杜月河稍微看看稍微改改就安然通过了？

"总监，我这是通过了？"

"我不介意你再多改几遍。"周总监抬头看了看白晓，继续说，"明天开始考虑这个策划的执行。"

"好的，总监。"在"珠玑言"改变主意之前，还是立马遁了的好。

想着杜月河开车过来还要一点时间，所以慢吞吞地收拾东西，准备泡杯红茶一边喝一边等，后来想想还是到楼下咖啡厅等的比较好，但是一下楼就瞧见了杜月河的那辆黑"牛牛"。

"嗨，美女，有兴趣搭车吗？"白晓刚走到车边，杜月河摇下车窗第一句就这么问。

白晓玩心也起，回答："不知这位帅哥路从何处来，开往何处去呢？"

"从来处来，往去处去。"

"哈哈哈，你参禅悟道哪，说得这么虚虚空空的。"

"噢，漫漫红尘，变化万千，佛海无涯，佛海无边，贫僧道行太浅，参不明悟不透，不知这位施主能否指点一二迷津？"

"那就'塞纳河之畔'？"正好去看看白术回来了没有。

"欢迎乘坐本出租。"

到"塞纳河之畔"的时候刚刚六点，路上遇到晚高峰速度略慢，这个点儿也是餐厅吃饭的高峰时段，但是因为塞纳河之畔的价格贵，所以虽然现在顾客挺多的，却也算不上是爆满，白晓他们俩没有预约也是有座位的。

一进去，靠窗的位置没有了，选了个还算僻静的位置，服务员一来，杜月河就问白术回来了没有，显然是经常混迹在此，从餐厅经理、领班到服务员再到后厨学徒的小厨师都认识他。

这个服务员好像是之前第一次来的时候在楼梯上遇见的那位，白晓还跟他说自己是搞行为艺术的，所以虽然不是那时的样子了，还是不要在他面前说太多话比较好。

服务员说老板昨天和今天都没来，餐厅经理没有说什么特别的，从前也是经常消失好几天的。

　　的确，白术这个爱玩爱疯的奇葩，莫名其妙地失踪是很正常的事情，以前有回说好一起看球赛的，没想到球赛前消失不见，一天后发邮件来说去东南亚某个小岛上面去海钓了，这次又不知道跑到哪里疯去了吧。

　　点完餐等着上菜的工夫，白晓又尝试联系了下陈蜀笑，依旧是电话打不通，并且还不是关机状态，又登上 QQ 微信查看，还是没有回复。

　　"月河，陈蜀笑也联系不上诶。"

　　两个人昨天给丢在学校，就算是走回来也应该快走到了，而且两人身上都带着钱的，陈蜀笑高中还是学地理的，方向感也不错，没有多少迷路的可能的。

　　"有猫腻呀，晓晓你这个朋友平常就是昨天那种性格吗？"

　　"什么性格？"

　　"豪情极了。"

　　"噢，是的，非常豪情，豪情的女汉子一个，明明长得那么甜美可爱，非要追求什么'性感'，豪气冲天地吼一声就能把好多桃花都给吓死了呢。不过他们俩不会刚刚认识就厮混到不见踪影吧？"

　　"一见钟情的故事你不相信吗？"

　　认真地想了想，白晓说："也不是不相信，就是发生在自己的身边的话，会觉得有点诧异吧。我再找找蜀笑吧。"说完翻出通讯录，找到陈蜀笑的同事，这个同事是陈蜀笑朵朵桃花之一，见过一两次，他为了勾搭上陈蜀笑，就向白晓刺探陈蜀笑的事，白晓呢，一般都不怎么透露重要的信息，但这个还是要看陈蜀笑那段时间有没有大规模地得罪她，后来这朵桃花给陈蜀笑给摘了扔了，就没怎么再被联系过，不过听说还是一直在同一个部门工作，所以这回可以问一问。

　　"诶你好，我是白晓，你还记得我吗？"

　　"白晓？哪个白晓？"

　　"呃，这位仁兄，您真是贵人多忘事啊。"

　　"我是陈蜀笑的好朋友，你是柴谦吗？"陈蜀笑从前拒绝这朵桃花最重大的理由就是"柴谦"听着就像"拆迁"似的，不吉利……真心要为这位仁兄默哀，亏他还以为是性格不合星座不合八字不合，其实是名字不合呀。

仁兄说："哦，我想起来你了，有什么事吗？"

"我想问陈蜀笑今天有没有去上班啊？"

"没有，她请假了，还请了好几天。怎么了？你不知道她请假？"仁兄透露出点关切的意味。

"没怎么没怎么，我知道了，谢谢你告诉我呀。先这样，拜拜。"挂了电话，白晓对杜月河说，"陈蜀笑请了好几天的假没有去上班，他俩绝对是一起厮混去了，而且估计之后几天都找不着。"

"我们这也算是无心插柳柳成荫啊，他俩要是在一起了，会让我们的感情关系更稳固的。"杜月河笑言，只是不见而已，两个成年人总不至于有什么危险吧，肯定是两人手拉手约会去了。

"不是，我们就放着他们失踪了？"白晓还是有点担心，两人好上了是好事，但是也不用找不到人吧，"要不要报警啊我们？"

"报警？晓晓你太杞人忧天了吧，动不动就想到我们合谋起来算计你呀，高速路上先奸后杀抛尸呀，现在他们只是联系不上而且还不到48个小时你就提议报警？"杜月河一副受不了的表情，然后话锋一转，"不过思维倒是足够天马行空，也挺可爱的，我喜欢。"

"要不要损我之后立马补救啊，话是很难圆回来的。"白晓不满。

"你这个小性子也不错，我也喜欢。"

"……"

吃完饭，杜月河去埋单回来，白晓奇怪："你不是说到白术这里来吃饭经常都是免单的吗？"

"是啊，但是请你吃饭怎么能免单呢？"

"有什么不一样吗？"

"不一样的，蹭白术的饭，那是带点耍流浪性质的，但是带着你蹭白术的饭，就颇有失风度了嘛。"

"没有啊，我觉得没什么性质上的区别，下次免单再叫上我啊。"白晓直言不讳地说。

杜月河笑出来："哈哈，好的好的，这回仅此一次，下不为例，也就这次来这儿让你体验一下哥哥埋单的感觉，下回我们组团来吃白食。"

"嗯！叫上陈蜀笑一起！"

"那估计菜色会更上乘一点呢。"杜月河觉得陈蜀笑和白术发展下去的可能性实在是太大了。

"那我们现在去哪里啊？"白晓问，吃完饭去做什么呢？看电影？逛街？情侣之间难道只有这两三件事可以做吗？

"今天温度挺好的，风也挺舒适的，我们沿着城南河散散步吧。"杜月河提议。

"嗯。"

穿好小外套，拿上包，杜月河朝她伸来一只胳膊，白晓下意识地挽上去，走出去几步才发现自己居然这么自然而然地就挽着他的手了，真是立马就适应了女朋友这个身份啊。

夜晚的风带了丝丝凉意，但是和白天的暑气对比，让这凉意非常清爽，不闷不燥的，恰到好处。

想起之前交的策划案，白晓心里还是生起一些疑惑来，问道："我那个策划案改了很久都没能让我们总监通过，你怎么随便改改就搞定他啦？"

"也没什么特别的，就是智商比较高而已。"杜月河得瑟地显摆着。

"可是你不是市场总监嘛，而且你们公司和我们又不是一个行业，我那个策划你怎么改得那么好啊？"

"也没什么特别的，就是智商比较高而已。"

"你不需要把话重复一遍啊……"

"其实也简单啊，我的工作关乎管理、市场、执行之类的，全程都需要我掌控着，我们也经常要写策划案的，你那小小一份策划案而已，不在话下的，而且你主要纰漏的地方就是预算那里了，你是个文科生嘛，怎么也至少可以说是半个文人啊，数学、财务这一块儿你不好也是正常的，用我所长去补你之短，所以我改过的策划案至少不错了啊，你总体把握的条理还是可以的，财务上面加强就会改善很多的。"杜月河终于不调笑地解释了一番。

第二十章

城 南 河 岸

"杜月河，你上学怎么那么早啊，只是比我大一岁，不仅研究生毕业，工作也一年多了。"

"也没什么特别的，就是智商比较高而已。"

"你居然能用同一句话回答了我三个问题，我要给你跪了。"白晓真真表示无语。

"也没什么特别的，就是智商比较高而已。"杜月河要死不死的表情又说了一遍。

"……"

"哈哈哈，我念书不算早的，本科一个人出国念书，初期的圈子不大，还是挺孤单的，时间也多，就计划着早点读完，后来慢慢适应了，交际圈也大起来，不过还是按着计划来，也算是比同龄人多出来两年时光，我的同期里面不少现在都是在研三的，可是我已经拿到和他们一样的学历和文凭，出来溜达也一年多了，多好。"

"感觉你执行力很好诶，我做的计划几乎永远都会被腰斩或者缩水呢。"白晓看杜月河行动力这么强，瞬间觉得自己做个小小计划都会放弃掉，上帝造人的时候是不是偏心偏得太严重了。

杜月河轻笑，把白晓挽着自己胳膊的手握在自己手里牵着，说道："在女性面前树立自己的权威和自信，可以对维系情感有绝对性的帮助。"

"杜月河你不用时时刻刻在我面前树立权威啊，很打击人诶。"白晓感到有点丧气。

"好好好，我就是想逗逗你啊。"杜月河伸手摸摸白晓的头发，宠溺地说道，自己也没有想到，对白晓的感情升温得这么快，白晓已经走进他心里，看她单单纯纯的样子，就想逗着玩儿，让她和自己斗斗嘴。

"这还差不多。"白晓表示很满意他的态度。

城南河是古代城市护城河的一部分，周边现在给开发成了一段都市商业圈，靠近河体的部分主要是绿化和人行道，夜晚来此散步的人确实不少。

城南河上一座石桥，名为"南水桥"，桥是十几年前新建的，名字却是沿用的，听说很多年前这里就有座旧的"南水桥"，抗日战争的时候给炸毁了，之后很多年这里都没有桥，城南河不算宽，但是来往不便需要绕挺大的圈子，给河两岸的人造成诸多不便，十几年前的市政规划要开发这里，所以才重建了南水桥，但是南水桥是人行桥，没有机动车造成的喧闹拥挤，确实闹中取静。

杜月河牵着白晓走上南水桥，河上吹来的晚风非常宜人，两岸商业区的炫彩夺目的霓虹，灯红酒绿的繁华，通通都倒映在河面上，斑斑驳驳影影绰绰地随着流动的河水闪动。杜月河停下脚步，抚摸着石桥上的石栏，看看远方，忽地回头对白晓说："晓晓，这里和我在英国住过的地方很像。"

白晓感到好奇，便问："哪里像？"

"桥上看的风景。"

"河两边也是很多霓虹？"

"嗯，我只在那里住过一个暑假，研一时候的暑假。"

"是什么地方啊？"

"伦敦郊区的地方，研究生时候跟导师的项目挺多的，只有假期比较休闲，我就在郊区租了个单间的公寓，断绝一切联系，谁都找不到我，正好附近有个小的商业区，和这里挺像。"

"你说你假期休息一下就当是度假了，干吗还断绝一切联系啊？没想到你还有小叛逆的时候嘛。你确定不是给女朋友甩了自己一个人去躲避情伤去了？"白晓打趣道。

杜月河的眼里闪过一丝意味不明的东西，但是转瞬即逝，笑言："谁还没有个独断专行的过去啊，不觉得挺酷的吗？那段时间我就像隐士一样，接触的人我都不认识，每天要么在公寓从早到晚宅着，要么就出去一整天到深夜才回来，我邻居那人后来和我认识了之后，说好长时间根本就不知道隔壁的房子给租出去了，有过这么一段独居的体验，遗世独立这个词我算是深深体会了，诶，你真的不觉得挺酷的吗？"

"好吧，要是我一个人估计也没兴致这么做，又不是去不认识的地方旅行，还可以看看当地的风土人情什么的，你那时都在英国待那么久了，而且英国统共也就那么大，你隐个居还是挑伦敦的郊区，真是不一般的矫情诶。"白晓调侃道。

"大隐隐于市，懂吗？"

"我懂我懂，就算你很酷行了吧？"

"怎么就只是就算呢？"杜月河摆出一副略委屈的嘟噜着嘴的表情。

白晓看着这张帅气的脸上假装出的委屈，为了骗得白晓的软言软语，真是带上了天然的呆萌气质，叫自己的心给萌得有点化掉了，帅哥面前难自持果然就是自己的本性啊，故作镇定地轻笑道："好的好的，很酷很酷。"白晓给杜月河打开的话题吸引了兴趣，于是问道："跟我说说你在英国都是怎么生活的吧，也给我这个没有出国经验的小草根普及一下知识长长见识呗，在国外的生活是不是很有趣？"

"有趣？我的生活勉强也可以用这个词形容吧，主要我学的专业本身就是我喜欢的，所以学业这一块儿没有什么压力，学习算得上有乐趣，然后因为是留学生，接触到的留学生也很多，他们来自世界各地，差异很大，虽然容易因为价值观不同产生一些矛盾，但是我觉得也挺好的，思想的碰撞才能结出智慧的果实嘛。学校里面各种沙龙也多，我和朋友经常混迹各种局各种 Party，假期就开着车在整个欧洲疯玩，现在回想起来，那时还真是又年轻又青春啊。"

"你现在看着成熟稳重的，真看不出来那么活泼过呢。"白晓说。

"哪儿能让你随随便便就把我给看穿啊，那样我不太没神秘感了嘛。"杜月河调笑道。

"神秘感？哈哈哈，有梦妍阿姨还有白术，你能保持什么神秘感啊？"梦妍阿姨跟自家妈妈一道儿的，白术本来就是个喜欢给杜月河添乱的，而且现在和陈蜀笑勾勾搭搭不知跑到哪里去了，也算是自己这边的吧，杜月河这样还想保留神秘感真是太天真了。

"唉，好像是的诶，智者千虑必有一失啊，我这个感觉。"杜月河对不能保有完整的神秘表示遗憾。

"好啦好啦，杜月河才不是依靠一点点的虚幻的神秘感才具有魅力的呢。"白晓安慰他。

杜月河眼底一亮，忙问道："哦？那是依靠什么？"

"多金啊！我们这种看韩剧长大的小女生，您一个微笑就能把我们给俘虏了。"白晓努力让自己语气笃定的样子。

"啊？"杜月河失望极了。

"其实还有成熟、稳重、负责、智商高、能力强……"看着杜月河失望的模样，白晓想自己是不是故意表现得太肤浅了，还是稍微给哄哄，"经历丰富、对我也挺好的。"

杜月河还是超级失望的表情，问："就这些？"

"就这些啊。"白晓已经把一个男人能有的所有的优点都说出来了吧，难道自己第一个说"多金"让他看起来有魅力伤着他的心了？

垂头丧气极了，杜月河唉声叹气地："难道就没有美貌吗？我长得很不错的吧，你看你看。"说着就把脸凑上来了，继续说，"我从小学开始就收到人家女生给我的情书诶。"

"你——"这个家伙居然因为没有说到美貌才伤心的，要不要这么臭美啊？虽然他的确是，长得很不错（白晓内心偷笑嘿嘿嘿嘿），"你在我面前还敢提情书?!"

"嗯嗯，很多很多，从小到大聚起来的可以开一个情书博物馆了，中文的、英文的、阿拉伯文的、波斯文，还有梵文的。"杜月河不怕死地说着。

"那你改天拿出来让我参考参考呗，以后说不定就也能给人写写英文的、阿拉伯文的、波斯文的、梵文的情书呢。"白晓知道杜月河是在逗自己，果然判断力都是给锻炼出来的。

"哎哟，晓晓你居然不上当，在一起果然给我拉高了智商。"杜月河看白晓完全不在意自己说的话的意思，话锋一转。

"你这是夸我吗?"

"那就看晓晓是怎么理解的了。啊，对了，你再仔细看看我，怎么就能忽视我的美貌呢?"说着杜月河又把脸凑近了，还没待白晓看清，他就俯身吻上了白晓的唇。

夜晚的风真的很怡人。

"要不要这么容易脸红?"杜月河偷香完毕，心情超好。

"我才没有，只是晚上太热了而已。"白晓性子里天生的倔强怎么能让自己轻易承认呢？怎么也要找个理由找个台阶给自己下的。

忽然想到哪里不对劲，白晓问："对了，你刚说你发现这里和你以前住过的地方挺像的，你怎么现在才发现呢？以前就没有觉得?"

"噢，这个啊，我也是第一次来这里散步啊，以前都只是开车路过，这个桥又不能开上来。"

"你不是经常到'塞纳河之畔'吃饭吗?"

"常来是常来，但我总不至于拉着白术来散步吧，叫人看到了多丢我的脸。"

"……"杜月河你对白先生的嫌弃要不要表现得这么明显啊。

第二十一章

推 心 置 腹

　　杜月河看了看时间，牵着白晓继续走，说道："我们走这边，给我说说你大学怎么度过的好吗？"

　　"好啊，我的大学啊，这个就首先要跟你说陈蜀笑了。"白晓能从高中那个羞羞答答的小女生蜕变成如今这个有点大大咧咧还略微有点神经质的女青年，陈蜀笑是功不可没的，"上次你也看到了，不说话不开口，淑女一枚，一说话一开口，本性就是个抠脚女汉子啊。本来我都把她当作小妹妹疼的，没想到她太辜负我的爱心了，我身边最大一朵奇葩就是陈蜀笑了。"

　　"嗯，看她对白术那么有兴趣就看出来了。"杜月河附和道。

　　"我大学主要就和她厮混在一起了，她对画画挺感兴趣的，非要拉着我一起去学，所以我们大学生活除了学校的课程，还学了三年的画画，我也确实没有想到她居然能坚持三年，当然也顺带着让我坚持了三年，学到油画的那段时间，油画的颜料还是挺贵的，我们又不想跟家里要额外的生活费，就出去打工了段时间，攒了三千多块钱，本来是想着用在颜料钱上面是绰绰有余的多了去了，但是她忽然起兴说我们来个自由行吧，我给忽悠进去就跟着她去了，一趟出去，打工的钱一点也没剩下，后来还是向家里伸手了……想想还是觉得交友不慎啊。"

"你们俩确实是活宝。"杜月河附和道。

白晓朝杜月河笑了笑，露出一口小白牙，继续说："后来她发现骑游去西藏的很多攻略，自己也想去，就怂恿我一起买了自行车在周边地方骑行，说是预演，春天秋天偶尔去郊个游看看风景我觉得还是挺惬意的，大二第二学期结束非要和我骑自行车回家来，说我们这是什么什么壮举，反正我又给她忽悠住了，分两天骑回来，我们走国道的，国道上面自行车还爆胎了，她还有模有样地准备了工具箱呢，但是一打开就只有起子螺丝什么的，而且型号都不全面，也没有准备可以换的备胎，我们俩动手能力也还没有到能独立换掉自行车备胎的水平，亏她之前还信誓旦旦地拍胸脯说包在她身上，车坏了她还准备报警的你知道吗，幸好我及时制止了，后来没办法就推着车走，很久才找到修车铺换了轮胎。大夏天的，虽然做了充足的防晒准备，但是那两天我们还是给晒得很黑，暑假两个月都不好意思出去见朋友。那次之后，她再也不提骑行去西藏的事了。"

"晓晓你是不是太容易被忽悠了，她一怂恿你你就跟着去了。"白晓这么容易骗的性格，自己以后真得多提防陈蜀笑和白术呢。

"主要是，我们关系好啊，和她在一起就会很开心，虽然会出很多状况，但是她的变数太大，也能遇到很多好玩的事情。"陈蜀笑那么不靠谱的性格，也就是表现在平时，如果真的出了什么大事，她严肃对待起来，也是挺可靠的。

"还有呢？"

"什么？"

"大学生活啊，你就说陈蜀笑了，说她喜欢什么带着你做什么，晓晓你自己有什么喜欢的事吗？"

"噢，不好意思，好像刚刚真的只说她了，"白晓抱歉地一笑，说，"我喜欢的也蛮多的，阅读啊养花啊，这是遗传我爸，我家就有好多好多花，昨天你在我家看到了吧。"

"嗯。"白晓家的花坛里面种得很满，各种高低层次分明的植物，看来下次去拜见晓晓爸爸的时候要考虑这个因素，白妈妈是很满意他的，这个没有疑问了，但是女儿都是父亲的宝贝，想要在白爸爸那里通过考验，估计是没那么容易了。

"一开始我会去花鸟市场买些好看的，茉莉啊蝴蝶兰啊，但是学校里面有假期，一个寒假一个暑假不在学校，开学回校就只剩下仙人球还活着了，都带回家来也不合适，之后到假期就送给宿管阿姨或者是当地人的同学，再后来，就不去买了，种各种不用花钱的植物。"

"不用花钱的？从学校绿化上面挖吗？"

"呃……"话题讲到这里，白晓忽然有点后悔，大学后面和安澜在一起了，安澜是学园林的，园林专业有自己的温室，可以从种子培育植物，白晓后来不少花草都是安澜给的苗，但是，这个事儿要不要说呢？权衡了一下，决定忽略跳过，于是继续说，"就比如我养的吊兰，是从图书馆空调柜机上面的吊兰上面折下来的小苗，养的玉树是从教师办公室里老师养的上面折了一片叶子，还有去花鸟市场人家处理多肉植物造型而丢掉的小叶小芽儿，我就捡回来扦插了，没想到长得都很好诶。"

"你……"杜月河被白晓的这些做法给惊到了，惊讶之后大笑起来，宠溺地摸摸白晓的头，说，"哈哈哈，做得好，持家之道掌握得太好了，我要赶紧把你娶回家！"

白晓给杜月河的话惹得有点脸红，但是顺从地没说反驳的话，等自己意识到自己竟然如此顺从之后，不禁感慨，自己在杜月河面前的角色适应得不是一般的快，想当年自己费尽心力想要爱上安澜，都没能成功，在杜月河这儿，几次就沦陷了，果然这个缘分啊，它妙不可言。

"还有啊，我大学看的书很多，上到天文下到地理，左到历史右到八卦，什么都看，有时还会写写小说，不过那时主要都写短篇的，投稿呢也有时候能拿到稿费呢！"白晓眼里亮晶晶的，在杜月河面前还是很有话说也很有说下去的气氛的呢。

白晓在文人父亲的影响下，曾经一度的梦想是写书为生做自由撰稿人，虽然后来因为陈蜀笑说自由撰稿人基本上都穷困潦倒一生、思想容易出问题、自杀率极高而放弃了，但是写写文投投稿这种事还是一直在进行的，她正在写一个战争年代的爱情故事，在网络上连载，目前的好评还是很多的，她的责编正在考量出版的可能性，想想就还蛮激动的。

"原来你还是个文人啊？我本来想，我妈妈会被什么样的相亲对象给降服，觉得最有可能的是知性的，之前看你单单纯纯的脑子也没有多好的样子，没想到肚子里还是有点墨水的啊。"

白晓伸出拳头朝杜月河的脸上比了比，让他闭嘴，这个人前一分钟还在说着"赶紧把你娶回家"，下一分钟就说"脑子也没有多好的样子"，嘴巴上真是半点不饶人的。

"我现在觉得白术这么多年太不容易了。"白晓作唉声叹气状。

"怎么说？忽然提到他的。"

"这么多年在你身边，给你三寸不烂的毒舌摧残，能顺顺利利健健康康地活到这么大，真是太不容易了，虽然脑袋有点异于常人，诶，他养成这样的性格不会就是受你伤害的吧？"白晓展开想象的翅膀，大胆地展翅翱翔，完全不在意一脸黑线的杜月河。

因为没想到白晓又开始挖苦自己，惊诧了一瞬，忽而又笑起来，说道："晓晓你挤兑我的时候嘴巴也挺损的嘛，不错不错，按这个速度，你修炼到我这个水平还是有希望的。"

"本小姐本来就聪明伶俐伶牙俐齿，只不过心地善良所以一般也不怎么数落别人罢了。"

"是吗？"极其怀疑的声音。

"当然！"

白晓沉浸在自己的得瑟当中，没有注意到飞速而来的自行车，杜月河一把把她拉到自己怀里，顺利避过自行车，白晓忽地给人一拉，脸直接撞到杜月河身上，脑袋一瞬间有点蒙。

杜月河赶紧扶稳她，捧着她的脸仔细看，白晓感觉一股热流，鼻子流血了……

"刚刚是谁说自己聪明伶俐的？"做了简单的处理之后，杜月河说。

"直接原因还不是你拉我我才撞到鼻子的嘛。"白晓鼻孔给塞住了，说话带着点滑稽的鼻音。

"我不拉你一下你就不止鼻子流血了。"想了想，又说，"你怎么这么容易出事啊，昨天送你回家你都能自己把脑袋撞车顶上，今天鼻子又流血了，今年是不是好事没做够人品余额不足啊？"

"我觉得，有可能是我们八字不合，这些都是上天的征兆。"

"不会不会，这只能是上天给我们的预示，表明'开门红'！"拉着白晓在长凳上坐下，继续说，"你在这里不要乱跑，我回餐厅把车开过来，得稍微绕一下，我带你去医院。"

"不用不用，不用去医院，流个鼻血还去医院啊，小题大做了那样，我在这儿等你，你送我回家就好了。"

"嗯，好吧，等我。"说完凑上去亲了一口，然后大步往来时的路走去。

白晓明显感觉鼻腔又一热，塞着鼻孔的纸巾渗出更多的红色……流鼻血这个事儿，真是一语双关地应景啊。

第二十二章

私 奔 归 来

　　白晓回到家的时候，白妈妈正伴着《两只蝴蝶》的曲子跳健身操，为什么妈妈的健身操曲目永远让人那么匪夷所思，这一点上白晓感觉非常不理解，只是觉得让杜月河看到妈妈奇怪的品味，觉得有一丝窘迫和不自在。

　　杜月河跟白妈妈说了白晓鼻子伤了的情况，他本来以为会遇见白爸爸的，没想到白爸爸晚饭之后带着自家的狗狗"小飞侠"出去遛弯儿了。把白晓安顿好，让白妈妈代问白爸爸好，杜月河就回去了。

　　白晓给杜月河硬塞进被子里裹好，平躺着不让乱动，虽然关切之情可以感觉得到，但是大夏天的，即便是夜晚，也给闷得炽热了，所以他人一走，白晓就爬起来跑到客厅和妈妈聊天去了。

　　之前一直有点奇怪，自家妈妈和杜月河的妈妈梦妍阿姨关系那么好，几十年的朋友了，为什么他们两家人的交往不多，自己从前都不知道杜月河的存在，按说，不说是青梅竹马，也要是从小一起玩过的玩伴啊。

　　面对这蹦蹦跳跳的妈妈，白晓说出了自己的疑问。

　　白妈妈听了，停下来喝水，一边拉伸一边告诉她，杜月河在这个城市的家是老宅子，他父亲之前在外面做生意，很多年都在北京生活，梦妍阿姨也是陪在身边的，生活的圈子离得太远了，慢慢的感情就淡了，想各自有各自的生活，就没有太多打扰，直到前几年他家的生意扩展到这里，他们年纪也大了，不想在外面太辛苦，就搬回来这里，两人的联系多起来，好姐妹的感情也恢复了，当时杜月河在外留学，白晓也在外面上大学，她们虽然聊孩子聊得也多，但知道现在的孩子自己想法多，没有怎么往结亲的方向去想，也就没有介绍双方认识。

听完妈妈的解释，白晓不免有些感慨，难道婚后的女性大多都以家庭为重，为此常常舍弃掉其他的东西也在所不惜吗？等到以后她也结婚了，是不是主要就以丈夫为重了？再等到陈蜀笑也结婚了，是不是两人的生活圈子都会发生变化，各自都会多出丈夫那边的亲友圈，啊，想想就颇烦恼，不想不想，自己目前还是刚刚摆脱单身贵族的恋爱少女！对，是少女！

鼻子的伤不重，第二天起来之后也没有什么不适，上班也没有迟到，被杜月河改过的文案执行起来很顺利，"珠玑言"周总监最多就冷冷地飘过来一个眼神，但说出来的是轻飘飘的"合格"二字，对比之下，吕思涵就比较惨，先前积累的一点点对总监的好感又降为负值，整天一副颓废的模样。如此顺利的各种事情，让白晓感觉有什么不安的因子正在靠近。

这个不安因子在五天之后出现，也就是陈蜀笑。

陈蜀笑上周日同学聚会结束后，和白术同学一同消失了，到出现这天，刚好满一周，正好七天的时间，要不要选"7"这个公认的幸运数字来失踪啊。

彼时，因为正好是周末，白晓和杜月河正约会，准备看新上映的恐怖片电影，忽然接到白术回来的消息，本来想把他晾在一边不理，白晓也接到了陈蜀笑的电话，说自己回来了，在白术的餐厅吃饭呢，杜月河想，白术可以不理，但是陈蜀笑算是自己的"小姨子"，说话还是有分量的，每分钟就可以影响到白晓，于是一考量，还是放弃了恐怖片，带着白晓飞奔到"塞纳河之畔"，找这一对狗男……和陈蜀笑小姨子。

白晓见到陈蜀笑的时候，眼珠子都要掉地上了，面前这个黑不溜秋的小黑妹难道就是那个机智美貌可爱的水嫩美少女陈蜀笑陈女侠?!

"晓晓! 好久不见!"狼吞虎咽中陈蜀笑找了一丝空闲抬起头向白晓打了个招呼,笑一笑露出一口白牙,和黑了的脸形成了鲜明的对比,恍然要把白晓给亮瞎。

感到一阵眩晕,不敢相信自己的眼睛,白晓扶着额头,重重按了按太阳穴压惊。

"嗨,白晓,我就跟着笑笑叫你晓晓吧,笑笑,晓晓,听起来还是挺像的嘛,也难怪你们成为好朋友了,还有后面那个,我要是叫你'河河'你介意吗?"陈蜀笑对面同样吃相不雅的"小黑皮"是那个五百年前也许同出一条谱系的本家,白术先生是也,真是好想问问,他有没有意愿改名字叫黑竹,恰好可以和自己从前骗杜月河的黑曳相类比,也算是兜兜转转五百年还能勉强再做个黑姓的"本家"。

"嗨。"

和白晓的"嗨"同时响起的是杜月河的声音:"你有胆量的话,不如叫我'呵呵'。"

"哈哈哈,不敢不敢,晓晓你们过来坐。"说完把正在吃的盘子往边上挪了点,屁股也往座位里面移动,空出一人的座位来,陈蜀笑见状也依样腾出个别人能坐下的空间,期间一直努力地吃东西,专心得不得了。

"白术,蜀笑,你们……"看着他们好像饿了很久的吃相,白晓略有些不忍心打断。

"白术你把我家小姨子拐到哪里去啦?"杜月河接过白晓的话,用在陈蜀笑面前颇委婉的方式问了出来。

"我们?"白术咽下一块牛排,忽然语气气愤起来,"你还好意思问我啊,上回把我丢下就开车走了,明明知道我没开车去!"

"嗯,然后呢?"杜月河不急不躁地问。

"然后? 然后我就和笑笑两个人孤苦伶仃地抱在一起相互取暖相互安慰相互为对方受伤的心疗伤啊。"

"再然后呢?"杜月河依旧不急不躁地问。

"再然后?再然后那个叫什么……安什么的……"白术征求性地对着陈蜀笑表达疑问。

陈蜀笑终于抬起头,手上还拿着没吃完的蟹爪,试探地看了白晓一眼,提醒道:"安澜。"

"对,安澜,他看我们两个人没车,还提出可以送我们回来,他之后也没有什么事了,真是个好人,我要是有那样的兄弟也不至于落到那样的田地了。"

"哦?你落到什么田地啊白先生?反正长夜漫漫,闲着无聊,你给我们说说啊?"杜月河始终不急不躁的口吻里面带着点让白术熟悉的警告和威胁意味。

"仔细想想好像也没什么。"白术转了口,继续说,"你们同学聚会不是很多人都来了嘛,我想那些同学里面肯定有几个是 N 市的,我和笑笑都身材苗条,就算给塞进后备厢也就顺路带回来了。"

呃……白晓想,白术的想法真是夸张啊。

"后面我来说吧。"陈蜀笑啃完自己的蟹爪,舔了舔手指之后抢过了白术的话题,她接着说,"我不是对他一见钟情嘛,来,亲一个,Mua~"冲着白术飞了个吻。

白术立马放下刀叉,殷切地接好,往嘴唇上一贴,作陶醉状,留下完全目瞪口呆的白晓和淡定对之的杜月河。

白晓反应过来后,推了推花痴样的陈蜀笑,递过去一个"不要在杜月河面前丢我的脸否则回去绝对不会让你好受"的眼神。显然,陈蜀笑没有领悟这个蕴含着这么深刻的"关切之意"。

"我对他一见钟情,当然不想别人做我们的电灯泡啦,也不想就这么回 N 市来,就带他去我们以前常去的那家咖啡店喝咖啡,聊了聊我们的人生!理想!价值观!不要太合拍哦!我说我就想什么时候去海边完全不做任何防晒地好好玩一段时间,真实真切地接触大自然接触大海,然后他说他也想过类似的主意,觉得很多时候,各种顾虑限制了出去玩的人自由坦荡,我当时那心中一万头草泥马呼啸着跑过啊,想我从前二十多年的岁月是白活了啊,怎么到这个时候才遇到老娘陈女侠的真命天子啊！我跟其他人说我想那么做的时候，人家都觉得不可思议，而且还觉得我就是说说，想我这种校花级的大美女根本就是在矫情，老娘我是矫情的那种人吗？我都是真情流露深入到草木之木质部、皮肤之真皮层的啊，晓晓啊你不要用这种看没文化的人那种眼光看我啊，我刚那个比喻不贴切吗？最多有点不美嘛，美则美矣，不美但是表达清楚我的意思了就可以嘛，嗯。"

　　顿了一下，陈蜀笑长篇大论的激情和架势已经出来了，朝白术眨眨眼，又飞了个吻，喝了口水继续，"我就觉得他就是我这二十多年活了这么久遇到很多人经历很多事就是为了在那一刻遇见他，当然，亲爱的小竹竹也是一样看我的，然后我们立马就决定实践我们的价值观去了，飞速就买了飞机票飞到海南去无障碍亲密接触大海去了，真是太好了，这几天的日光浴，虽然有一点晒伤，但是本女侠就是要体验一下这自然的感觉，啊，我小麦色健康的皮肤啊，晓晓你看见了吗？"

　　"你这不是小麦色，是酱油色，而且还是刷了好几层的酱油色。"

第二十三章

解 开 心 结

　　"这明明是小麦色好不好？对不对啊小竹竹？"陈蜀笑不满地撇了撇嘴，然后朝白术撒娇。

　　"对的，是小麦色，晓晓啊，小麦也是有很多品种的，深深浅浅的因为品种的不同，多少也会有点区别嘛。"同样是酱油色的白术帮衬着陈蜀笑说服白晓。

　　"哇，小竹竹你对我真好，再来一个，Mua～～"又飞一个吻。

　　陈蜀笑在大学里面，因为清纯可人又俏皮可爱的长相，一棵桃花树上开了一串一串的桃花儿，但是她因为心底最深处住着一个不知飘到哪里去了的初恋，所以恋爱兴趣不高，对待那些桃花，豪气冲天的她是完全不待见的，只要不影响到自己的生活，对动不动就找自己搭个讪说个话啥的，睁一只眼闭一只眼，不犯河水不犯井水，真的要把她逼烦了，一脚踢上去那是客气的。不过，那些桃花里面也有一二朵容貌特别姣好的、唱歌特别有感情的、情话说得特别好听的，等等，在此不一一赘述了，陈蜀笑也会选择性地谈一段时间恋爱，每次都是女王一般的角色，最后都是一句"没想象中的有意思"就甩了别人，有时候还说一句"给你一个了解我的机会，估计你也了解得差不多了，情报收集完毕可以走了。"一向都是这样高高在上嘴上也是半点不饶人的，所以白晓从来没有见过陈蜀笑这副与男人亲昵如此的情状，大跌眼镜啊。

"诶？我插一句话啊，你们俩现在这个是什么情况啊？"对待亲昵不已的两人，白晓终于说出了自己的疑问。

"当然是天造地设的一对儿啦！"白术和陈蜀笑两人居然异口同声一字不差地回答了白晓，就像串通好了说辞一样。

白晓对此表示太惊诧了，虽然之前他俩消失的时候，就觉得两人很有戏，但是这个速度也太快了，白晓和杜月河走到一起的速度已经是叫人惊讶了，但是一山更比一山高，一戏更比一戏惊……

"按你们这个超音速的速度，下周日的时候是不是就可以领证结婚啦？现在闪婚还是很时髦的，一般人也做不到的。"白晓惊呆了的心情对此很难安然接受啊。

"哦不不不，晓晓你预测的应该不对，虽然我和小竹竹相见恨晚，如今已经情比金坚，我也愿意立马飞奔进婚姻的殿堂，做小竹竹美丽的新娘，但是呢，因为考虑到你们两个是我们这金石般的爱情的引路人，而且你俩先走到一起，我们呢，必定是做你们的伴娘和伴郎，把你们的终身大事先解决了，才能考虑我们俩的。"陈蜀笑奇特式文学体的语言叫白晓很受不了，然后她直接忽略白晓的眼神，继续说，"晓晓你看，是不是很铁很铁的哥们和姐们才能有这样的胸襟？"

"我觉得你们是因为现在太黑了，不想结婚照上面不好看才不立马去领证的。"白晓说出自己觉得最可能的原因。

"呃，这个，诚然，也是有一部分因素的。"

"白术，你给说说你们这些天怎么过的吧。"陈蜀笑现下这种让白晓嫌弃到死的样子，简直已经不想沟通下去了。

"沙滩、阳光、帅哥、美女、我和笑笑、海阔凭鱼跃、天高任鸟飞……"白术一脸陶醉状在回忆的模样，叫白晓失望极了，两个人在这点上真是般配啊。

碍于陈蜀笑这个小姨子的面子，杜月河在整个晚上都没有说什么恶毒的话，让白术受宠若惊地还大胆说了两个荤段子，在杜月河趁她们没注意的时候递过来一个警告的眼神之后，对话又变得纯洁无瑕起来。

吃完饭，严格地说是白术和陈蜀笑两个人吃完饭之后，杜月河开车送白晓回家，因为陈蜀笑想和白晓说旅行的趣事，要去白晓家蹭房子住，然后白术也要跟着一起去，又因为白术他们晚饭喝了一点点红酒，不宜开车，所以，都挤上了杜月河的"牛牛"。

"牛牛"这个名字是白术起的，杜月河刚买车那段时间，白术正疯狂地想养一只小牛犊做宠物，不知怎么给白术妈妈知道了，觉得儿子确实有点荒唐，要是在农庄或者是在乡下的房子养养牛养养猪养养羊养养马什么的都没问题，但是白术住的是高档小区，不要说养牛，养羊都不方便，所以勒令他不准养，那时候白术感到非常伤心，自己都物色好一只品相好的奶牛牛犊了，有时候坐杜月河车出行的时候，忍不住伤心地喊着"牛牛"、"我的牛牛"，喊多了，就叫杜月河的车"牛牛"了，虽然杜先生觉得幼稚无趣极了，但是因为之前拿来逗了一逗白晓，叫杜月河觉得这个名字有了它的意义。

杜月河开车的，坐在驾驶座上，"夫人座"副驾驶上坐着白晓，后面两个黑不溜秋的黑人抱在一起，如胶似漆的，嘻嘻笑笑的，呵呵哈哈的……

"白术，在我家'牛牛'上，能不能不要这么腻糊在一起呢？"杜月河把"牛牛"和"腻糊"几个字说得特别地重。

白术听了，往陈蜀笑侧脸上吧唧了一口，就坐得比较端正了。

虽然之前一直知道杜月河对白术比较凶，但是那个威慑力也确实好强大啊，白术这种小开应该是天不怕地不怕天下越乱越有得玩的人，能压得住他的，应该只能是自家的父母兄弟之类的，杜月河作为同辈里面的发小，就能如此有魄力，厉害厉害，白晓心中不免又给他加了两分。

到家之后，杜月河只有和白晓独处一句话的时间，他说："今天没看的片子留着下回看，我很期待的。"然后就把想和陈蜀笑上演一段依依惜别的桥段的白术塞进了车里撤离了。

陈蜀笑真的好黑……酝酿了很久，等到两人爬到床上的时候，白晓终于问了："蜀笑，你们到底什么情况啊，也太快了。"

陈蜀笑嘿嘿笑了两声，反问道："快吗？"

"当然！这才几天，而且你居然能跟着陌生人去海南玩去，还一玩就一个星期了，这位陈同学，你是不是太夸张啊？"

"哪有，这哪里夸张了，要不是我们那个秃驴老板不让我继续请假了，我这会儿还和小竹竹在海南的白沙滩上看夜景呢。"陈蜀笑不以为然。

"好吧，感情的事是你自己的，我说什么是没用的，而且我之前还开玩笑地给你发了'此人小开，不要错过'之类的短信，把你一个人丢在外面，我也有责任的。"

"诶诶诶，晓晓你这个口吻怎么把我们家小竹竹贴上了不怎么样的标签啊？"

"从月河那里也知道一点，我觉得他应该是特别花心的那种人啊。"虽然对白术印象还可以，做朋友的话应该很好玩，但是要真把自己的好姐妹送去，还是有点担忧，杜月河好歹是成熟稳重的，白术以后换女朋友跟换衣服一样快的时候，陈蜀笑该怎么面对嘞，她自己一直都是恋爱关系里面的女王角色啊。

"我也花心啊，你看我多花心啊。"陈蜀笑自嘲着，"不过呢，所有花心的人不是都想收集多少人，通过手中的货的数量和质量来表现自己的牛叉，只是因为那些人都没有走进他心里才会花心的，我想白术对于我来说，就是能走进我心里的人。"

"可以赶走你的初恋吗？"白晓最担心陈蜀笑的就是这个结。

"嗯……我没想过诶，这几天和白术在一起的时候，就觉得好开心啊，一起疯癫，其他很多事都不重要了。虽然我从前一直放不下初恋男友，一直对待其他人的恋爱很不认真，其实心里还是有一点希望他能回来找我的，过去这些年了，就是这小小的执念，搁在那里放不下。我觉得白术是能帮我走出这个困境的人，而且我自己条件也不差啊，花心什么的有什么好担心的，有我大美女陈蜀笑在，他怎么会去看其他不入流的女人呢?"陈蜀笑能这么说话，代表她在说心里话。

白晓摸了摸陈蜀笑洗完澡只吹得半干的头发，她是认真的，白晓感觉得到。"不过你现在晒得也太黑了，简直吓瞎了我的24K钛合金火眼金睛，你现在这个样子，你们公司那个想追你的秃头老板估计都不会下手了。"

犀利的眼神唰地飞过来，陈蜀笑扑到白晓身上掐着她的脖子，怒道:"还能不能做朋友啦? 我知道我是晒得有点黑，而且还要死撑着面子说自己很享受这个晒黑的过程，但是有我家小竹竹陪我一起黑一起白，我还是很开心的你懂不懂啊白晓同学?!"

"诶诶，女侠饶命，您的这个小麦色健康肌肤，我其实是忌妒极了才抹黑你的，真的真的，饶命饶命。"

这边白晓和陈蜀笑打成一片，听着说去海南好玩的事。

那边，白术刚问了一问杜月河对自己很阳刚很MAN的小麦色肌肤有什么看法的时候，忍了一个晚上的杜月河只说了一句:"小麦色? 你真当自己是小麦色? 你这根本就是刷了一层酱油还烤煳了的颜色。"

第二十四章

存稿危机

　　工作上面虽然顺利，但在周总监的监视下，也的确挺繁忙，剩下的时间本就不多，杜月河为了联络感情，占去了大半。难道这位大奢侈品公司的市场总监就没有紧急的工作、铺天盖地的饭局？太不科学了，就算能力强，但是市场这一块儿是很多很多工作以及状况的，做个简单的展会什么的，就经常要加班了，而且饭局也会很多，杜月河怎么就能空出那么多时间陪自己的呢？难道是翘班？那这样子万一给发现开除了怎么办？

　　当白晓把这疑问和担忧传达给杜月河时，本来以为会得到"因为自己智商高，工作都是小 case"之类的回应，但杜月河却只是笑了笑，摸摸她的头，语重心长地，对，是语重心长地说，你没有看错，自己的工作是很忙很忙的，他是掌控全局的人，要管的琐碎的事情很多，在和白晓一起之前，工作确实占据了自己大部分时间和精力，现在恰好是秋季品展之前的空隙，事情开始起草还没进入实施阶段。所以，把重要的事情做完，琐碎又不那么重要的就交给秘书去把握了，饭局能安排在中午的就安排在中午，晚上下班后的时间他还是要趁机和晓晓你侬我侬去的。

好吧，接受了这个回答的白晓，感到杜月河貌似还是挺在乎自己的嘛。但是，她确实也忽略了一个正在靠近的危机。那就是自己很久没有碰自己那长篇小说的稿子了，之前的存稿是交给编辑给更新的，鉴于从前白晓交稿都交得准时，一般不会有拖稿的现象，所以，编辑大大这次也没有催她，直到稿子只能用一两天了而白晓这边还迟迟不来消息，只好勉为其难地来问问情况。

忽然收到编辑对稿子的问候，白晓才惊觉自己因为繁忙的工作还有和杜月河厮混的时间已经持续了好长一段时间，这好长一段时间里面，自己几乎就忘记了还有一个关于战争年代的爱情故事在写，自己正在经历的甜蜜的和平时代的爱情，和战争年代还是有很大差距的，所以，除了爱情本身，其他背景之下的人们的价值观都无从借鉴。之前写的时候，看了一些关于战争的历史以及其他的战争中的爱情故事，也看了些电视剧什么的，气氛酝酿得也还算可以，只是时隔颇久，那些气氛因子都从身体里面蒸发光了，所以，白晓不得不再重温一下找找感觉。

在看了战争血肉横飞的场面和战争下流离失所、人命贫贱如草的恐惧之后，白晓深深觉得自己的价值观都扭曲了，但是她一直坚信，即使是在那样扭曲的时代中，真爱的两个人，也可以抛开一切阻碍，把自己的一切都交付到对方手中。

白晓写的小说文风大多轻松顺畅，有时候也会写写童话故事，自己也是第一次写如此沉重的题材，本来还很担心的，但是文写多了，用心写文，越到后来越会感觉到，笔下的人物，在创造出他们的设定性格之后，就像有了魔力一样，变得鲜活，往往他们注定了故事的发展方向和必然的结局，自己能干涉的便不会再多。从前看 J. K. 罗琳的《哈利波特与凤凰社》，小天狼星死掉了，白晓悲伤得不能自已，J. K. 罗琳说自己写的时候也是泣不成声，但是故事自有其发展的方向，她无能为力。越来越能体会这种感觉的白晓觉得，这其实是个好现象，说不定就是因为自己的写作能力提升了呢。

不过话说回来，白晓还是要在不影响工作的前提之下把稿子赶出来，这就不得不减少一些和杜月河相处的时间了，这是关乎自己作为一名作者自尊和本来拥有的诚信记录的大事，希望杜月河别不依不饶才好。

　　事实证明，白晓多虑了，因为 RT 中国秋季新品展的事情，杜月河之前能准时下班的生活要告一段落了，杜月河自己还感到十分抱歉，暂时不能有像之前那样较多的时间陪白晓了，白晓面儿上还一副惋惜的态度，其实心里已经在偷笑，但是这个事儿不能让杜月河知道，所以，假装不满了一会儿之后就体贴地理解他，表示自己不是那种总是纠缠着让男朋友每时每刻不分情况地陪伴自己的，男人嘛，事业也是很重要的，然后白晓还说，自己接下来那段只能偶尔有杜月河陪伴的时间里就写写小说，看看书什么的了，有时间就去打扰白术和陈蜀笑，蹭个饭还是有兴致的，其他也不会乱跑，更不会勾搭别的"小草"，让杜月河安心把新品展做好就好。

　　一席话说得杜月河眼睛里闪闪亮亮的，直呼白晓得体大方有当家主母之范。白晓打着心中的小九九，心安理得地接受了这个赞美。

　　因为担心一旦放松了对小说那生死离别的浓重情感和场景之后还要再捡起来、再重温一遍来寻找战争代入感，所以，白晓决定，还是一次性写到结尾，反正小说也进入了后半段。

　　其间，白晓为了不被黑不溜秋的陈蜀笑和白术影响心情，也为了不因为工作被周总监批得惨绝人寰，所以，生活一下子变成了从家到公司两点一线，踏踏实实尽量符合总监要求地完成公司的事情，有时从他那儿得来的一点负面情绪也一咕噜地用在小说上面，由此，写作进度在这样高强度的紧迫中也变得超常地平顺，最终，两个星期之后，白晓顺利完成人生中第一本长篇小说，惊呼自己的潜力无限之余，更是从编辑那里得到了个好消息。

　　好消息就是，因为白晓这篇小说在连载的时候好评很多，所以推荐出版过，现在出版审核已经通过了！

　　受文人白爸爸的影响，白晓从前的梦想是能够以写书为生，做一名自由撰稿人，后来当然是没能成功，不过作者这个头衔对她一直有不小的吸引力，之前也发表过一些短篇，在杂志里、在期刊上，小小篇幅的文章后面有"白晓"这个署名，这也曾经给她带来很大的荣誉感和自豪感，觉得自己离从前的梦想还是挺近的，如今得知自己的小说是独立的书，会有精美的装帧和封面上大大的名字，这还是白晓第一次切实感受到，原来，梦想真的有迹可循。

正当白晓抑制不住喜悦要跟杜月河炫耀一下的时候，注意到了晓莺寄过来的婚帖，这段时间比较忙，几乎都要忘了这件事了……看了下时间，是后天，星期天，之前晓莺特地嘱咐让白家家属杜先生也要提前把工作调一下，白晓完全忘了和他提这个事，他一直忙秋季品展的事，白晓每天两点一线生活的时候，好几天才能匆匆见上一面，还是杜月河晚上九、十点之后赶过来见一下，之后又要回去熬夜，这么忙的当口儿，也不知道能不能抽出一点时间来。

抱着侥幸的态度，白晓拨通了杜月河的电话，嘟嘟了好多声，一直都没有接，以为不会再接通准备挂掉的时候，那边接通了。

"喂，晓晓。"杜月河的声音在略吵吵嚷嚷的环境显得有些急促，看起来那边很忙啊。

"呃……有一个好消息和一个不好的消息，你要先听哪个？"

"还吊我胃口是吧？先听坏消息呗。"

"不是坏消息，只不过没有那么好而已，就是，我一个朋友后天婚礼，你有没有时间一起去啊？"

那边传来一个女声："杜总，这是修改后的展台方案。""好，你给李总送过去一份一样的。晓晓你刚刚说什么？我这边有点忙，不好意思啊。"

"要是没空就算了，我自己去也是一样的。"

"啊？自己去哪里？"

"我朋友的婚礼。"

"什么朋友？我认识吗？"

"我高中同学，没跟你提过。"

"什么时候？"

"后天。"

"带我去吧。"

"啊？"

"带我去，带我去！"小孩子撒娇的样子。

"你不是很忙，没时间吗?"

"大学同学见过了，在他们面前已经宣布过对你的主权，高中同学还没有干过这个事儿，所以，就算很忙也要抽个露脸的时间啊。"

"呃……这个……"原来杜月河是这个想法，白晓感到有点无语。

"不带吗? 你特地问我，难道不就是问我去不去吗?"杜月河以为白晓支支吾吾是不想带上自己去。

"诚然，原本是的。"

"带上我吧，乖乖的不吵不闹，和你高中的小伙伴握握手就好。"

"好吧，我批准了。"

"晓晓，你真乖。"之前还一副小孩子撒娇的样子，一下子就荣升到哄孩子成功的得意之中来了。

挂了电话之后，白晓总觉得哪里缺了什么，好像是一件挺重要的事，但是，她一整个洗个澡吹个头发的时间都没有想起来，在整理书桌看到手写版的小说大纲的时候，忽然惊觉，还没有把自己的小说要出版了这个好消息向杜月河炫耀一下！而且杜月河居然也忘记了，没有提醒自己，难道是和自己在一起，给拉低了智商吗? 不是、不是、不是，月河欧巴可是智力型的高富帅，应该只是太忙了，所以不小心忘记了。

对于自己在心里这么维护杜月河的形象这件事，她表示，这是关乎自己面子的大事，并不是不能抹黑的心尖尖上的完美人儿。

第二十五章

晓 莺 婚 礼

晓莺的丈夫，石峰，是个本市小企业家，虽不能说家财万贯，也是家底颇丰的上流人士，所以，婚礼的排场还是大大滴，选了湖泉广场边上的湖泉庄大酒店，地处闹市又很清静，是个闪闪亮亮五颗星的五星级大酒店。

白晓化了淡妆，穿了素雅的浅蓝色旗袍就出租车一招去了这花钱如流水的大酒店，一到那儿，看到停车场上停满了车，不乏很多名贵的牌子，虚荣心作祟的白晓忽然间觉得，杜月河来这里是可以撑一点面子的，昔日曾经假想过的"情敌"小友如今这么风生水起地嫁入豪门之势，作为正常人的白晓不免还是有点在意的嘛。

在酒店门口看到迎宾的晓莺和丈夫石峰，晓莺穿一身洁白的鱼尾婚纱，贴身的设计凸显出她娇美的身材，精致的脸庞和甜美的笑容让性感中透露出一丝可爱俏皮，真是美丽的新娘子啊。

白晓优雅地登着高跟走过去，紧紧地抱了她一下，一副伤心忌妒的表情柔柔道："这位小娘子现今过得这么让人羡慕，是想把我们这些半老徐娘的活路都给断了是吗？"

"晓晓！你来啦！你要是忌妒就赶紧拐一个人娶了你啊。"王晓莺开心地回抱她，看了看周围，好像没有其他人在，问道，"不是说带家属的吗？你家属那么忙？"

"带了带了，他最近太忙，但是晚上一定会过来露个脸的。"白晓他们商量的结果是白晓先过来，杜月河尽量早点赶过来。

"嗯嗯，那你先坐，给你们安排的是高中校友那边的，没有固定的铭牌，给你家先生占个座儿啊。"晓莺给白晓指了个方向，白晓看过去，大厅中间靠右一点点的位置，不偏不近，蛮好的。

与石峰握了手恭贺新婚之后，放过忙着迎宾的他们，白晓找了个有熟人的位置坐了过去，几个人都是高中有过接触的朋友，虽不情深，但是有缘一起度过一段时光，相隔多年，还是挺感触的，各位纷纷都聊起近况来。白晓不是人群中的话痨，简单说说自己的情况之后就主听了，顺便看看大厅的情况。

礼堂布置的是我们年轻人喜欢的欧式古典风，洁白带蕾丝的白纱运用在很多细节的点缀上，鲜花处处有，造型典雅又散发着淡淡清雅的花香……单从场面上来说，晓莺的确算是嫁得好，石峰颇有绅士风度，温文尔雅，又有成熟风范，事业也颇有成就，郎才女貌啊郎才女貌，啊，不对，晓莺也是个才女，良人配良人的感觉。

对于一个女人来说，婚礼是自己梦寐以求的事情，一场浪漫完美的婚礼更是所有女人趋之若鹜的，好像婚礼是人生的幸福制高点。这都是从小接受王子公主的童话洗脑的后果，其实这种童话还是挺残忍的，作为一个女孩，从小深信自己是个小公主，渐渐长大发现世界的中心并不是自己，渐渐接受种种不如意，然后接受自己只是个普通的女子，不是小公主，也不是灰姑娘，而婚礼是作为成年女子把自己最后一次当作是公主的舞台，让人耗费多年的幻想与期待，由此便格外重要。而晓莺的这场婚礼，硬件软件都很完满，是我们女人眼里童话中的盛大婚礼。

正胡乱想着，有人轻拍白晓的肩，一声"你好啊"，然后左边的位置坐下一个身影。白晓忙不迭地一回头，就看见多年不见的李悦，那个在心里鲜活了五年的初恋，李悦。

"嗨。"白晓下意识地打招呼。

瞬间的惊诧之后让白晓仔细看了看面前这个青年，相貌基本没有很大变化、面部轮廓分明，清瘦高挑的感觉如前，皮肤比从前常常打篮球的时候稍微白一点，小板寸也长长了一些。一身西装非常得体，明朗之中更是多了很多成熟男子的风度，不愧是自己从前看上的有魅力的少年，自己的眼光果然是从小到大都是不一般的高水准。

一时惊诧让白晓预感会催生出诸多负面的情绪，没想到之后只是平静，平静如水，不欣喜不紧张无退怯之心，还能在心底自我调侃一番，是成长了的内心让自己这么淡定吗？不是的，是自己已经将他放下了。白晓能这么清醒迅速地认清状况，真的是因为事不再关己。

"我就想晓莺可能会请你。"李悦轻笑一下，表达友好。

"啊？"这是什么开场白？说得好像和自己颇熟稔的样子。

"她们班我认识的人不多，她朋友里面我认识的，你算一个，我还担心，一个人出现在这里，主要也是身份比较尴尬。"

"现在你发现我也来了，就不尴尬了吗？"白晓居然想都没想就调侃起李悦来。

"呃……"想是没料到白晓会挖苦自己，李悦愣了一下然后笑起来，爽朗的笑容和高中一样，却也更多了一些稳重，"哈哈哈……你高中好像不是这样的诶，性格变化挺大的嘛。"

"现在是性情中人一枚。"

"看来是这几年给磨炼的啊，诶，我们高中之后就没见过了吧？"

高中毕业之后，每年都会有人组织一两场聚会，随着时间推移，参加的人越来越少，一个班能来一半已经不容易了，后来就是小型的聚会偏多，而白晓和李悦各自的圈子不怎么相容，到现在，确实有六年没见过。如此一想，还真有一点物是人非的唏嘘。

"班级聚会你也不来，真的是好多年没见了。"

"谁说我没去过，我去的时候你没去好不好。"

"呃……有吗？"好像真的有过自己有事没能去成的情况。算了，不纠结这个话题了，还是八卦一下好了："诶，你和晓莺……"

"就猜到你会问啊，我们大学异地，后来感情淡了就和平分手了，现在还是不错的朋友。"

"那她先生……"

"石峰啊，他知道我们的事啊，我们俩的关系也挺好的，不然也不会这么就来参加前女友婚礼吧。"李悦说得轻松坦荡，情侣分手之后仍然能做朋友的，真的蛮难得，能珍惜这份友情更是让人欣慰。

不过，这不免让白晓想到，以后自己结婚要不要邀请安澜来呢？相识一场，朋友的感情还是有的，但，杜月河会不会介意啊？那就让杜月河也请前女友过来？对了，好像还没有深入了解过杜月河的感情史，他们这种海外生活多年的人，在国外环境之中，也不知道是不是很放纵、很滥情，嗯，有可能，改天挖一挖。白晓都没有意识到已经把杜月河意淫假想成自己的结婚对象了。

白晓对李悦他们能把事情原委都告诉石峰这一点还是很赞赏的，于是说道："你们能提前把事情都说清楚真的很好，不然你看多少电视剧啊小说啊里面都是男女主角误会的根。"

"你这个话的意思是说我是男配吗？"李悦顺着白晓的逻辑侃道。

"啊，我不是这个意思啊。"急于解释一下的白晓在听到李悦抑制不住的笑声之后立刻意识到自己被耍了。

"你看你现在这性格多好，高中的时候太内向了。"

"……"也就当时只在你面前比较内敛，放不开好不好。

杜月河终于在一场饭局中途抽身，临出发前还不忘问秘书自己的状态怎么样，得到秘书奇怪的眼光之后一个赞赏，满意地去会白晓。

在杜月河没到的这段时间，婚礼已经开始，白晓和李悦相谈甚欢，真的像一对多年未见的好友，她自己都很诧异，这真的是当年自己谨小慎微喜欢过的人吗？他的身上魅力依旧，却不再让自己着迷，他还是他吧，自己也还是那个自己，都更成熟了一些，因为自己心态的改变使得相处起来融洽很多，果然当年是自己处事方式的问题。不过，这也没有什么遗憾了，美好的年华，少女的暗恋，就算是现在想想也是不可多得的青葱岁月里的静美如画。

杜月河赶到的时候婚礼差不多已经进行了一半，白晓把他介绍给高中的朋友，其中一个性格开朗的妹子直接问他有没有他这个级别的兄弟朋友可以介绍认识的，问得杜月河还是很满意的，至少说明自己在白晓朋友眼中是很不错的，今天赶过来露个脸果然是正确的选择啊。

白晓特地引荐了一下李悦和杜月河。

送白晓回家的路上，杜月河止不住一会儿瞟一眼白晓，在第七次被瞟之后，白晓终于忍不住问："月河哥哥，你眼睛是不舒服吗？"

"我在想，如果当时我们第一次相亲的时候，我穿着西装，你穿着这身旗袍，你本来是要穿这身的吧，要是那样的话，我们现在也不知道是什么情况呢。"

"哦？我觉得你的长相还是很合我胃口的，所以，要是你这么英姿飒爽地来，我单单为了这皮相也会眼巴巴瞅着你的。"白晓自黑道。

"噢。这样啊，要是这样的话，我估计是不会接受你的。"杜月河唏嘘着说。

"你找打啊！居然说我不好看！"

"我没说，是你自己说的啊。"

"你就是这个意思！"

打闹一番，终于在杜月河勉强说出"刚刚是我有眼无珠，现在眼珠戴上终于看清楚了原来这么倾国倾城的一美女是我女朋友啊"这种话之后放过了他。

有时候想想，如果当时，其实也就只有想想的资格，永远没有"如果当时"，只有现在收获幸福的白晓。不记得哪个朋友矫情地说过，"人生没有偶然，只有必然。"初初听到这个话，白晓非常不以为然，但是此刻，她却情愿为这段感情贴上"必然"的标签。

"还有个事告诉你，要不要听？"白晓吊着他胃口。

"洗耳恭听。"杜月河把耳朵伸过去。

"那个李悦，坐我旁边的那个，我还特地给你介绍了一下他，记得不？"

"不要低估我智商好不好，说吧，他怎么了？"

"他是我初恋。暗恋。五年。未果。好像挺久之前有跟你提到过这个人。"白晓看着杜月河的眼睛，觉得感情应该真诚，不需要有欺瞒。

杜月河自然是没有想到白晓会告诉他这个，之前有回也是跟他说，安澜是她前男友。晓晓对他非常的诚实，半点瞒着的意思都没有，但是难道晓晓就不怕碰到非常介意的人？而且啊，初恋诶，还暗恋诶，还五年诶，多深刻，自己完全比不了，以前刚认识白晓的时候，对她的初恋还没有什么实际的感受，现在她就这么说出来，要说完全不在意是不可能的，比如他已经在仔细回忆那个人长什么模样了。

"怎么了？你很介意？我自然是全部都放下了才能这么淡然地跟你说啊。"

"难道你不怕我介意吗？"

"不怕啊，我现在喜欢你，你也喜欢我啊，告诉你他就是我的初恋呢，是不想有事瞒你，不然心里有事横亘在我们之间，多不好。"

下车的时候，杜月河抱了抱白晓，在她耳边轻声说："谢谢你。"

第二十六章

无 缘 新 展

RT 中国秋季新品展如期举行，时尚界新闻界都给予了很高关注，本来白晓可以和陈蜀笑一起去看，但是因为一个策划案的没通过让周总监逼着加班了……

想到之前下午 4：55 分时总监肌肉纠结的小脸上看得出克制的隐忍，然后轻飘飘地吐出两个字"加班"就很受不了啊！加班?！今晚可是月河哥哥忙碌一个多月才准备好的新品展啊！而且不是什么杂七杂八的牌子，是 RT 啊！引领潮流、引领时尚的高端奢侈品品牌啊！入展门票都很难弄到好不好！要不是因为月河哥哥这个近水楼台，她们是怎么也没有资格去看业界人士的展览的好不好！可是，虽然内心有一万头草泥马嘶吼着奔跑而过，但是在面对不苟言笑的最毒总监，看着他的小白脸，白晓咽了口口水，把这嘶吼咽下去，调成了震动模式，震动着点了点头就遁了。

回到座位上，一脸苦逼相，拉着准备下班的吕思涵，怨恨道："你居然下班了，你怎么可以下班呢？我是不是还给总监说过好话？我要全部收回，太可恶了，居然叫我加班，也不问问我晚上有没有重要的事情，呜呜呜呜呜……"

"你有什么重要的事啊？说出来给我乐一下呗。"吕思涵不但不安慰白晓，转而发挥损友潜质。

"哼，你还是下班好了，像你这种没有男朋友的女人是不会理解我们的。"白晓作顾影自怜、孤独寂寞状。

"啊啊啊啊啊——混蛋晓晓，叫你揭我短、戳我痛，我要诅咒你一辈子加班，不能去和男人吃烛光晚餐！"冲过来拉着白晓的手臂使劲晃啊晃啊，想要把所有的气愤都传递过去。

刚逗一时能得罪了吕思涵，白晓忙求饶起来："女侠饶命，民女知错了！"但是不起作用。

白晓只好又说："改天午餐，楼下新开的餐厅我请客！"

"这还差不多，看得出有诚意。"吕思涵满意地收手，淡定地理了理刚刚"大幅运动"弄得微乱的发丝，站直了脊背，抬高下巴，摆出一副高冷的样子，故意用尖酸刻薄的语气说道："先走了，加班好运。"然后踩着高跟又故意扭得跟团麻花一样大摇大摆地走出了公司，只留给白晓一个娇媚的背影。

白晓扑哧笑出声来，吕思涵这个人真的很逗啊，而且作为级别很高的大吃货，只要搬出吃的喝的就能轻松平息她的怒气，在职场里有这么个朋友，很不错、很不错。

转瞬的笑意过去，依旧需要面对这必须加班的情形，看着被批的策划案，白晓心中产生一个霸气的念头，要是现在进"煮鸡眼"的办公室，把一字不改的文案"啪——"地扔他桌上，模仿一下思涵刚刚那刻意的刻薄语气道出"老娘不干了，这个就作为绝笔给你留个纪念"，然后再留下个高傲的身影离去……算了，衣食父母还是要巴结一下的，这种场景还是自我幻想、自我陶醉一下就适可而止吧，而且，"绝笔"这个词儿好像有点不吉利啊，换成什么词好呢？又想远了。

没有继续任由思绪发散的白晓给杜月河拨了个电话，大意是自己手边有急事要加班推不了，想去看展好可惜云云，表达了不得不加班从而去不了的现实，又说出了非常想去但是事与愿违的不如人意，一番话说得杜月河深表同情又对她来不了表示理解，最后杜月河说展览结束之后会有个庆功宴会，大概不到十点就会结束，收尾的事情不归他负责，他今晚还有个朋友圈的聚会，想带白晓同去，介绍一下给朋友认识。

白晓思量了一下，杜月河的朋友，除了白术这个"竹马"发小，其他基本没有接触过，俗话说："你要了解一个男人的水准如何，从他的朋友圈水准就能看出来。"这个俗话出自陈蜀笑女士，而从白术这个朋友来看，用杜月河自己的话说，是"白术拉低了我整个朋友圈的水准"，于是接触其他朋友就挺必要的，并且，自己的朋友圈子，杜月河已经混脸熟混了个遍，本着质量守恒定律还有等价交换原则，这对自己着实是有点不公平啊，所以嘛，白晓这略一思量，就爽快地同意了。

随便在写字楼下的西点店买了三明治和奶茶带回公司，一边吃一边修改策划案，倍感凄凉，其间还接到陈蜀笑的电话，说她和白术已经到展厅了，是场面很高端大气上档次的高级的地方啊，她刚刚还看到哪个哪个颇有名气的小模特了，又看到哪家哪家的时尚杂志记者了，白晓默默地喝完最后一口奶茶，半句话都没说，挂了电话，调成了静音。

自从总监来了之后，需要参加公司加班这项活动的人是络绎不绝的，而周总监虽然作为一名最毒公子心的代表，工作上面却非常敬业，如果是他让人加班的，大多数时候，他也会一并留下来处理些事情，直到下面这些"不争气没脑子"的员工勉强得了个及格之后，才会下班。不巧的是，今天被"老师留堂"的竟然只有白晓一个人，所以，寂静公司里，就只剩下白晓和周总监，虽然他是总监有自己的独立办公室而且门关着不怎么能察觉到他的直接影响，但是，就这响当当的存在感就让人感到紧迫了，平时有其他同事在的时候，还可以分担一下那紧张感，如今真是不论发生什么事，只能自己一个人承受总监的冷气啊。

加班四个多小时，过程中进总监办公室三次，战战兢兢颤抖着小心心进去，颤抖着小肝肝出来，终于在最后方案敲定之后，总监吐出几字圣旨"下班吧"的时刻，白晓终于明白"珠玑言"的字字珠玑是多么有魅力了。

　　收拾东西准备下班，白晓不得不深深感叹，这真是一个被冷暴力的夜晚。

　　手机时间显示9：23，还显示几个陈蜀笑打的未接电话以及几条恐吓威胁白晓的短信，什么居然挂我电话啊，居然还敢不接我电话啊，想死是不是啊，女侠我这次不会原谅你的啊，展览真的很好你不来真是活该看不到啊……唉，叹了口气，白晓在QQ和微信上面发了"买个晚饭手机丢了，还要一个人加班好伤心，明天再去买新手机"的矫情无比地说说，待会儿去换个手机壳和手机膜，正好差不多也要换了，明天中午的时候再给陈蜀笑打个电话假装一下，估计这样不会被骂了吧，唉，真是兴师动众的感觉。

　　这个时候晚宴都快结束了吧，还是觉得没能去成很可惜。

　　正准备给杜月河打电话，手机屏幕上就显示了他的来电，略惊喜的同时立马就接听了。

　　"喂～晓晓？"

　　"诶？为什么你这声晓晓里面好像是疑问句的语气啊？"白晓表示奇怪，这个语气太明显啦。

　　"蜀笑小姨子说你发状态说你手机丢了，所以我不确定地打给你试试看。"

　　"啊，这样啊……"自己才发出去的说说她就看到了，果然是分分钟离不开手机的手机党，想到什么的忽然紧张地问："诶，她在旁边吗？我是故意想让她看到骗她的，你别让她知道啊。"

　　"不在，她刚刚和白术那小子一起走了，她之前还跟我抱怨说你挂她电话之后就打不通了，你不会是为了假装不是故意挂电话故意不接所以才骗她一下的吧？"杜月河一想，说出了自己的推理。

　　要不要这么准啊，自己心里一点小算盘都给看出来，简直就是对自己英明神武、急中生智做出的决定的侮辱啊。所以说，和高智商的男人谈恋爱还是颇有压力的啊，所以，现在自己也不怎么逗能了，直接承认："是的，月河欧巴你猜得很对，然后拜托你帮我保守这个秘密好不好呢？"

　　"哈哈哈，好的，你工作完成了吗？我这边差不多也可以走了，去你公司接你。"

"结束了，我们总监……不说他了，我先去换个手机壳，就说我买了和原来同一款手机，再换个膜，叫她完全看不出来。"

"你要是不嫌麻烦，再把手机软件重装几个，玩的游戏最好也重装一下。"杜月河提醒道。

好机智啊，果然智商不错的男朋友看事情就是全面，就算是骗人都能面面俱到注意到很多细节，不过，真的好麻烦，早知如此，还骗陈蜀笑做什么，直接打个电话假哭一下博取同情不就好了，再或者，更早知如此，之前就不该挂她电话啊，也只要没精打采地回复她一下，再做出真的很可惜不能去的情状，陈蜀笑那厮外强中干的刀子嘴豆腐心也会转而安慰起自己的吧，如今弄出这么多事儿，真是不作死就不会死，全是自找的啊。

礼貌地敲门跟总监道别，看他也拿包拿衣服准备下班的态势，飞快地道个别为了可以不乘坐同一趟电梯一溜烟就跑了。真是难以想象如何在电梯里和总监独处啊，对，光是想一想就太可怕啊太可怕。

第二十七章

人 生 无 常

才换好手机壳杜月河就到她们公司了，不得不要再次赞叹一下"牛牛"的性能。

在车上，杜月河跟她介绍了一下应该会见到的朋友，主要是他留学的圈子里的，他毕业比较早，有的是刚毕业才回国来，有的是趁着假期特地回来相聚一下。

白晓问："会有很多人吗？"

"不会，六七个最多了，我们直接去 KTV 就可以，他们之前一起吃了的晚餐。"

"感觉时间挑得不好，你最近太忙了。"

"本来不是今天，其中有两个，在学校的事情没收尾好就跑回来了，给他们导师勒令回去，明天就要飞回英国，所以没办法，只好今天晚上小聚一下，不然之后再见还要隔好长一段时间。"一个红灯路口，杜月河停下车，"不过话说回来，今天你没能来我们展览的确挺可惜的。"

"别提了，你一提我更伤心了好不好。"

"那你的策划案搞定了？没我帮忙也很顺利嘛。"

瞪了他一眼，白晓无奈道："我们总监太严格，冷面书生啊，杀人都是用眼神的，级别太高了，我这种虾兵蟹将虽然很难抵挡得住，但是好歹虾兵蟹将也算得上半个小神仙，专业领域的东西，认真对待，多改几次，还是能达到他大神级的 60％的。"

"哦？你们总监什么来历啊？感觉很牛的样子。"红灯跳转为绿，杜月河发动"牛牛"拐过这个路口，往市中心方向去。

"和你情况差不多，留美硕士，姓周名言，学校是普林斯顿还是哥伦比亚还是什么的不太清楚，他个人信息很密不透风，可！冷！暴！力！了！可怕可怕还是不说他了。"白晓想到总监就一身寒战，抖抖胳膊把鸡皮疙瘩抖掉，珍爱生命，远离总监。

"叫周言啊？"

"怎么？你认识？"

"嗯……"杜月河努力想了一圈，没得出匹配的人物，他认识的留美圈的朋友屈指可数，于是说："不认识。"

接近晚上十点，闹市的霓虹闪闪烁烁，映衬着这座城市的繁华，这个点，闹市也不再拥堵，所以很快就到了目的地——"皇朝 KTV 会所"，皇朝是市里最好的 KTV，贵就一个字，是众多富二代公子哥儿喜欢厮混的场所。站在皇朝门前，白晓不禁要感慨一下，单这"皇朝"两个字，光看字面就是金碧辉煌的宫廷感，不弄个西欧的贵族宫廷风格，也要弄个中国的宫廷古典风吧，但是，这皇朝居然是欧式现代简约时尚风的，自己的审美跟不上时代了还是怎么的了？

"怎么了？"停好车的杜月河看白晓在门前发呆，奇怪道。

"没什么，我就在想，自从和你在一起之后，我的生活就高端大气上档次起来，也不知道是好事还是坏事。"

"啊？怎么会是坏事？这不能凸显出你男票我的水准不一般吗？"

"噢，水准，那带我去看看你朋友圈的水准吧。"提到"水准"这个词儿，白晓想起此行的目的是看看杜月河的朋友都是什么样的，从而看出他这个人的本质。

刚进去就有迎宾的服务员迎上来，问了包间名之后就给他们带路，一路上，白晓稍微留心了一下装潢，果然是和门外的风格一样，欧式简约风。唉，怎么都有点感觉，这样跟着杜月河的高大上生活不太适合自己啊。

走廊里灯光明亮，所以，包间门打开的时候里面的昏暗让人只看得见影影绰绰的人影，震耳欲聋的嗨歌中有两个疯狂扭动的身影。里面的人看见有人来了，把侧灯打开，看见杜月河，其中一个迎上来嚷着"William"就是一个熊抱，杜月河被熊抱之前早有先见之明地把白晓拉到身后挡着一点，以免被殃及。

借着侧灯的亮光，包间里的人大约都能看清楚，目测一下，除了她和杜月河，还有五个人，四位男生一位女生，那位夜店性感黑色修身连衣裙风格的女生和其中一位穿着朋克风的男生正随着嗨歌跳舞，看起来舞蹈都不错，接近专业的样子，其他也是 T 恤牛仔裤之类的打扮，看起来很随性很日常，也就杜月河一个人穿的是正装，没办法，是工作之后赶过来的嘛。

杜月河又和其中两个拥抱了一下，然后把身后的白晓拉到身边来，隆重地介绍说："我女朋友，白晓，白天的白，拂晓的晓。"

面前三人居然第一反应是张大了嘴巴作吃惊状。

"诶！"杜月河踢了最近的那个一脚，骂道："你们这是什么反应啊?! 是觉得我女朋友太漂亮了还是觉得我找到女朋友这件事本身就让人吃惊啊?!"

"是太漂亮了！当然是太漂亮了！嫂子您坐这儿，鄙人姓方名宇，英文名 StephenFang，大嫂您不嫌弃可以叫我小方，也可以叫我小宇。我是 William 本科舍友。"之前第一个冲上来抱杜月河的那个抢着说道："让一让，让一让，给我们 William 和嫂子让个座儿。"

"Daniel，Lucas。"杜月河指着另外两位说道："这两个都是我本科的同学，不过现在都是我学弟了，就是这两个明天被导师抓回学校去的。"

"嫂子好。"两人默契地异口同声，说完互相鄙视地看了一眼，又各自说了一声"嫂子好"。

"你好。"白晓看着他们的表情，抿嘴轻笑，心想留学圈就是和她们本土圈不一样，基本上都是用英文名混迹的啊，杜月河英文名居然叫 William，哈哈哈。

"那边两个扭成那样的是谁啊？"杜月河问旁边的方宇。

"Yasin 和 Terry 啊。"

"噢，真是他们的风格，我们圈的俩嗨宝。"杜月河刚说完，那边劲爆的音乐也一曲终了，舞蹈也随之结束。

那女生一边整理凌乱的头发一边走过来跟杜月河打招呼，看到白晓的时候顿了一下。

杜月河介绍："我女朋友，白晓。这位是 Terry，大学同学。"

"我是学妹好不好。"那边抗议道："TerryLee，你好。"

"开始是同学，后来是学妹。"杜月河又跟白晓解释了一下。

"William 学长！"后过来的跳舞的男生看到杜月河激动道："好久不见！"

白晓看到他亮晃晃的铆钉还有无比灿烂的笑容的时候，心里爆出一句不知哪位哲人说过的粗口"人生啊真他妈的无常"……

这位叫 Yasin 的爽朗少年真的是毒舌总监"珠玑言"?!

他在看到白晓的那一刻，笑容僵硬在脸上，伸出一根手指指着白晓支支吾吾："白……白……白……"

"总监好。"白晓首先冷静下来，微微颔首说道，自己被陈蜀笑的一惊一乍给锻炼出来的淡定能力不是吹牛的，秘诀就只有一条，甭管内心多少头草泥马在奔腾，面儿上只要三两个字三两个字地蹦出来，其余只要微笑不语，那个不淡定，就不容易侧漏出来。

"认识？"杜月河奇道。

周总监摸摸后脑勺不好意思地笑笑，轻轻"嗯"了一声。

"我们总监。"

"哦～"声调往上扬起，杜月河一个意味深长的语气词，弄得周言觉得略尴尬和局促起来。

"这么巧啊！"方宇凑上来，"诶，嫂子嫂子，跟我们说说，Yasin在职场是什么模样啊？有没有故意装出一副清高难接触的样子啊？在我们这儿他都是电力宝宝嗨翻各种party的是。"

"呃……"白晓一时语塞，如果总监不在场的话，也许还可以稍微说得接近一点实情，白晓看了一眼周言，可以看出些微紧张，然后他多眨巴了几下眼睛，甜甜地朝她一笑，显得又俏皮又活泼，清俊的秀气小脸终于在这一刻与他的形象对上了号，白晓被这表面上是充满讨好背后可能透露着一丝危险信号的笑容给威慑住了，其实是被这笑容给惊艳得恍惚了……不过她是不会承认的，于是含糊说道："总监在公司比较商务，都是穿西装的，生活里面这种随性的风格我没怎么见过。"

"诶！Yasin，我们之前都没有见过嫂子，你给说说嫂子平时是什么样的啊？"又是方宇问。

周言坐到旁边的沙发，又看了白晓一眼，说："工作挺认真的，性格温婉，挺好的。"

杜月河把话接过去："说得差不多，因为性格不错、做事又认真，所以我就原谅她脑子不太灵光这些缺点了。"

白晓一直保持的微笑凝结在脸上，转头朝他递过去一个警告的眼神，然后几不可查地挪动手臂凑近杜月河的腰，重重地捏了一下，杜月河收到警告又感到腰间传来的痛感，居然心情好像很好地哈哈笑出声来，然后捉住惩罚自己的小手握在手心里，接着话说："不过甚和心意，我很喜欢。"说完在白晓的手上亲吻了一下。

"哟！"他们几位男生一齐发出哄闹声。

"快别！Lucas你给我把那酒递过来一下，我要受不了了，William你别当着我们这些大龄未婚又没有对象的青年秀恩爱了好不好！既然这恩爱秀了，那必须得先喝一杯是不是？"方宇大呼受不了地把酒塞到杜月河手里。

那位Terry怒道："不要把我算上，我虽然大龄且未婚但是有对象，和你们这些屌丝不是一个级别的好不好。"

方宇忙做了个求饶的动作。

杜月河掏出车钥匙晃了晃，说："别闹，一会儿得送晓晓回家，不喝酒。"

"诶？学长，不带你这样的啊，我们好不容易才能聚一次啊。"Terry 一下子把杜月河在手上转悠的车钥匙抢过去，放在稍远的茶几上，又说："就这么说定了，一会儿给你找代驾。"

杜月河看着白晓，轻轻笑笑，对 Terry 说："那我们要不按老规矩？"

老规矩?!

当杜月河和 Terry 还有周言"五魁首啊六六六啊"地划拳的时候，白晓简直傻眼了……这都是什么圈子啊，之前才跟杜月河感叹自己的生活因为他而各种高大上，现在看着这留英旅美的海归党在玩划拳，而且还有平时成熟稳重得很的杜月河以及冷颜毒舌的总监……白晓又在心里爆出那句名言"人生啊真他妈的无常"。

正当他们玩得很嗨兴头很高的时候，包间门又被打开了，白晓第一反应是服务员，定睛一看，是位女生，长相十分出众，精致的面容，清淡的妆，一袭浅蓝色的长裙，颇有不食人间烟火的女神范，但是眉眼间又没有女神的孤傲和距离感，好漂亮的人啊。

白晓一边感叹这个美人儿，一边自叹不如，没有注意到这位大美女的出现，让包间里面一下安静下来。

杜月河奇怪地看向周围一下子冷下来的场子，然后扭头看向门口。

是她。真的是她。戴墨菲对上杜月河的视线，心一下子被揪住。

"Moffy。"方宇打破了刚刚瞬时的沉默，"怎么才来啊？过来坐。"

Terry 起身拥抱了一下这个叫 Moffy 的女生，然后往沙发边上靠过去一点，给她留下足够的空间，待 Moffy 坐下，又凑上去一点搭着她的肩，很相熟的样子。

终于出现一个看起来高雅不俗的朋友啊，白晓心想，时刻不忘此行的本质目的是以友识人。

"好久不见啊，各位。"美女微微笑向他们问好，有句话叫"微微一笑很倾城"，她居然简单一个微笑就能这么清丽的美艳，白晓心中止不住地给她点赞。

Molly环视了一下，看到白晓时，疑惑地问："这位是?"

哇，美女在问自己诶！"你好，我叫白晓。"说完白晓吐吐舌头朝她笑。

"噢，你好。我叫戴墨菲，叫我墨菲就好了。"

杜月河之前玩划拳，坐在背靠着门的位置，戴墨菲进来之后他坐着一动未动，屋里除了白晓，其他人都在有意无意地偷瞄着他。杜月河没想到戴墨菲会出现，之前方宇问他来不来的时候，只提到Lucas他们，而他当时也没有说会带白晓来，难怪他们听到介绍白晓是自己女朋友的时候都傻了眼，原来是因为知道戴墨菲也会来。

杜月河起身，众视线偷偷跟着他起身，杜月河走到白晓身边坐下，众视线偷偷跟着他走到白晓身边坐下，杜月河单手搂住白晓的腰，稍用力，让两人贴得更近一些，众视线偷偷离开杜月河去偷偷观察戴墨菲的反应。

果然没有辜负群众看戏的好奇心，戴墨菲的微笑瞬间僵硬了起来，刚刚的优雅淡定一下子支吾着："William，她……她是……"

"是我女朋友，好久不见，墨菲。晓晓，这位是我大学的学妹，她和Terry是同学。"

忽然这么贴着自己，白晓觉得略诧异，也为在他朋友面前，感到不好意思对他们笑笑，杜月河控制着手臂的力道，既没有给白晓以压迫感，又坚定地让她动弹不得，微微颔首靠近白晓耳边，低声道："别傻笑，暴露智商。"

在人前，白晓忍了，朝杜月河眨了两下眼睛，表示我听清楚这句话了。

戴墨菲的出现加快了聚会的步伐，Terry后来一直拉着她问近况，看起来就算是她们俩也很久没见了。这就是国际范不好的地方啊，一毕业就各奔东西，离得都很远，白晓她们大学多好，最多几个小时的车程就能相见了，这个念头吧，白晓一意识到就反思起来，自己真是吃不到葡萄说葡萄酸，要是自己家里能更富有一些，也想出个国什么的，其他不说，眼界和阅历与一般人比就是不一样的。

就要十二点的时候，杜月河拉着白晓告辞了。

走出皇朝，晚风与包间里的空调相比，暖暖的，却也非常宜人。

杜月河后来选择用老规矩划拳来比试，是因为他从前和他们玩闹时都是带玩带喝，他的划拳功夫是很高的，今天忙碌一天，新品展的晚宴上都滴酒不沾，没道理之后就喝个烂醉，也幸好，他只被罚了一杯啤酒，不然面对戴墨菲的出现，他不知道酒后的他还能不能这么理智。

不过，他和白晓都忘了一件重要的事，就是车钥匙没拿……Terry顾着和戴墨菲说话，也忘记了给他们找代驾的事，车钥匙还乖乖躺在茶几上……

于是，杜月河让白晓在外面等一下，他回去拿。

看到杜月河回来，戴墨菲一时很惊喜，刚刚他走的时候，她都没能与他说上什么话，但是他取了车钥匙立马就离开，这时，戴墨菲不由分说地也跟出门去。

"我有话跟你说。"戴墨菲拉住杜月河，轻轻说道，不同于柔柔的嗓音，语气非常坚定。

杜月河站定脚步，轻轻抽回被她拉住的衣袖，没想到会再遇到，又是和白晓一起的场合，能一次把话说清楚就说清楚，不然以后衍生出不必要的麻烦，对谁都不好，于是他道："好，你说。"

"这里不方便。"戴墨菲口气软下来，恳求能换个可以聊聊的地方而不是就这么站在门口。

"没有什么方便不方便，你要是没有重要的事，我就先走了。"杜月河见她扭捏的样子，心里莫名升起一阵反感，这让自己都略诧异，这是从前的自己无法想象的。

"别！"戴墨菲急急道。

"给你半根烟的时间。"说完取出一根烟，点着吸了一口，缓缓地吐出青烟，轻靠在走廊墙边。晓晓不喜欢人抽烟，他也没有什么烟瘾，但是在外应酬的时候不免要吸烟喝酒的，所以一般也会随身带着。

第二十八章

前 尘 往 事

看着杜月河倚在墙边的身影，戴墨菲一时不知道说什么好，只有两步之隔，他却像是在千里之外。对于月河如此的冷漠她之前完全没有设想到，她想他可能会生自己的气，但是不会不理睬自己的，而且他居然已经有女朋友了，怎么会这么命运弄人呢？当年，他们那么好过，如果不是自己没看清自己的真心，又怎么会错过月河呢？

沉默在两人之间蔓延，仿佛时间会凝结在这一刻，从此寂静无边。

"什么时候回来的?"

"……"没想到最终打破沉默的会是他，戴墨菲一惊，抬头对上杜月河的眼睛，看到他也看着自己，又匆匆别过眼神，轻声道："上周三。"

"你是今年毕业了吧，有想好去处吗?"又一个不痛不痒的问题。

"回国来发展。"

"嗯，祝福你。半根烟时间，先走了，我女朋友还在楼下等我。"杜月河走两步到包房门边的垃圾桶，把依旧燃着的半根烟头摁灭在里面。

"William! 你……你就跟我说这么多吗?"

"不是我跟你说，是你说有话跟我说，不过看起来你没什么紧急的事情，我想这对话也没有必要再继续下去了。"说完转身迈步走开。

"我是回来找你的！"戴墨菲吼着嗓子叫出来，看着他离去的身影，不带半丝犹豫，终于忍不住说出自己回来的目的。

"找我？"杜月河停下脚步，轻蔑地冷笑出来，"不要太可笑了，找我？我们还有什么交集吗？不觉得这是很可笑的事吗，戴小姐？"

戴墨菲咬着嘴唇没有说话，睫毛轻颤着，精致美丽的脸上，转瞬就落下泪珠，带着隐忍和楚楚可怜，不仅半点不显狼狈，更是衬托出这女子的柔美和纯洁。

就是这个模样，曾经也是因为她在自己怀里哭得心碎的我见犹怜的模样让他心醉过，想这么一朵娇艳欲滴不染凡尘污垢的豌豆公主，捧在手心里都怕化了，需要他的保护，他也有足够的能力为她建一座风吹不着雨晒不到永远温暖的温室，但同样就是她，纯洁无瑕的漂亮外表之下是无情抛弃自己的狠心。

"我知道当年是我不好，我不应该在你向我求婚那晚和你提分手，那时我还太幼稚了，我没有瞧见自己的真心，现在我才看清了爱情到底是什么，你就是我的爱情，可惜我当年没有珍惜，这三年我无时无刻不在悔过，我也应该早点回来找你的，月河，你还是爱我的是吗？"鼓起勇气，戴墨菲说出了自己的心思。

杜月河默默听着她说完，看着她谨小慎微的样子跟自己表达爱意，这是她从前不曾做过的，她是洁白无瑕的脆弱公主，同时也是心高气傲的公主，从来不曾开口说过爱他，只是在杜月河给她惊喜、给她浪漫、给她感动的时候会抱着他的脖子，附在他耳边说一句"你真好，是我喜欢的类型"，对啊，现在想想，她一直说的都是"喜欢的类型"，而不是"喜欢你"这么明确的答复，从前还以为是她的羞报，是女子的矜持使得她不好意思明确示爱，现在回想起来，真是带着嘲讽的。

"当年放弃你时，我的日记里写过这样一句话'我已设想好此生对我最大的讽刺，就是多年之后，她会出现说还爱我'。你看，你现在真的要让我人生最大的讽刺成为现实吗?"

"你在生气,你只是在生我气,这……这说明你在乎我!"戴墨菲激动道。

"生气?这个词你用得太不准确,从前心伤得重,那不是生气,现在放下了,不再在乎,也不是生气。几年不见,我也成长了一些,发现你们女人喜欢放大自己个人的感知,用自己的部分认知来理解别人的话,从中挑出个人认为合理的部分,其余就会忽略掉。我没有生你的气,从前没有,现在没有,我想,以后也不会有,按你的逻辑说,我并没有在乎你。"

"对不起 William,都是我的错,你原谅我好不好?回到我的身边好吗?"扑簌簌地,泪水一颗一颗滚落下来,红红的眼眶依旧掩饰不住她眸子的清亮。

"没有任何事是能够回到过去的,我们俩,缘分来时走到一起,缘分尽了分开,各自还有各自的路要走,没必要牵强。"

"我为你回来了,我签了 RT 中国的合同,会在一起工作,会经历很多,从前的那些时光一定可以找回来的。"

"为什么……"杜月河面露难色,"为什么你到现在还以为我们能够回到起点呢?都过去那么久了,我们都早已不是当时的自己,而我也找到了心爱的人,我很爱她,不希望因为你的关系而影响到我和她的感情。"

"不要,不要。"戴墨菲捂着脸哭起来,略显惊慌地说着:"不要,不要,不要这样对我,我是为你回来的,你别伤害我。"

"伤害你?"杜月河无奈地笑笑,镇静说道:"我们那一段感情,我从没有伤害过你,要严格地来说,倒是你做了些让我心碎的事,但那也只是因为你不爱我,你本身并没有什么错,所以这样一说,也不是你伤害我,而是我们没有遇上对的人,是命运伤害了我,希望你可以像那时一样淡定从容地面对这早已不复存在的'当年'。"抬手看了看表,自己回来拿车钥匙已经十几分钟了,晓晓等自己肯定等得着急了,她那个淘气的本性,一定会借着难得的机会数落自己速度太慢、效率太低的,一想到她心里就一软。

想起白晓的杜月河面色缓和过来,看着面前伤心落泪的戴墨菲,心里又觉得略不是滋味,这是他深爱过的女人,如今那爱恋早已消散不见,本来不需要面红耳赤针锋相对，能做回普通朋友固然是最好的，她不是个坏女孩，只是无缘吧，所以不能成为自己生命中的唯一的那个她。

之前情绪的激动是因为被触及往事，他和戴墨菲同岁，大一的时候还在同一届，那时他们并不认识，后来杜月河计划早点读完书所以渐渐就成了她的学长。有一次和朋友一起准备一个沙盘比赛，戴墨菲作为自告奋勇来学习的好学的小学妹，充当他们组的助手，那时他大三，戴墨菲大二，她一身清丽，不食人间烟火的清丽，让杜月河很快着迷，男人骨子里有那种"我负责征战天下，你负责貌美如花"的基因，所以，但凡那些智商超群能力卓越的男子，大多偏爱娇嫩的花，可以尽情展现自己的保护欲，而戴墨菲本人不仅如此，而且也是聪明不俗的优秀的女孩子，情商智商美貌俱佳。杜月河一直以学长的身份自居，平常的接触里，戴墨菲对这个学校里面颇有名气的学长很恭敬，自己一个人出国念书，本来就会对中国人更有好感，所以，后来杜月河正式追求她，她没有多纠结就同意了。两人在一起两年多的时间，到杜月河研一的时候分的手。本科即将毕业的戴墨菲本来没有准备继续读研，她家里人也希望她能回国发展，据说，家里给安排了条件不错的相亲对象希望他们能交往结婚，杜月河感到诧异，难道他们交往两年多了，她家里人都不知道他的存在吗？因为知道戴墨菲的性格相对内敛，诧异之后是自己给自己找的理由和帮她开脱的借口，只是因为她不好意思吧，谈情恋爱这种事，有的女孩子不好意思跟家里说吧。当时戴墨菲为工作的事情也很纠结，杜月河担心她压力太大，也担心她会就此回国去，所以，权衡之下，他向戴墨菲求婚了。

杜月河订了高档餐厅和戴墨菲一起吃饭，小提琴手在旁边演奏她喜欢的维瓦尔第的《四季》，一曲终了，转而奏起婚礼进行曲，杜月河取出戒指，单膝跪下，诉说自己的爱恋和希望戴墨菲能嫁给他的钟情誓言。

进行到这里，一切都很顺利，美食、美酒、高档餐厅、浪漫的小提琴曲、王子向公主求婚。但是杜月河没有想到，戴墨菲冷静得让人诧异，没有惊喜没有波澜，她直直看着杜月河的眼睛，推开他伸向自己举着戒指的手，简洁明确地说出"我们分手吧"。毫无留恋地起身离开，只留下一个决绝的背影。

之后戴墨菲就不见了，杜月河找了她所有的朋友都不知道她的消息，她是不是遇到什么事了，所以才忽然就要说分手？

两个月之后，杜月河终于得知了她的消息，她申请了斯坦福的研究生去了美国。一时间，杜月河理解不了，他们之间有什么问题？如果是想去美国上学，他也可以申请交换生跟过去啊，若是来自家里的压力，他的家世学识都不差，也不至于被她家里看不上……所有关于现实的世俗问题杜月河都设想了，最后没有得出能够接受的结论，所以转而，他找到了根本原因，就是戴墨菲她并不爱自己。

在杜月河不相信爱情的那段年少时光里，他认为，爱情是苯基乙胺、多巴胺、去甲肾上腺素、内啡呔、脑下垂体后叶荷尔蒙。苯基乙胺让人坠入爱河，多巴胺传递兴奋和欢愉的信息，去甲肾上腺素让恋人产生怦然心动之感，内啡呔让恋人持久快乐，脑下垂体后叶荷尔蒙控制爱情忠诚度。理性客观的思维让戴墨菲给打破了，虽然在她之前也交过其他女朋友，但是不是这深切的爱情，不是有至理名言说过"你不相信爱情，往往会吃比一般人更多的爱情的苦头"。

如果转换一个角度来看，戴墨菲离开自己，不爱自己，用理性客观的思维想，只是她没有对自己产生苯基乙胺、多巴胺、去甲肾上腺素、内啡呔、脑下垂体后叶荷尔蒙罢了。

那个暑假，七八月份，杜月河一个人在没怎么去过的伦敦下面的小镇上度过了两个月，租了一间小公寓，每天在陌生的人群里游荡，静静地想着所有的事情，回忆所有他们在一起的曾经，纵使他自诩聪明不凡，也有数不清的细节都想不起来了，假期结束时，他整理好自己的心，回到学校和导师商量了一下学习进度，要把剩下的两年课程一年学完。

此刻，眼前哭得梨花带雨的戴墨菲，早已在那个夏天结束时，和所有的记忆一起被留在英国了。

"RT 中国这家公司还可以，发展平台挺好，我希望你不单单是因为我个人的原因才选择它，如果要留下，我建议你申请调去北京的分部，正好你家也在北京，生活上面也会更加方便一点。不奉陪了。"最后说完这些话，杜月河大步离开。

"William！William！"戴墨菲焦急地喊着跟上去。

杜月河走下楼梯，走过旋转门，担心白晓等得太久了所以脚步有些急促，直到看到白晓坐在喷泉池边上，百无聊赖地轻晃着脚，喷泉里的彩色灯光随着水流跳动，印在她白色连衣裙上，晚风吹动她的长发，秀气的小脸无所事事地看着对街霓虹灯的明灭。这画面深深牵动了杜月河的心。

他疾步走过去，拉起白晓，抱进怀里，附在她耳边说道："我爱你，晓晓。"

"诶？怎么忽然矫情起来啦？你不会是怕我说你怎么去这么久所以先示下好吧？"

"嗯。"紧紧地抱着白晓，语气软软的。

察觉到杜月河有点异常，他不想说遇到什么情况了，自己也不要多问，白晓也回抱了抱他，柔声说："我也爱你。"

杜月河宠溺地摸了摸她柔软的长发。

"去拿个钥匙拿这么久，我是不是很挫？"

"没有，我月河欧巴人傻钱多才更合我心意！"

"好的，那我就一天一天傻下去，一天更比一天钱多，让你一天一天沉沦到我这条杜月爱河中来。"

"那还得看是有多傻，是有多少钱啊！"

松开白晓，一边拉着她的手往停车场走，一边说道："等我真傻了，会不会影响我们以后孩子的智商？"

"不会，你基因还是不会变的。"

"可是后天环境里面被个傻爹教育会不会先天有余、后天不足？"

"那还有我这个聪明、美丽、善良的娘亲在呢，不用担心。"白晓自信地说。

"是吗？我觉得加上你我才会更加担心诶。"

"啊你！你居然嫌我笨！"

"哈哈哈，是你自己说的，我半个字都没有提到。"

"分明就是那个意思！"

杜月河一扫之前戴墨菲给他带来的不悦回忆，白晓是他现在爱的人，什么多巴胺荷尔蒙的，都是为她产生的，他感到很幸福快乐，他也能感觉得出来，白晓越来越喜欢他、依赖他，就这么一直下去，非常满足。

追出来的戴墨菲看到杜月河与白晓的亲密举动，看到杜月河对白晓宠溺的笑，那曾经都是自己的，William 的笑、William 的怀抱，全都是自己的，那个平凡的女人凭什么得到这些呢？自己一定不会放弃，只要时间一长，William 会想起对她的爱，他只是暂时忘记了。

白晓特地想挖苦他一下，为什么周言是杜月河的学弟而他居然不知道？

杜月河才不以为然呢，他们在国外都互称英文名，不知道中文名也不奇怪，而且白晓跟他说的是留学美国的硕士，Yasin 本科是在普林斯顿念的，硕士才去的牛津，之前有了方向的误导，一般人怎么能联想出来啊。

Yasin……真是小众的英文名，也不知是不是自己孤陋寡闻、才疏学浅才没有听过，真是好难想象总监是这样的日常，他在公司是有多压抑才那样啊，而且，他跟自己差不多同时下班，她自己还稍微跑快了点不想同他乘同一班电梯，而他居然已经换了西装，换上了朋克皮革铆钉风的衣服。反差太大，想不通。

回家的车上，是白晓驾驶，尽管杜月河一而再地说他确定一杯啤酒的量还不到醉驾的标准，但是白晓一句撒娇"我想送你嘛"就轻易让杜月河双手奉上了车钥匙。

由此，白晓确定，虽然一杯啤酒的量不会到酒驾的水平，但是，也可以让杜月河的智商降到大众平均标准以下，完全忽略了杜月河是因为她的撒娇才醉了的。

隔天，陈蜀笑见到白晓的时候，第一句话就是："听说你手机换了新的，拿出来瞧瞧呗。"

白晓嘻嘻笑着递过去，说："嗯，因为用惯了，所以还是买了同一款。"感谢自己的英明神武，为了识别明显，手机壳从单色换成了樱桃小丸子卡通的，膜也从光膜换成了磨砂膜，里面软件也重新安装了一下，哈哈哈，毁尸灭迹真是有卓越感啊。

谁知还没得意完呢，陈蜀笑仔细看了一圈之后，指着耳机孔说："可是我怎么觉得你这个孔里面有灰尘呢？"

"不可能?!"明明习惯用防尘塞，为了显得不一样，防尘塞都拔了，而且她这是什么眼睛？火眼金睛还是电子侦察眼啊？

"为什么不可能？"陈蜀笑问。

"因为我一直——"一个念头从脑海里闪过，随后话锋一转，"都很注重产品品质，这个新机我已经检查过了，品质合格。"如果一开口说的是"一直有用防尘塞"，立马就露馅了，把手机拿回来，仔细看了耳机孔，根本就看不到什么灰尘，果然陈蜀笑是设了个圈套让她往里跳，看来真的很怀疑自己啊，到底哪里暴露了呢？

"晓晓，你别装了，我后来想了，你说你没有手机了，又是一个人在公司加班，怎么发的微信？"陈蜀笑摊牌了。

白晓刚想说用的是网页版，就意识到网页版也是需要手机扫码的，急中生智说："我跟总监借的手机，加班的职工就我一人，没把总监算进我们普通小虾米员工的行列嘛。"

"你们总监？就是那个嘴巴比我还要毒的那个？"陈蜀笑听白晓说过好些次他的事迹，所以，对于白晓敢去借他的手机，而且就是发个状态这种事，怎么想都觉得白晓是在圆谎。

"是他……"总监是出了名的，干吗之前要跟陈蜀笑抱怨过他啊。

"那你觉得我会相信？"

对了！"蜀笑，你不知道吧，总监其实是杜月河的学弟呢，从我们中华民族长幼有序的传统上来看，他见了我其实还会叫一声'大嫂'的。"

"啊？你不会是在骗我吧？这……剧情是不是有点狗血啊？"陈蜀笑也觉得

有点不可思议。

好的，成功地顺利转移了陈蜀笑的注意力，白晓继续说："是啊，太巧了，我也没想到呢，你看我们总监明明是比杜月河大一岁的，本来留美的，后来才去的杜月河他们学校，而且他本科毕业的时候有一年的间隔旅行，到研究生的时候就又晚了一年，杜月河又是比一般人快两届的了，所以嘛，总监就成了他的学弟。"

"你说了这么多是想说明什么来着啊？"听着白晓洋洋洒洒地说了一大堆，陈蜀笑虽然对听八卦很有兴趣，但白晓没有那么热衷于说的，所以，就有点不明白了。

"我就想说虽然他嘴巴比毒蘑菇还要毒，但是因为是杜月河的学弟，他们关系还不错，所以，我也沾了点光，他对我还是不错的，借下手机发条微信什么的还是可以的。"

"那按你说的，你想来看他怎么还让你加班啊？完全是可以通融的情况啊。"陈蜀笑又抛过来一个疑问。

现在白晓已经悔得肠子都青了，早知如此，不挂她电话多好。没办法，只能继续编了："不是他不放我走，是文件很急走不开呀。"

"那为什么不让别人加班弄，非要让你一个人加班啊？"

"因为是我一直负责的呀。"

"那为什么你知道比较急也知道新展时间而不提前做好啊？"

"因为我也没有想到审核会没过呀。"

"那为什么——"

"停!! 还能不能一起快乐地玩耍了?! 不就是挂你个电话没接你的电话吗?! 就算我手机没丢都是我做的那又怎么样呢？我昨天去不了展览已经够伤心的了，而且忙死了，你还狂给我打电话，现在，还为这件事是不是真的像拷问犯人一样拷问我，是想怎样啊?!"白晓终于紧张之中理智地爆发了，非常理智地篡改了某些事实，说得义正词严、义愤填膺。

陈蜀笑傻了傻，张张嘴，眼眶里转着自责的泪水，小声道："我错了……"

"好了好了，小眼泪别飘出来了，我说话也说重了，也不是有心的，下次别这样了，乖啊。"白晓递上纸巾安慰道。然后一转脸在心中偷笑，自己居然有魄力能够唬住豪气冲天的陈女侠，功力见长啊那个功力见长啊咿呀嘛咿呀喂。

白晓心中升起一行字：顺利度过挂一个电话引发的血案。

第二十九章

新 书 签 售

　　白晓的小说大体上没有问题，编辑只在一些细节的地方提供了建议，白晓也很快就修改好了，没多久，编辑告诉她，书已经进厂印刷，建立在网络连载的知名度上的宣传也已经展开，按进度看，两个月之后就可以正式发行，到时候，会在 N 市的瀚海书店举行一场新书签售会。

　　白晓作为瀚海书店的常客，非常喜欢它的格调和运营理念，从前就很爱在这里买书、看书，但是没想到有一天自己的书也可以被摆放到它的书架上去，而且还有签售会，好隆重、好正式的感觉啊，觉得自己离小作家这个大称谓又近了一步，文艺女青年装逼指南第一步：出版图书！

　　知道这个消息之后，第一时间就告诉了杜月河，杜月河表示，如果担心没人去的话，他可以花钱请几个群众演员，如果担心没人买的话，他可以让那几个群众演员每人买个十本八本的，重要的是把场面撑起来。一番话说得白晓咬牙切齿，恨不得马上穿越电话信号到那头去踢他几脚。

　　杜月河看逗得白晓气得不行了倒是很开心，一扫工作的烦闷，然后让白晓在签售时间敲定后，提前告诉他，他这个大忙人一定会在百忙之中抽空来观摩一下白大作家处女作的签售的。

　　挂了电话，杜月河揉揉太阳穴，工作本身没有什么，忙碌并不会让他焦头烂额，但是，戴墨菲却没有听他的劝，留在了 N 市而不肯调去北京的分部，戴墨菲是公司市场部的策划，他又是市场总监，都在市场部，抬头不见低头见的，如果能心无旁骛地共事，他也勉强能应对，虽然是从前深爱过的恋人，但是如今他心中有白晓，对戴墨菲，就算从前有过一些怨念，现今也都不重要了。但是，戴墨菲好像并不想这样相安无事下去，她说她还爱他，希望与他复合。杜月河实在不知道怎么好，上次聚会没有告诉白晓自己和戴墨菲的关系，这么下去也不是办法，要不要现在就先坦白？晓晓以前说，多少电视剧里面的男女主角都是因为互相隐瞒而产生各种误会的，还是早点找机会交代清楚的好，他再试试劝劝戴墨菲，不行就把事情原委都告诉晓晓，只要他们俩的感情不会被戴墨菲这个因素影响，那他就能在公司里坚持下去，退一万步说，辞了这里的工作也不碍事，他们这种高级管理人才在猎头市场还是有需求的，之前也有好几家猎头找过他，再退一万步，回自家的公司去上班好了，爸妈都希望自己在外面磨炼几年就试试接盘家里的事……惊觉自己想得太远了的时候，杜月河感到更头疼了，戴墨菲把自己逼得都在考虑辞职换工作这退路的事了，唉，烦心。

　　所有事情都很顺利，白晓的书顺利印刷完毕交付成功，新书签售的时间也已经敲定，为了迎合购书群体的时间，为了有更好的签售效果，所以，安排在周日上午 9：30－11：30。

　　杜月河知道确切时间之后看了一下自己的工作安排，觉得时间上还好，那天上午本来就没有很多事，主要就是一个营销策划案的现场要去巡视验收一下，顺利的话不到十点可以结束，赶过去也只要 20 分钟的车程。看完工作安排，杜月河又感叹起来，自己怎么都是做市场的，工作时间都没个定数，有要负责的案子的时候分分钟都要跟进，一个好好的周末都必须得不辞辛苦地加班，噢，不，他们这个工作都不能简单地称为加班……唉，他现在也想要朝九晚五有双休的工作，然后有大把的时间和晓晓到处厮混去啊。

　　签售会前一晚，白晓一夜没有睡好，和杜月河说过晚安之后就早早爬床上躺下了，但是很兴奋啊，兴奋得睡不着，一会儿又爬起来拆开自己一箱子的样书，装帧精良、纸张优质，摸着爱不释手，最重要的是，封面上的"白晓"两个字，恍惚觉得闪闪发光、金光灿灿啊，太庆幸自己从前没有用笔名写这本书了，看着自己的大名，白晓真心觉得自己离自由撰稿人的距离仅仅一步之遥哇。

　　兴奋失眠到凌晨四五点的时候才睡着，签售之前还有不少事情要准备，所以昨天闹钟定的是七点，为了降低睡过去的风险，白晓之前还特地嘱咐妈妈叫她起床，嗯，这个不是降低风险，这个是没有风险了。

　　准时七点，手机闹钟响起来，声音给调得挺高的，白晓在昏沉沉的睡眠中，被吵闹的铃音叫醒，失眠使得醒的这一刻头就开始疼，眼皮像灌了铅一样沉重。好困啊……摸索半天终于摸到了手机，白晓半睁着眼睛关掉了，然后头一垂，继续睡。

　　关掉闹钟之后继续睡的时刻，应该是所有困得不行的人最幸福的时刻，但是白晓的妈妈，在叫人起床这一点上，绝对称得上是"幸福终结者"。白晓从小就对被妈妈早上叫起床存在深刻的阴影，就跟樱桃小丸子的妈妈一样，会把被子一掀，小丸子就滚下床了，不幸的是，小丸子的床是铺在地上的，而白晓的床是和地面有一定距离的，在次次被摔到脑袋掉到还冰凉的地上之后，白晓赖床的毛病改善很多。长大之后，白妈妈不太管她这些琐事，所以，有时候也能做出一睡就睡十几二十个小时的情况。只是，今天不一样，今天白妈妈是经过白晓"申请"的。

　　因为骨子里积累多年的对妈妈叫起床的恐惧，所以，白妈妈在刚进入白晓的房间，稍微晃醒她，还没有采取什么措施之际，白晓迷蒙之中意识还没有完全清醒，但是身体居然自然做出反应地自己掀开被子坐了起来，揉揉眼睛立马道："我起来了，妈。"

　　状态不佳地喝了两杯速溶咖啡就匆匆赶去了瀚海书店，到的时候八点半刚过。

　　书店挂起了宣传横幕，搭建了展台，并且前一天晚上就将白晓的新书摆放堆积成雅致的造型。出版社的编辑还有白晓的网编等都来了，跟白晓说签售会的流程，之前还困顿着的白晓一看到这场景、这架势，瞬间就把丝丝困意赶得消失无踪了。

　　九点半还差三分钟的时候，陈蜀笑拉着白术两人赶到，看到白晓的书展边上围了不少人，很是惊奇。之前知道白晓要出书还以为她出了什么三流水平的言情小说呢，后来听说还有签售会，真是大跌眼镜的没想到。白晓觉得，陈蜀笑没想到，一点也不奇怪，因为她这种外表女神内心女屌丝的蛇精能把"蛇精病"三个字深入理解了也是不容易的，原谅她，对，看在当年大学时期吃过她的泡面至今未还的面子上，原谅她。

　　准时九点半，白晓出现在签售的桌子后面，瀚海书店的店长出面介绍了一下白晓，又介绍了一下白晓的书，然后让白晓致辞。

　　这流程都是之前安排好的，白晓也早早准备好了台词，什么我是谁，我从哪里来，我要往哪里去，我现在在哪里，为什么会出现在这里，等等，以上情况并不属实，这些方面都是陈蜀笑和白晓一起吃饭，白晓征求一点她的意见时，陈蜀笑说的，你就这么说吧……让白晓深感交友不慎实在是人生一大不幸。实际情况是，白晓简单说了下这是自己第一本书，非常幸运，感谢编辑和出版社，也感谢喜欢她作品的读者，以及自己写这本书的初衷云云。

　　签名售书这项环节真正开始的时候说话就已经花掉了二十分钟，看着买书的读者排着队让自己签名，白晓忽然有一点感动，非常认真郑重地签上"白晓"两个字。

　　杜月河之前还让她把签名练一下以免字不好而出丑，真是笑话，出生在文人世家（也就文人白爸爸一个），首先最重要的就是字好不好，虽然比不上人家书法家，但白晓的字，随便写写都是别人夸好看的程度，以前还在上学的时候就经常有人找她抄写一两首诗词给他们收藏，偶尔还碰过请她抄写《离骚》这种的，白晓"呵、呵"两声表示敬谢不敏，主要那人和自己也不太熟就让自己抄写《离骚》，也不想想那篇幅多长，三四百行诶，真是没自觉，后来陈蜀笑分析说，可能是他以为全部只有我们高中课本上学的那么长，白晓想了想，表示这很有可能。

杜月河今天八点多就赶去营销场地巡视验收，本想越早结束越好，但是策划执行总监在来的路上给车碰了一下，脚踝软组织挫伤，在医院打上石膏行动不便来不了了，而这营销案中很多的细节都是策划执行负责，需要他们俩同时验收查看，杜月河一个人是无法定案的，后来就派一同跟进这个文案的人过来，她赶来的时候已经浪费很多时间，而且这个人居然是戴墨菲。

"怎么是你？"杜月河问。

"我就是和总监一起跟进这个营销案的。"戴墨菲解释。

"你来得也太晚了点。"杜月河看了看手表，已经十点了，本来这个时候验收工作应该已经结束，他应已在去晓晓签售会的路上。

"你有急事吗？"戴墨菲关切问。

"快点开始工作吧。"杜月河心想，如果能在四十分钟内结束验收，车再开快一点，十五分钟赶过去，那，至少还有半个小时的时间，时间勉强还够。因为会和读者聊几句，读者也会跟她说可不可以写送给谁谁谁这样的话，所以，不知不觉时间就过去很多，等到白晓察觉到时，已经马上就十一点了，但是杜月河还没有出现。

抽空给杜月河打了个电话，但是直到电话嘟嘟声完了都没有人接，嗯，也许正在开车赶过来，所以没听到。

杜月河此刻的确是在开车，但却不是往白晓的新书签售会赶，而是送戴墨菲去医院。

之前在验收过程中，本来所有的事进行得顺利，虽然他对于戴墨菲的过多接触表示反感，但是毕竟她的能力很不错，而且工作的时候她也不扯感情的事，再加上他确实着急要尽快完成验收，这让杜月河没太难就和她配合起来。在验收工作即将结束的时候，戴墨菲正在指着文案中的一个问题和他说，不小心绊到施工废料旁边的木板，尽管杜月河及时抓住了她，也还是被废料上的钉子扎到了小腿，一下子血就从小腿上流下来，戴墨菲"啊"了一声脸色刷白，杜月河赶紧检查了一下，看起来钉子扎得还挺深的，钉子是废木料上的，连在木料上，必须拔出来再送医院包扎，杜月河解下领带，在戴墨菲小腿伤口往上处扎紧，现场工作人员送来的也只有纸巾，杜月河说了一句"忍着点"就飞快地把钉子拔了出来，用纸巾按着止血，血流出来不少。

"谁再解根领带来包扎一下伤口？"杜月河问道。

有两三个男员工连忙都解下了领带递过来，杜月河选了一个质地稍软的，把伤口也扎紧了，交代道："验收大体上结束了，你们继续自己的工作，我送她去医院。"然后抱起戴墨菲疾步往停车处去。

匆忙赶到医院，杜月河在这家医院有一点关系，所以没有挂号就直接进外科让戴墨菲检查伤口。在最短的时间内检查、清洗、包扎伤口，做皮试，打破伤风针。

"谢谢你，William。"戴墨菲感激道，虽然伤口很痛，还会留下疤痕，但是之前被杜月河抱在怀里，她觉得就算是受伤也很值得，很幸福。

"这种情况所有人都会这么做的，好在伤口虽深但是没有伤到骨头和动脉。"

"你可以送我回家吗？"戴墨菲殷切问道。

"你还是住两天院吧，这个样子回去也各种不方便，医院里面至少有护士帮忙料理各种事情，等过两天好些了你再回家。"杜月河考虑到她一个人在 N 市，是一个人住，回家也行动不便，不如在医院养伤。

等到帮戴墨菲办好住院手续，杜月河注意了下时间，已经十二点过去一刻钟了，手机上共有五个未接电话，两个白晓的，两个白术的，一个公司总经理的。

叹了口气，杜月河把戴墨菲送到病房之后，说："我还有事，先走了，好好养伤。"

首先回了总经理的电话，把上午工作的事还有戴墨菲出的状况简单说清楚，经理惊呼："怎么两个策划今天都出了事，还是一个案子的策划，这个案子不会有点邪门吧？"

　　杜月河"呵呵"两声表示自己无心和经理继续搭茬儿。

　　之后拨通白晓的电话，白晓之前打不通他的电话又让白术拨了两次也没通，就知道肯定是碰上什么事情了，所以，完全没有劈头盖脸就责备他，杜月河本来就挺愧疚，看到白晓这么善解人意、这么大度，心里升起一丝甜蜜。

　　还是不告诉白晓是送戴墨菲去医院的，不然白晓对他没说戴墨菲和他同事好长一段时间了，会有很多疑问吧。

　　只是就像白晓说的，所有电视剧里面的男女主角都会因为善意隐瞒一些事情而产生很多误会。

　　"你到底碰上什么事啦？"白晓问。

　　"我说的你会信吗？"

　　"为什么不信？你要开始编谎话了，是不是？"

　　"不是，我被外星人劫持，他们还抽了我几管血，还问我要不要娶他们的公主，我说我喜欢男人，他们就把我放了。"杜月河胡说八道起来。

　　"……"

第三十章

不 该 隐 瞒

RT中国的年会对于公司整体来说是总结一年业绩，展望未来两三年的要事，对从上到下全体职员来说是一次庆祝的机会，作为国际知名的大公司，它的年会，绝对是一场盛大的宴会。N市名流很多都想方设法地来这里，大多不是为了来观摩一下场面，而是带着扩大交际圈、结识商界政界重要人士的目的，后来，这个年会就几乎是成了N市名流的大型聚会。白晓在以前就听说，很多适婚年纪的女青年都为能在RT中国的年会中钓到一个金龟婿而挤破脑袋地寻找机会来这里，对，此刻，白晓就是沾了杜月河的光，正在年会现场。

白晓今天穿了一身很修身的黑色连衣裙，把白晓的身材衬托得淋漓尽致，衣身上盘着两个非常写意的草书字母"RT"，设计简约大方，车工也很精良，长度到膝盖以上一点，低调之中尽显奢华本质。

本来她想穿少女系的蓬蓬裙，那样可以显得年轻，但是给杜月河一句"幼稚"否定掉了，然后杜月河拉她进了RT中国的服装店，直接选了这一件让她试，白晓不看吊牌价就知道死贵死贵的，坚决不从。杜月河以"总监带个女人进店里居然一件衣服都买不起这样的谣言要是传出去了，对我在公司的形象不太好，从而对我的职业发展不利"这样冠冕堂皇的理由把白晓说得犹豫起来，不过，最终让白晓定下决心收下这件衣服的理由是——内部员工有折扣，而他这个级别的可以打到四折。

白晓后来心理上想通之后，心骂，白晓你这个女人难道永远都逃脱不掉淘便宜货的心态了吗？噢，不，这件衣服就算是打了四折也依旧是贵得要死，不能说是便宜货啊。

年会分为两个分会场，一个是文艺会演，一个是宴会厅，杜月河作为公司员工，有义务照应刚到场的宾客，所以在宴会厅里忙。

白晓先看了一会儿文艺会演，节目很精彩，请的歌手都还蛮大牌的，但她觉得一个人看不是太有意思，就去宴会厅找杜月河一起就餐，没想到居然遇到了王晓莺和石峰，想想也合情合理，石峰也算得上是本市挺成功的小企业家，这样的名流宴会他完全是可以出席的。

王晓莺见到白晓也非常惊讶，尤其看到她的黑裙子，更是睁大了眼睛仔细研究白晓，还打趣道："啧啧啧，果然人靠衣装佛靠金装，真是不错的衣服。"

"诶！就衣服不错啊？"白晓淘气反问。

"嗯，除了这个衣服嘛，"王晓莺仔细斟酌的样子。

"快说快说。"

"你这个鞋子也不错。"晓莺指着白晓的裸色细高跟说。

"啊！晓莺你是不是以为你先生在这儿撑腰就敢随便得罪我啊！"白晓怒道。

"哈哈哈，不闹你了，不过晓晓你怎么会在这儿啊？"

"我男朋友是 RT 的市场总监啊，我当然是沾光才来的啊。"

"噢，原来真是你男朋友啊，我刚刚还跟石峰说看到一个长得很像你男朋友的。"

"我正找他呢，你看到他往哪里去啦？"白晓问。

"那边二楼。"王晓莺指向宴会厅二楼边上一个房间，"不久前看见的，应该就在那附近没走远吧。"

白晓顺着方向看过去，挺偏的地方，也不知道是干什么的，不过杜月河是公司内部人员，场内的事情都要照应一下，去哪里都不奇怪。

"那我去找他啦，你们先玩儿。"说着就跑上二楼。

"你为什么最近对我那么冷淡？"戴墨菲带点不满地问道。

"啊？我没懂。"公司一个职员给他传话，说戴墨菲在二楼的后勤物品摆放处等他，有急事，因为是同事传的话，他当然就相信了，连忙赶到二楼后勤室，没想到戴墨菲一开口就是责问自己为什么对她冷淡。

"上次我受伤的时候，你明明对我——"说着咬咬嘴唇，下了决心继续说："你明明对我那么关切。"

"所以，你觉得我对你还念念不忘是吗？"杜月河终于明白她到底在责问什么了。

"那天你送我去医院，你还紧紧地抱着我，我看得出你对我的关心都是真的，不要欺骗自己了，William！"戴墨菲说道。

"那天你腿伤得那么严重，又不是可以贴个创可贴等它慢慢好的小伤，一个正常人都不会袖手旁观，更何况我们毕竟早就认识，而且现在也是同事，如果你非要单方面地给我因为你脚伤走不了才抱你的无奈之举之中加入男女之情的情愫，我也无话可说，不过我还是要提醒你，如果不是要送你去医院的话，我也不会错过晓晓的新书签售会，那对晓晓很重要，我到现在都挺内疚的。也就是说，如果不是因为你受伤不得不去医院，我根本就只会选择立马去见晓晓，而不是和你待在一起。"

"William！你！你现在真的不爱我了吗？"

"到底要我说几次你才相信呢？你从前不是这么愚钝的人吧？"又是这个事，戴墨菲好像始终坚定不移地相信自己心中某个角落还有她，他早已对不停地解释厌烦了，现在真是后悔她受伤的时候送她去医院，但是，当时情况又不是丢下她不管就可以的。

"如果你现在说的是真的，就让我无法相信你曾经是爱过我的，深爱过的痕迹怎么会消失得无影无踪呢?"

"墨菲,你的感情太执拗了,从前执拗地不爱我,任我怎么努力你也无动于衷,现在又执拗地认为我还爱你,任我怎么解释你也不听。"杜月河对她真的太无奈了。

"William,那你告诉我,当年跟我求婚的时候对我是真心吗?如果我没有拒绝你,我现在是不是早就成为你的妻子了?"

杜月河撇开头,不想回想这一段记忆,他深叹一口气,郑重道:"那时我研究生还没有毕业,跟你求婚,我自己也有很大的压力,当时就是想让你摆脱家里的负担以及能相信我的真心,你看,你当时没有相信,现在却说你后悔了,不要讽刺我了,墨菲。"

"是的,我后悔了,难道你就没有后悔的事吗?你不能容忍一下我的后悔吗?"戴墨菲控诉。

"天下没有后悔药,发生的事是无法挽回的,我后悔那天因为送你去医院而错过晓晓的签售会,我更后悔的是当年跟你求婚,但这些都——"杜月河被推门的吱呀声打断,门打开,白晓震惊着面孔站在外门。

"你,你们……"白晓看着杜月河,又看看戴墨菲,看见她胸前挂着 RT员工的工作牌,心里一下联想到很多事,支吾着问:"你刚刚说的都是真的吗?"

"晓晓!你怎么在这儿?你刚刚听到的太片面了,事情的完整经过你好好听我说。"杜月河惊慌失措起来,自己有意把关乎戴墨菲的事向白晓隐瞒,想寻到妥善的机会再告诉她,没想到真的就如狗血电视剧情一样被她亲耳听到,就算事情本来没有什么,但是因为刻意隐瞒,就很难说得清楚了。

"我怎么在这儿?不是你带我来这儿的吗?还是你觉得是我打扰你和这位戴小姐了?"白晓难以置信地望着杜月河,他们两个人一直都足够坦诚,自己在接受杜月河之前甚至就告诉他,在学校见到的那位儒雅男士叫安澜,是她的前男友,在晓莺的婚礼上遇到李悦,后来她也告诉杜月河那是她的初恋,她可以做到坦诚如斯,一直以为杜月河也是这样的,虽然他没有主动谈及从前的感情，但白晓想，他的感情应该主要在国外吧，离得那么远可以忽略不计，待到自己哪天有兴致再八一八，但是戴墨菲就是已经出现在他们身边的人，和他是同事，是前女友，是曾经求过婚的人，当时却只用一句"大学学妹"就忽悠了白晓，亏自己在聚会上面第一次见到戴墨菲的时候还傻乎乎地惊叹她的美丽，惊叹她的清纯，完全没有往杜月河的感情史这个方向去想过。

"晓晓，你就不能完全相信我的话吗？"杜月河本来坚信白晓和他之间存在的默契与信任。

"好，我问你，戴小姐是你前女友吗？"

杜月河犹豫了一下，决定明确地回答："大学的时候是。"

"她跟你是同事吗？"

"不久之前才是。"

"你因为她才没来我的签售会，是吗？"

"是的，但那——"

"我现在回答你之前的问题，在你回答'是'之前我完全相信你所有的话，但现在不是了，好好享受你们的晚宴，我先走了。"说完迫不及待地离开这里。

"晓晓！"杜月河急忙要追出去，极度认真地说："你看到了，墨菲，希望你能够考虑一下我的处境，我不希望因为你的原因而影响我和晓晓的感情。"说完急忙追出去。

在楼梯道，杜月河追上白晓，拉着她的手不放，急道："晓晓，你听我说。"

第三十一章

信 任 危 机

"不要碰我。"白晓此刻压抑着内心的波澜，极力冷静说道。

"晓晓！"

"不、要、碰、我。"咬着牙一字一字地说。

杜月河无奈地松开白晓的手，急忙解释："晓晓，你听我说，墨菲她是我大学的女朋友没有错，我也确实跟她求过婚，但是她当时拒绝了，我们分手到现在已近三年多了，在那次聚会之前，我一直都没有见过她，还有签售会的事，她是我们公司的策划，跟我都在市场部，那次需要验收一个营销设计案，她在那儿受伤了我才因为送她去医院而没能赶去的。"

"杜月河！你怎么就不明白！我在乎的不是戴墨菲是不是你爱到可以求婚的前女友，也不是你因为她才没有来我的签售会，我在意的是你通通没有告诉我。你能这件事瞒我，在其他的事情上就能同样瞒我。"白晓激动道。

杜月河对自己受到的误解很是担忧，急忙道："我没有，晓晓，你要相信我，除了这两件事，我其他没有任何地方有半丝隐瞒。"如果不是自己在这两件事上确实有隐瞒的事实，也就可以义正词严地跟晓晓摆事实讲道理了，偏偏事实是自己不能也无法回避的。

"不要再说了，我们之间已经出现了信任危机，我无法贸贸然就再相信你的话，也许是我们都还不够了解彼此，我们先分开一段时间好了，都想一想这段感情对自己到底意味着什么。"

"信任危机？晓晓，我在你心里已经是存在信任危机的人吗？"杜月河心痛不已，两人开始认识的时候是因为相亲，因为各自都反感相亲所以才都以雷人的假象示人，后来重新认识，到彻底爱上对方，都开诚布公有话直说，晓晓对他如此，他对晓晓也是如此，而现在居然是因为信任才出现问题。

"我们最初让人看到的都是我们戴上面具的样子，越走越近的同时，才一层一层撕掉伪装，一个人的最本质、最真实的样子才显露出来，初识时，不会把缺点暴露人前，而随着感情的深入，所有的不足都会显露出来，到那时，如果两人依旧是好朋友或者男女依旧相爱，那便是能长久下去的爱情。月河，我说这段话只是为了说明，也许你真的无心欺瞒，但我无法确定你现在是戴着面具还是脱下了面具，我看不清真实，这确实让我挺恐慌的，所以，我们都冷静一下吧。"

"晓晓……"

整整四天，杜月河没有打扰白晓。

周末，陈蜀笑来白晓家找她，见到白晓趴小驴儿抱枕上面，非常颓唐和无精打采，像看活体标本一样仔细观察了她一圈儿。

陈蜀笑伸手在白晓无神的眼珠前晃了两下，见没反应，奇道："诶？你是不是被人甩啦？"

白晓转动眼睛，看向陈蜀笑，她今天穿了件烧包的花裙子，还扎了个双马尾，活脱脱把自己当作十五六岁的小姑娘了，白晓不言不语，深深地看了她一会儿又把视线移开了。

"诶？就没了？你不跳起来骂我啊？"于是凑到白晓耳朵边上大叫一声，"晓晓！"

嗡——一阵眩晕和耳鸣，白晓立马坐起来捂住耳朵，待恢复一点了，摆出极其厌恶的表情看向陈蜀笑，尽可能地怒气冲冲："我现在心情很差，您大慈大悲、救苦救难的陈蜀笑菩萨就放过我好吗？"

"看来一定是受你家杜先生的气啦。"陈蜀笑从来都是喜欢老虎嘴上拔毛的脾性，才不在乎那毛拔了老虎嫌不嫌痛呢，总是你怕什么她就戳你什么。

"不是我家杜先生，跟我有半毛钱关系啊。"白晓想到他就来气，叫他不要烦自己就真的一个电话也不打，自己也是的，太没出息，太没骨气，那天跟杜月河吵架的时候多有气势，话说的那是一套一套的，用那种吧啦吧啦的功力写小说的话，简直就是思如泉涌、健"笔"如飞的级别了，这几天他没了声影，自己居然还不争气地对此很气愤。

"啧啧啧，这个话都酸成这样啦。"陈蜀笑揶揄她。

"你怎么不和白公子鬼混去，来找我做什么？"白晓换了个方向躺下，把屁股对着陈蜀笑，表示不欢迎。

陈蜀笑把单人小沙发挪到床边坐下，继续挖："你别把话题岔开到我身上啊，我家白公子日理万机的，我也日理万机的，也不能天天专宠他一人啊，适当的得分一点宠爱给你嘛。你快点说说啊，到底遇到什么事啦？让我们元气宝宝晓晓公主这么颓唐啊？"

"……"继续屁股对着她，不理睬。

"说出来让我开心一下嘛。"陈蜀笑看不过去了，伸手戳了戳白晓的背。

"……"往靠墙的那边挪了挪，依旧屁股对着她。

"你不说，那我走啦。听说你心情不佳，好心来开导你居然如此不识趣，算了，我还是走吧。"说完把包一拎居然真的开门走了。

白晓听到下楼的声音，半分钟过后已经没动静，不会真的生气走了吧？白晓爬起来忙打开门要去追，卧室门一打开，就看见陈蜀笑在门口得意地笑。

"磨蹭这么久，终于可以说了吧。"为了防止白晓又瘫到床上去，陈蜀笑首先往床上一倒，呈"大"字形霸占了整张床，白晓只好坐在旁边的单人沙发上。

"就是杜月河他欺瞒了我一些事。"

"是欺还是瞒？两者性质可是不一样的哦？"

的确，瞒只是让人不知道，欺就带上了骗的性质，白晓想了想，杜月河主要是没让自己知晓，没有多少欺骗的成分，答道："瞒吧。"

"那你听他解释了吗？"

自己当时一知道杜月河有事瞒着自己，第一反应是震惊，然后立马想到的就是不晓得还有多少事自己还蒙在鼓里，原来对他百分百的信任一下子就被砍了几刀损伤严重，白晓觉得感情最重要的就是诚实与信任，婚姻最重要的是忠诚和坚贞。说到这个，杜月河那个混蛋以前不是说对她的态度是认真到"恋爱后，结婚前"的吗？说得好听，都是屁话。至于杜月河的解释，她当然有听，不然怎么理论，气愤道："听了，哼，当时那么生气，听了也白听。"

"那你就不觉得他瞒你的初衷是不想让你想太多吗？我看你最大的缺点就是想太多了。"

"你怎么又说这是缺点了，想得多代表思考得多，这难道不是一种智慧？"白晓不平。

陈蜀笑伸出一根食指左右摇摆，解释说："NO，别人那是思考，但是你死脑筋，认死理，你想得越多越让自己焦虑不安的，你自己想想，我说得对不对。"

白晓沉默下来，陈蜀笑说得没错，自己的确是这样。

"所以说嘛，我们现代人类的生活就是要返璞归真，只用一根筋思考问题就好！"

陈蜀笑又在发挥她奇特的语言功底，乍一听好像蛮有道理，仔细一推敲，逻辑都经常有问题，不知道她到底表达的是什么意思。不过听起来像是鼓励自己的这一点还是能认清的。

"不过你不是我，怎么能体会我的感受？比如说，要是白术也跟他前女友勾勾搭搭的，还是他喜欢到求过婚的前女友，就算你曾经和她见过面，介绍给你认识的时候还选择性地只说是同学，那你还能像现在这样想问题吗？"白晓把自己的情况假设给她听。

"这当然是忍不了的啦！要是敢让我知道，必须打断他的狗腿面壁思过去！"十秒钟之前还在开导白晓的陈蜀笑一下子变得义愤填膺起来。

"你看你……"就这样还想来劝我。

意识到自己来的初衷不是和白晓一起声讨男票的，所以话锋一转说道："不过我家小竹竹那么棒，多年来当然是被很多女人垂涎啦，所以，他只要乖乖地把那些人一个一个地跟我说清楚了，我陈女侠还是可以大人不记小人过，权当当年他年少无知从而有过一段风流往事。"

"你还不是要他跟你提前说清楚啊，根本就没有说到我纠结的点上好不好，我都能跟他说李悦、安澜的事，就说明我完全可以接受他之前的感情啊，我们又不是小孩子，在遇到对方之前怎么可能没前科，故意瞒我这点确实不能忍！而且，我说让我们各自冷静一下，他就居然真冷得静得好几天不来找我，一点认错的诚意都没有。"

"你也别伤心啦，走，我带你去我家餐厅吃白食去！"陈蜀笑一个翻身爬起来，理了理微乱的双马尾。

"你家餐厅?"恍惚没反应过来，以为在她不知道的时候陈蜀笑投资开了什么餐厅，然后脑袋一明朗，我去，这说的不就是白术的"塞纳河之畔"嘛！现在她都对白术的所有物冠上"我的"这个标签啦，这进展的速度真不知该不该说可喜可贺。不过，既然是高档餐厅，免费白吃，白痴才不去。

不过，是不是哪里有点不对劲啊？

第三十二章

餐 厅 求 婚

在白术这儿蹭了一顿大餐之后，白晓终于想起来之前感到奇怪的地方是哪里了。

"又在想什么啊？不是叫你不要想太多了嘛。"陈蜀笑看白晓若有所思的样子，一边玩手机一边教导她。

"我刚刚一直觉得哪里不对劲，你一直没有问我杜月河他到底瞒了我什么事，只是我给你假设的时候自己提到了一下，这完全不符合你的性格。还有你今天好心带我蹭饭，有点殷勤的意味。"白晓解释说。

"啊？"

"按你平时八卦天后的性格，早就要逼我把所有细节都问清楚了。既然你一点也没问，还能和我聊在一个频道上，只有一个可能——"福尔摩晓推理中。

陈蜀笑有点不自在地笑笑，说："你想到哪里去了？还不快把发散出去的思维收回来。"

"——就是你已经知道了来龙去脉，甚至包括戴墨菲喜欢什么牌子的香水。"福尔摩晓定论。

"啊？戴什么莫非？我只知道经济学课上有过一个莫非定律，没听过什么其他的莫非哈哈哈哈。"看到白晓神情镇定地盯着自己，陈蜀笑傻笑着匆忙喝了口水，别开视线继续玩手机。

"别装了，你虽然是朵奇葩，而我也喜欢你的奇葩，但你向来都是直肠子一根从上通到下，根本就不善于弯弯绕，也不适合假装。"白晓继续步步紧逼。

"这个……"陈蜀笑眼神飘忽地一会儿瞄瞄手机，一会儿又对什么地方挤眉弄眼一番。

"你眼睛抽筋了啊？看什么呢？"说着白晓跟着她的眼神转身去看她到底在玩什么猫腻。

一回头就看到一大捧红色的玫瑰花，后面露出杜月河那张人比花还娇的脸正笑眯眯地盯着自己，然后他眨巴一下一个媚眼抛过来，白晓给这动人的魅惑众生的画面给惊住了，忘记了要采取什么行动，所以一下子就失去了这场博弈之中的主动权，只能眼见着杜月河捧着玫瑰花单膝跪下，从口袋里取出一个小黑盒子，啪嗒打开，举到白晓面前来，忽然哪里响起了轻柔的背景音乐，他说："晓晓，嫁给我吧，我爱你。"

白晓睁大眼睛看了看杜月河，又看了看那戒指，是一个月牙儿包着一个小太阳的造型，弯弯的月亮上顺着弧度镶嵌了一排小钻石，随着宽度的渐变，大小也随之调整，小太阳上镶了一颗主钻，目测可能接近两克拉，让这个小太阳看起来熠熠光彩，看完钻石戒指又看了看杜月河，又看了看戒指，又看了看杜月河，又看了看戒指……半天没说出一句话。

"把手伸出来。"见白晓没反应了，杜月河低沉着嗓音开口道。

白晓下意识听话地把手伸出去了。

"……"杜月河头上黑线一排，说道，"不是这一只。"

白晓把右手拿回来，又下意识地把左手伸出去了。

杜月河把花递给一旁刚刚着急死了的陈蜀笑，取出戒指，套上了她左手的无名指。

"喜欢吗？"杜月河看着白晓乖乖地戴上了戒指，脸上笑意更深，问道。

白晓抬手仔细端详着，真好看哪，好大的钻石啊，杜月河买的，应该是真的吧，这是好多钱啊。"喜欢。"

"真是急死我了，刚刚晓晓差点拆穿我了，你们怎么才来？"陈蜀笑也松了口气，跟白术和杜月河说道，又戳了戳白晓，问，"诶，你什么感觉啊？"

"啊？啊！"忽然从恍恍惚惚中惊醒过来，白晓才意识到之前杜月河那个魅惑众生的表情让自己就这么迷迷糊糊，被催眠了一样乖乖同意了他的求婚，连忙要把戒指拔下来，大声嚷嚷道，"不算不算，我没有同意你！"

杜月河一把拉着白晓要拔下戒指的手，阻止她："你已经戴上了我的戒指，已经在众目睽睽（一共四个人……）之下同意了我的求婚，然后又在众人（还是同上四个人……）的见证之下我给你戴上了戒指，这事哪有刚刚签了合同就毁约的啊？"

"什么签了合同？去民政局领证才是签合同好不好！"白晓努力把手抽回来，但是两只手被牢牢握住，根本就动不了，"你做错了事我还没有原谅你，怎么可以嫁给你！"

杜月河把挣扎的白晓拥进怀里，然后朝陈蜀笑、白术做了个"撤"的手势，他们俩就立刻手拉着手遁了，虽然非常想留下来看热闹，但是杜月河一时搞不定晓晓，说不定霸王硬上弓就地给办了，那他们俩杵在这里就不太合适啦，不过远远地偷瞄两眼还是可以啦。

"晓晓你听我说。"白晓不安分地乱动，根本不配合，杜月河只好手上发力，紧紧地钳住她让她动弹不得地贴在自己身上，然后继续说，"你现在坐着的位置，就是我们第一次见面的时候，相亲的座位，你还记得吗？"

白晓听到他说的话，终于安分下来，注意看了一眼，当时的座位具体是哪个她也没在意，好像是这个，又好像不是这个。

杜月河继续说："我第一次见到你的时候，你把自己打扮得又丑又脏还很低俗，脸上的粉甩一甩都能给桌子做个面膜了，头上还戴着一朵可丑了的大花，也不知道哪里能买到那么丑个东西。"说着杜月河笑出声来，又继续说道，

"我想想，还有什么？一直在嗲着嗓子叫我'月河欧巴'，要不是我定力好，还不知道鸡皮疙瘩要起多少呢，后来我无意中发现了你的《反相亲手册》，它现在还在我书桌抽屉里面保存着呢，我就想，这个女孩子真的挺有意思的，我本来也因为反感妈妈逼我相亲而故意穿了那身恐龙装，不过你后来也看到了我的品位不是那么奇特的，恐龙装是白术准备的。我们对各自最真实的第一印象虽然不是在这里，但这里毕竟是我们第一次相遇的地方，用文艺一点的话说，就是我们两颗天文物体第一次撞击，你看这个戒指的设计。"杜月河已经放开了不再挣扎的白晓，然后握起她的手，轻抚着那枚戒指，说："我的名字里正好有个'月'字，这个月就是代表我，而你的名字'晓'正是'天亮'的意思，就是太阳冉冉升起的那一刻，你就是我的小太阳啊。这款戒指是我自己设计的，几天没有找你就是赶到意大利去定制它，名字叫'拂晓之月'，月亮的光来自太阳，日升月落，日落月升，而在拂晓的这一刻，可以日月同辉，这最美的一刻，就是我能触碰到你的这一刻。"

白晓听着他讲述从前第一次见面时那不堪回首的场景，那时自己故意扮丑，想让相亲对象知难而退，没想到遇上了"恐龙哥"，也没想到他们俩的缘分就是从这里开始了。又听他娓娓道来这款戒指，说着那么动听的情话，完全沉醉了。

"之前瞒着你的事，我不是存心的，初衷都是为了维护我们的感情，不过在方式上的确有一点不能让你满意，我为此向你道歉，我保证不会再发生这样的事，希望你能给我一次机会，好吗？"

已经"醉了"的白晓望着心尖尖上的这个男人，听到他魅惑地问："好吗？"什么他不够诚实居然敢瞒着我这些事通通都是芝麻小事了！忙回应他："好。"

"那你愿意嫁给我吗，我的小太阳？"

"愿意，愿意。"

又将白晓拥进怀里，亲吻了一下她的额头，笑言："你已经不可以反悔了。"

"不反悔不反悔。"

此时气氛正好，杜月河看着白晓红润的唇，忍不住凑上去。

之前轻缓的钢琴曲恰好演奏完毕，就听到电台 DJ 好听的声音说："接下来，一首好听的《分手快乐》，送给天下有情人。"然后就传来了《分手快乐》的旋律。

"我们走吧。"杜月河嘴角抽动几下，拉着白晓站起来，走下楼梯，走出塞纳河之畔，离白术和陈蜀笑远远的，然后才捧着她的脑袋亲吻上去。

那天，白晓后来很长时间脑袋都处在糨糊里待着，后来终于灵台清明，想起来一件重要的事，于是她问杜月河："你是不是不会再隐瞒我任何事了？"

"嗯，一切私密向你公开，包括我的银行卡密码。"

"那就先跟我交代一下你从幼儿园小班开始的感情经历好了。"

"……"

事后。

"白术，你为什么不用钢琴弹奏背景音乐？"杜月河来兴师问罪了。

"因为钢琴在一楼，二楼听的效果不太好。"白术听到杜月河冷冰冰的声音，知道可能出事，装出一副可怜的模样解释着。

"那也搬到二楼去啊，你们店里不至于连抬个钢琴的人手都没有吧。"继续追究。

"这、这不、不是因为要是搬到二楼去了，白、白晓看见了会奇怪嘛。"白术开脱。

杜月河扶了扶额，想到那天被破坏了的气愤就不爽极了："那你也不应该拿个小广播播放人家电台的歌吧！是不是也太不可控了！"

"下次你求婚我一定提前打电话到电台去点好歌。"

"你说什么？"听到"下次求婚"，杜月河咬牙切齿从牙缝里挤出声音来。

"没说什么，我说你下次结婚的时候我一定给你现场演奏婚礼进行曲，以示诚意，以示诚意。"

杜月河思量了一下，白术人虽然不靠谱，但是从小钢琴是必修课，后来去阿联酋留学，更是把一手钢琴弹得炉火纯青的，思量完毕，杜月河同意他的请求，而不再追究那天的事情。

而另一边，白晓责备陈蜀笑作为自己的闺密，居然向着外人算计她，姐妹情看起来是要尽了。

陈蜀笑大呼："冤枉啊大人！民女只是日前想起病逝太祖夫人的临终嘱托，念及大人的婚姻大事久久不能定下，才私自联合姑爷设了一个相思局，好让大人的婚事早早落下帷幕，也好慰藉太祖夫人的在天之灵啊大人！"

"别装得跟卖身为奴一心护主的小丫鬟似的，我看你是觉得自己早就白回来了所以想跟白术结婚，但是又碍于曾经说过，要做我和月河的伴娘伴郎之后再解决你的终身大事，我没猜错吧！"

"你、你、你给我们留一条活路吧，羞愧至死实在不适合我这种倾国倾城的大美人啊！"陈蜀笑无奈。

陈蜀笑和白术，真是天造地设的一对奇葩……

第三十三章

订婚典礼

　　杜月河与白晓把求婚与答应求婚这事儿告诉自家父母之后，开始都担心会被说有点武断，没想到双方父母是一拍即合，立马要求他们先办订婚典礼。

　　开始，白晓为订婚典礼是不是要穿婚纱而纠结，还担心自己家又不是什么名门，虽然杜月河他家还不错，可以算得上富一代、富二代，有一定的社会地位，但还是觉得，订婚就穿婚纱有点过于隆重了。

　　事实证明，白晓的基因里面，胡思乱想和杞人忧天是顶顶强悍的两个。

　　订婚典礼的事情根本就不用他们两个小辈烦恼，所有的事情都是双方父母商定好的，订酒店、订礼服、邀亲朋，白晓他们要做的无非是把自己的小朋小友列出来，其他只剩下等到典礼那一天，穿上礼服，出现在典礼上就可以了。

　　白晓表示无语。

　　为了再一次让戴墨菲看到他们的感情早已成过眼云烟，不可能再回去的，杜月河与白晓商量了一下，在宴请的宾朋上添上了戴墨菲。杜月河跟白晓提这事的时候，白晓笑得眼睛弯弯的，故意摸摸杜月河的头发，说："不错，吃一堑长一智，孺子可教也。"

　　典礼日期是白妈妈去翻老皇历选的黄道吉日，同时也综合了现代人的生活工作方式，结论就是，是一个在周六的黄道吉日。白晓以前也参加过很多婚礼，亲戚的朋友的同学的，还有在影视戏剧作品里也见过很多，每每与"黄道吉日"扯上关系的时候，那些穿着婚纱礼服的西方式婚礼就变得中国特色起来，从前觉得那样感觉挺怪的，但轮到自己时，其实这些都无伤大雅，因为最重要的是婚礼上牵住自己手的那个人是谁，是不是心尖尖上的那一位。因为是杜月河牵住自己的手走进这座婚姻之城，所以就算是清茶淡饭的简单婚礼她也觉得无所谓，更何况只是订婚典礼就办得有模有样、一板一眼的。

　　白晓纠结了一下，最终还是邀请了安澜和李悦。

　　他们的订婚收到很多祝福，陈蜀笑却略微有点不满。她说："整那么多费时费力的浮夸东西做什么？还订婚！而且还隆重地订婚！要我说，结婚都应该靠后，先赶紧地把户口本取出来，到民政局一登记，到时候俩红红的小本儿一拿，比什么都神气。"

　　白晓估计她是等自己先结婚等烦了，但是订婚不是她决定的，怎么妈妈和梦妍阿姨就非要先订婚呢？她们这群年轻人其实也没有太兴这个传统诶。难道是为了先互相适应一下？如果觉得不合适就还有余力分开？不至于让户口上面从未婚变成已婚？

　　订婚典礼当天，白晓果不其然地被塞进一件繁复的白色婚纱里面，拖尾的设计，隆重而典雅，精致的蕾丝花边，质地优良的白纱，白晓体会得到作为一名准新娘的那种心情，不过就是行动起来不太方便。

　　一般订婚是不需要伴娘的，但是陈蜀笑自告奋勇地自费买了伴娘小礼服，还把白术好好打扮了一番，就自称伴娘伴郎地来了，两个人长得都不是一般地美貌，挽着小手提前就到门口去迎宾了，弄得好多人都以为要订婚的是他们俩。

　　白晓正拖着大裙摆的婚纱去找陈蜀笑，虽然很漂亮自己就像欧洲城堡里的公主一样，但也感到累赘无比，非常不方便，这还只是订婚的时候，一瞬间对结婚时候的婚纱产生了一丁点儿的恐惧，婚纱这种东西是从西方来的，有欧洲宫廷的特色，而那些宫廷的繁文缛节太多了不明白，有一条光看西欧中世纪的电影电视剧就能总结出来，就是：一般情况下，越隆重的场合，女性穿的衣服越复杂、越繁重。既然婚纱承袭自他们，结婚时候的婚纱还不知道会有多繁复厚重呢。

司仪已经开始热场，但是杜月河不知道跑哪里去了，新娘的捧花上的花不知被哪家熊孩子揪掉了很多花骨朵、花瓣，而白术和陈蜀笑这对号称是伴娘伴郎的家伙正在台前起哄，真是完全靠不住的两个家伙。

这时，安澜捧着一束向日葵走过来。白晓其实一瞬间没有认出他来，对他的记忆还是大学时青春活力又沉稳内敛的样子，今天穿了一身黑色的西装，挺拔高瘦又非常匀称的身材很好地凸显出来，清俊的小脸蛋也带上了成熟男性的魅力，他现在一边留在他硕士研究生时期的导师身边担任助教，一边在职攻读园林博士，这些都是陈蜀笑在帮她准备一些典礼相关的事项时八卦瘾犯了，按她们班的学号开始讲谁谁谁又怎么样了，谁谁谁又去了哪里，等她们班专业的人给讲完了，她又开始讲安澜这类其实和她关联不大未来也再不会有交集的人时白晓才知道些他的近况，不免还是有点唏嘘吧。

"恭喜你，你今天很漂亮。"说着把向日葵花束递给白晓，"这是我种的向日葵，觉得非常适合你就给你包了几朵。"

白晓惊讶地看着安澜，实在是太万幸了，刚刚她还在苦恼新娘捧花要是能再准备一个或者重新随便找一个，会多没有特点，典礼的视觉效果会有多大的折扣，而作为园林专业的学生，安澜培育植物的功力是很深厚的，这一点白晓以前就知道，因为总是从他那里获得植株，他种出来的向日葵色泽饱满，花盘结实又很健康，而且他包扎得也很独具匠心，花朵攒聚在中心，面向四面八方，既不过分挤在一起，又不显得不够凸显喜庆，真是还要感谢一次安澜。

此刻，杜月河和戴墨菲一起在酒店门廊外面。

　　"你还记得吗？你曾经许诺过我的，你说你会牵着我的手走到神父面前，许下我们的婚姻誓言！你都忘记了吗？"戴墨菲哭诉着。

　　"我记得，不过我很想忘记，我同样想忘记的还有，当日我向你求婚的时候，你推开我的求婚戒指，跟我提分手，之后你就消失不见人影，我连弄清到底是什么情况的资格都没有，这些，难道你选择性地忽略了吗？"杜月河不为她的眼泪所动。

　　戴墨菲猛地扑到他身上，泪眼蒙眬地哀求他："那是我的错，你原谅我好不好？你原谅我，月河，求你了。"

　　"感情是上天给的，我们凡人想控制它是虚妄的，爱或不爱都是注定。这是你自己说过的，我当时想，你的思考怎么能这么清醒、这么理智呢？后来我认为是因为你不爱我。现在我认为，你说的其实挺对，缘分天定，我们无缘，也已无爱，我现在很爱白晓，这是上天给的感情，我无法不爱她而来爱你，爱与不爱，上天注定，我要送给你的那枚戒指，早已沉寂在多瑙河的河床底，希望你能像离开我时一样清醒理智，并且认清这一点，我们早已不可能。我今天邀请你来，就是为了再次表明我的态度。"说完，杜月河决绝地转身离去，今天的典礼上，才有他要牵手一生的爱人。

　　这不是真的，William离开自己了。戴墨菲一直以为自己可以挽回，曾经月河深爱过她，她真的以为一切都可以挽回，可是她已经这么努力了，为什么他还是离开了呢？他只会留给自己背影了吗？

　　看到白晓略显焦急地张望，又听到司仪说话的内容，知道就快要轮到他们俩登场了，杜月河心中一阵悸动，今天在亲友面前见证，他们就要订下婚姻的约定。

　　杜月河飞快走到白晓身边，握住她的手，顿时感到非常心安。

　　"你跑哪里去了？"白晓皱着眉头责怪道。

　　"跟墨菲说清楚，今天起我身上盖上了你的章，版权所有，不得侵权。"看到白晓的捧花不是之前看到的那个，奇怪，"哪里来的向日葵？还挺搭你的嘛。”

见杜月河谨记教训，半点不瞒白晓，她甜甜地笑了笑，说：“安澜送的，他自己种的自己包装的。”把花捧到脸边，得意地问，“是不是很好看？”

“你问的是花好看还是人好看啊？”杜月河反问。

“你说呢？”白晓也反问。

听到司仪说：“白晓女士和杜月河先生订婚仪式正式开始！有请两位准新人闪亮登场！”杜月河牵着白晓的手迈上红地毯，所有的宾朋都在注视他们，杜月河说道：“当然是花好看。”

“……”

“但是人更比花娇嘛。”

白晓听到他的夸赞，脸上绽出一个灿烂的笑容。

司仪说：“俗话说，‘人逢喜事精神爽’，大家看，今天两位准新人精神饱满，神采奕奕啊，准新郎杜月河先生真是英俊潇洒、风度翩翩、风流倜傥，下面有没有羡慕嫉妒恨这位不是自己那位的小姑娘啊，准新娘白晓女士，光彩照人、笑靥如花，佛语有云，‘相由心生’，今日两位准新人都席上没上，将自己的愉悦之情体现出来了。二位，今天这么多亲戚朋友还有家人欢聚在此，都是来见证你们喜结良缘、共结连理的美好时刻，你们现在有什么心里话想要对大家说说，让我们共同分享一下你们的喜悦之情，下面请两位准新人致辞。”

白晓和杜月河相视对望了一眼，杜月河开口道：“我先说吧。首先欢迎所有到场的宾朋，欢迎你们来参加我和我未婚妻白晓的订婚典礼，其次感谢我的爸爸妈妈，不仅因为他们生我养我，还因为他们让我结识了我最爱的人——白晓，然后我要感谢白晓的爸爸妈妈，也即将成为我的爸妈，在我没有遇见白晓的二十多年里，把她照顾得那么好，让她成为了走进我心里的姑娘，谢谢你们，同时，请你们放心把她交到我手里，我一定好好待她，还要感谢那些年没有把我带走也没有带走晓晓的人，是你们成就了现在的我们，也让我们走到了一起，也祝福你们都守望自己的幸福。最后，我要感谢晓晓，谢谢你，谢谢你愿意嫁给我，让我能成为这么幸福的一个人。爱你。”说完杜月河就凑上去亲了一口。

人群里传来"哦，哦"的起哄声，白晓不好意思地脸红了，杜月河抚着她的腰，满眼笑意地看着白晓，好像世界一下子安静下来，就只剩下她一个人。

欢声、笑语、掌声，都是你们的。戴墨菲在人群之外看着幸福的他们，多么刺眼，自己是怎么落魄到当下这个情状的。

第三十四章

同 居 生 活

隆重的订婚典礼之后，白晓又恢复了日常生活，这天她下班回到家就看到院子里放了两个大包裹，这是要干吗？

进家里一看，白家爸爸妈妈正继续打包第三个包裹，见白晓回来了，妈妈连忙喊她去帮忙，白晓不明所以地帮着打包，忽然定睛一看，手上这件衣服不是杜月河送给自己的 RT 黑色连衣裙吗？难道妈妈是要把自己的衣服捐出去吗？其他的都好说，但是这件不仅贵死了而且还是杜月河送的，连忙问这是要做什么？

白妈妈不以为然道："什么做什么，月河有套自己买的公寓，你当然是搬过去和他一起住啦。"

"啊？"为什么作为当事人的白晓竟然不知道这回事？

正想给杜月河打电话问清楚，他就来了，见到白爸白妈就亲切地叫："爸、妈，您都给先准备好啦，我还担心下班才搬能不能来得及呢，爸妈真靠谱。"

"就你嘴甜，把这个搬出去就可以了，外面那两个包也是的。爸爸也帮忙一起去搬一下哈。"白妈指挥，一老一少都行动起来。

"诶月河这——"白晓话还没说完，杜月河就脱下西装外套，把他们刚打包好的包裹搬出去了，自己一句完整的话还没有说完。

"诶爸这——"白爸爸跟着月河出去帮忙。

"诶妈这——"白妈妈也没理睬白晓在说什么也就跟着出去了。

"……"你们真的就没有考虑一下当事人的感受吗？

之后跟那三个包裹一样被塞进了杜月河的"牛牛"里，只是待遇稍微好一点，它们中的两个被塞进一个后备厢，一个被丢到后排座位上，还有一个在白爸爸的车里。他们一家四口人拖着全部的行囊就走上了西去取经的道路……

杜月河这间公寓是工作一年后投资买的，后来发现这个小区的周边环境越来越好，配套设施建设也越来越完善，就好好重新装修了一下，打算哪天和家里闹别扭了就搬出来住，没想到现在有可能会成为他和白晓的婚房了，不过如果他爸他妈偷偷出钱给他置办了独栋的别墅做婚房，他也会收下来。

杜月河这间公寓三室两厅两卫一厨房，三室给他分为了主卧、客房还有间书房，白晓的房间就是客房了。

在爸妈的帮助之下，房间很快就拾掇得差不多了，一起晚餐之后，爸妈回家去了，而白晓整理起那些零碎的东西，等她终于完成总算松了一口气后，进厨房冰箱拿了点喝的，一回头就看见刚洗完澡的杜月河围着条浴巾就出来了，靠在餐厅边上好整以暇地看着她。

她目瞪口呆地看着杜月河，看着他湿漉漉的头发贴在头上，发梢的水一点一点滴落下来，而他身体上的水珠也滑过精壮的身体形成一条条水纹还有挂着不动的小水珠，比小麦色白一点的皮肤，隐隐绰绰还挺明显的八块腹肌，两条"人鱼线"延伸进白浴巾里面！白晓咽了咽口水，心里止不住地赞叹，这就是传说中的"穿衣显瘦，脱衣有肉"啊！但是面儿上极力无比淡定地瞟着眼神看他，然后走到他面前，把喝了一半的橙汁递给他，等杜月河下意识地端过杯子，白晓伸手在他胸肌上摸了摸，捏了捏，又戳了戳他的腹肌，赞道："还行，手感不错。"

　　杜月河盯着她看了一会儿，抓住刚刚乱戳自己的小手，然后俯向白晓，把头垂在她耳边，低沉着嗓音诱惑她："不如我们……"

　　"分房睡。"白晓毋庸置疑道。

　　"啊？不能给点商量的余地啊？就这么坚决？"杜月河以为自己牺牲一点色相就可以搞定了，居然轻易就败下阵来。

　　"嗯，我的房间都准备好了床，不能浪费了。"

　　"……我认为在这点上浪费一点还是可以的。"杜月河不怎么能接受这个理由，"那不如我去你——"

　　"我不喜欢和人分享一张床，就这样。"

　　"诶晓晓！再商量一下怎么样啊？"杜月河讨价还价起来。

　　"我作为一个深受中华民族传统美德熏陶过二十多年的好苗子，坚决遵从我国自古以来的优良传统，即坚决反对婚前性行为。"白晓毋庸置疑地给出了明确的定论。

　　杜月河失望道："我还以为爸妈那么开明的分上你也会好一点……唉，真是的，办什么订婚典礼啊，直接结婚多好啊。"

　　"这是价值观与原则问题。"白晓振振有词。

　　"……"价值观和原则是多么高的高度啊，杜月河觉得很难突破晓晓的防线了。

　　"还有啊，下次你至少换上浴袍再从浴室里出来好不好，不然我不介意在这客厅里多装几个监控摄像头。现在小偷是越来越猖狂，不定什么时候就跑来偷我们家，那样也能拍下监视画面作为证据。"白晓居然敢威胁起杜月河来了，真是身份不一样，方方面面都不一样，连胆子都长肥了。

　　第二天早上起来，出现了第一个同居问题，就是：早饭谁做？在家都由父母准备好了叫自己吃，一两天父母不在的时候就将就着随便吃吃，想等他们回来了再补。在匆匆出去随便吃了点就赶去上班之后，他们达成一致决定：制定值日表。于是，晚上回来之后就先把家里的家务都列出来，一三五、二四六，无特殊情况轮流值班，星期天可以尽情睡懒觉，或者一起做家务。

其实杜月河想请家政阿姨，被白晓制止了，所有家务都阿姨做了，怎么调教杜月河啊？又怎么培养同居男女深厚的革命友谊呢？

陈蜀笑跟她悄悄传授经验：男人只有家务这件事上调教好了，甭管他是亿万富翁也好还是贫民窟的百万富翁也罢（两者不都是富翁吗），都不会对自己的女人太差。

白晓首先看白术那样的性格从认识到现在都没有变过，其次他对陈蜀笑的态度也是万年没有改变过的黏糊，最后陈蜀笑她其实没有任何资格谈"经验"，因为她比自己还没有经验。白晓倒也不是说因为就要调教他什么的，而是两人婚后的生活不能单单只建立在爱情之上，也需要很多经营的技巧，需要很多规则，与另一半分享做家务的活，能很容易谅解对方在家务上面的劳累，而不会最后为谁多做了一点谁少做了一点不那么公平了而生出不必要的小矛盾来。

因为对于二人世界非常新奇，白晓好好幻想了一下应该要过怎么样的生活，居家。

"居家指所有和家庭生活相关的物品。包括家具、饰品、生活用品。现代的居家生活已不仅仅是局限在字面上的意思，居家更多的是现代人追求闲散、休闲、享受的一种生活方式。"这个解释让白晓开始制定一份他们要过的居家生活，首先，有时间的时候要一起做饭，他们家的厨房非常漂亮，厨具餐具一应俱全，看着就非常棒，然后每周至少一起去逛两次超级市场，一次性买很多东西回来，比如容易保存的食材，这样就可以几天不再去，节省出更多的时间来做其他事，然后杜月河陪白晓看电视剧，白晓也偶尔陪他看看新闻看看球赛……反正制定了超级多的各种要一起尝试的生活。

同居生活就这么有条不紊又在各种小插曲中进展下去了，大多数时候他们都比较和谐。嗯，大多数时候。

新的一天。

"起床啦！"白晓准备好早餐来叫杜月河起床，看他平时工作效率很高的样子还以为是远离赖床的人呢，没想到休息日睡懒觉睡得比自己还厉害。

"快点起床啦！爱心早餐做好啦！"说完就去拉他的被子。

"待会儿再吃，让我再睡一会儿吧，晓晓。"杜月河抱着被子长腿一夹死活不放，星期天睡到日上三竿是最幸福的事了！

"不起来是不是?"一开始白晓拿他完全没辙，不过白晓现在也有了自己的招数来对付他。

白晓倾身俯到杜月河面前，不由分说地就吻上去，先是轻轻地咬咬嘴唇，然后逐渐加重力道，待杜月河被吻得迷迷糊糊中越来越上瘾，也开始回吻她，就一下推开杜月河，让他从亲吻中得不到满足。

"我还要。"杜月河睁开眼睛，伸着手撒娇。

白晓又凑上去吻了几秒钟，然后彻底撒手后退几步离床远一点。

"还要还要！"杜月河继续撒娇。

"醒了吧，醒了来吃饭吧。"然后轻盈一转身，跑出去了。

留下杜月河一个人撇着嘴，一副"欲求不满"的无奈又带点气愤样儿。这个晓晓，现在居然这么多坏点子，叫他起个床都能弄出花样来，不过，既然是晓晓不仁在先，自己就不义在后，杜月河好多次早上都故意赖床所以骗取白晓的吻？至少可以骗到这么多香吻。嗯，自己果然很英明神武，但同时又轻易就被白晓的几个吻就俘虏了，甘愿为得到它们赴汤蹈火的，继续努力装睡，其实也经常是真的赖床。

第三十五章

难 敌 误 会

　　这天，因为陈蜀笑责怪白晓自从订了婚与杜月河同居之后，她们两姐妹很久都没有好好单独聚一下了，所以她特地赶走眼巴巴的白术后就把白晓约出去开个闺密姐妹两人 Party，于是杜月河下班回到家里，就只有已经做好的饭菜在等他，而晓晓和自己的女朋友约会去了。杜月河对陈蜀笑还不能采取对白术的那种很糙的方式，毕竟是自家小姨子，在晓晓面前占据很大的话语权，不好生伺候着，性子一扭起来，晓晓那里总有自己好受的，所以在杜月河看见餐桌上贴的"我不在家你也要乖乖吃饭"的留言之后，欣然接受了小姨子的"插足"。

　　乖乖地一个人吃完饭，还乖乖地把碗给洗了。晓晓回来会夸自己居家旅行的必备好男人吧。

　　吃完饭准备处理点工作上的事情，就接到了戴墨菲的电话。她在自己订婚之后还不能放下自己，杜月河看着光鲜美丽不食人间烟火的她变得那么憔悴，惋惜之余也备感头痛，不知怎样才能妥善处理好他们的关系。

　　想了想，杜月河还是接起了电话，越是回避，越是不能解决问题。

那边很吵闹，音乐声鼓点声透过电话信号传递过来，杜月河都觉得聒噪极了。

"William，我想清楚了，我准备回英国去，你出来我们聊聊。"

"你那边怎么那么吵，你在哪里啊？"

"今晚我们谈谈！"

"我觉得还是不必了吧。"杜月河刻意与她保持距离。

"我就要舍弃这里的一切，放开你，难道我们的关系连送别一个朋友的程度都做不到了吗？"戴墨菲痛心中带着一丝责备。

杜月河思量了一下，如果墨菲真的可以放手这里，放手他，从此面对自己的生活，对所有人都是一件好事，于是考量之后就同意了，问道："你在哪里？"

"我在酒吧主题街上的魅夜酒吧。"像是喝了酒，戴墨菲语气懒懒道。

"酒吧？一个人？"杜月河诧异，墨菲从前根本就不是会去酒吧买醉的那种人。

"嗯，一个人。"

"你一个女孩子大晚上跑夜店去做什么?!"语气里听得出重重的怒气。

"当然是等待被救赎啊。"

"我马上就来，不要乱跑。"

杜月河穿上西装外套就赶过去了，酒吧主题街是近几年发展起来的特色街，虽然名气渐响，但是管理上也比较混乱，黄赌毒什么的屡禁不止，杜月河偶尔有交际需要得去的时候，一般是选相熟的两三家店，与老板认识，不仅知根知底而且不管什么事都可以被照应一下，墨菲一个女孩子，大晚上一个人混迹在那里，单凭她的相貌就会招惹很多咸猪手，心情不好想买个醉，女孩子选择在清吧喝几杯也还好，安全意识丢到外婆桥去了吗？真是太不自爱。一路上杜月河都满载着对戴墨菲消沉如此的怒气。

待他赶到名叫魅夜的酒吧时，戴墨菲竟然完全舍弃自己平时的形象，在叫嚣着与人拼酒，周围的人都在起哄看热闹。

　　杜月河推开人群走到她身边，一把夺下她手中的酒杯，拉着她就要走，但是当然被与她一起拼酒的男性拦了下来，那男士脖子上戴着粗粗的金项链，手指上也戴了两只宽宽的金戒指，穿着花哨的短袖衬衫，手臂露出来的地方文了什么凶猛的图案，杜月河没在意看不知道是什么。不是善类，这是杜月河的第一反应。

　　"诶诶诶，这位小同志，你想干什么？"这位文身男伸手拦住他的去路。

　　"William……"戴墨菲欲言又止的样子。

　　"我女朋友，我来接她走。"杜月河对戴墨菲做了一个噤声的动作，把她拉到身后，说道，面容冷峻严肃，自有其气场。

　　这样的场合，只有说是自己女朋友这条最保险，他们那些道上混的人，黄赌毒没有不沾的，至少气场这种东西可以让他们觉得自己也不是什么没头没脸的人物。

　　"哟，女朋友啊。"文身男语气不善，带着点揶揄挖苦，"这姑娘今天在这儿跟我拼酒，玩的就是胆量和酒量，你就这么把她带走了，多扫我们兄弟的兴啊，兄弟们说是不是啊？"

　　围观的人群里面响起几声附和。

　　杜月河掏出一张黑卡，对文身男说道："为了不扫兄弟们的兴，这样吧，今天他们的酒钱我就荣幸地请了。"

　　"不错，真不错，有气魄。"文身男拍了两下手，赞道，接过那张黑卡之后自顾转了几圈，又接着说道，"不过，我们兄弟不缺这两个酒钱啊。"说完把卡塞进杜月河的西装口袋，抱着手臂冷看着他。

　　"那你说一个我能带走她的方法。"

　　"简单啊，黑皮，叫老板把最烈的酒什么威士忌、伏特加、白兰地，通通送过来。"文身男直呼着叫某个小弟去办事。酒吧老板一般都是交际圈很广，在黑道白道都混得出来的人物，既然这位文身男直接嚷着让老板送酒，果然在道上混得不一般才行。

　　老板模样的人送来三四瓶酒，和文身男打了个招呼，让他有事再叫自己，一定要玩得尽兴。

"我的酒量一般人是比不了的，跟你拼酒也只是欺负你，我只要你今天陪我把这几瓶酒一起喝了，你立马就可以带着这妞儿走人，下回但凡我在任何地方遇到你，都卖个面子给你，称你一句兄弟。怎么样？这条件可是简单。"

杜月河虽然自知酒量还可以，但是面对这样的情况，估计不能轻易全身而退，这场酒，躲不掉了，而且他们这些人在外面混得就是面子，你越是拂了他的面子，他越是不饶人地追究着，所以干脆地接受，他们会觉得你爽快，给面儿。

那边的小弟已经开了酒倒入广口杯里面，杜月河端起一杯，说道："恭敬不如从命，先干为敬。"然后一口气喝掉。

烈酒顺着咽喉，酒精的烧灼感蔓延下去，自知性格不激烈，杜月河多少年没有这样喝过酒了。

"William，你别。"戴墨菲紧紧抱着他的手臂，看着他就这么为自己挡酒，而且对方并不是轻易能惹的人，很是后悔之前因为心情不好就和他们拼酒了，如果杜月河今天没有来，等她喝醉了，他们一定不会轻易放她走的，自己考虑事情实在是太不周全了，不然也不会把 William 陷入这种境地之中。

杜月河倾身在她耳边说："你不要插手，越插手越帮倒忙。"

一杯接着一杯，在周围人的起哄声中，杜月河感到胃部开始不舒服，而且一杯杯烈酒下肚，他的意识也逐渐给酒精麻痹，开始不那么清醒，这样下去并不妙，但是他知道，越是不妙，越是要尽快喝完，越拖下去，酒精吸收进血液中，意识迷离不清了，脱身就更不容易。他就这么一大口一大口地将这么烈的酒往下吞，口腔里面已几乎不能感受到烈酒烧灼的感觉了。

第四瓶酒的最后一杯，杜月河喝完它把杯子口朝下表示自己悉数喝完了的时候，人群里爆发出哄闹声和口哨声，文身男确实是酒量可以的，一个人喝完两瓶酒的量，神志清晰，而且看起来并没有多少不适，在他也喝完自己最后一口酒之后，盯着杜月河看，然后"啪啪啪——"地首先鼓起掌来，周围的小弟看他鼓掌也跟着鼓，周围的人群觉得热闹看得很过瘾也随势奉上掌声。

文身男说道："够爽快！很久没有碰到你这么爽快又有魄力的人了，这个妞你带走吧。最后奉劝这位小姐一句，以后想解闷喝酒就不要一个人来酒吧这种地方了。"

"多谢。"杜月河道了句谢之后就拉着戴墨菲离开，看着镇定如常，脚步稳健，一点也不晃。但这都是杜月河强撑的假象，刚一出酒吧走到街上，杜月河就捂着胃部在路边狂吐起来。

"William！你怎么样了？"戴墨菲竭力扶稳他。

"胃痛。"杜月河脚步已经站不稳，大部分的力量都支撑在戴墨菲的身上，虽然脑袋还颇清醒，知道他那么压在她身上她的瘦小身体肯定受不了，但身体上也是无能为力了。

"我送你去医院。"戴墨菲自己也喝了酒，没法开车，她脱下高跟鞋扔在路边，赤脚扶着杜月河走到酒吧主题街出租车点，直奔最近的医院门诊。

夜晚的医院，灯光明亮，比白天的时候多了几丝萧条肃穆。杜月河的醉意更深，完全不清醒地靠在戴墨菲身上，手上扎着针正在挂水。

两个小时过后，杜月河靠在她身上睡着了，两瓶盐水也已经挂完，医生检查过后说没有什么事了，可以回家，要多喝点水，以便稀释酒精浓度，并且醉酒的人容易脱水。

就这么睡在医院的长椅上也不是办法，戴墨菲推了推杜月河，轻声说道："William 你醒一醒，我带你回家。"

"让我再睡一会儿，晓晓。"杜月河不清不楚地嘟囔着。

还是那个白晓，就算你刚刚为了带自己离开酒吧而豁出去地和别人喝酒，神志不清之中，仍然想的是那个白晓。

杜月河的手机铃声响起来，戴墨菲帮他取出来，看到来电显示为"晓宝贝"，心里忽然产生一个恶毒的念头，她不会让白晓就这么轻易得到 William 的，只要他们一天没有正式结婚，她就还有很多机会，就不会放弃。然后她划动屏幕接听了电话。

"喂。"

"呃……"听到对面传过来的女声，白晓一时没反应过来。

"喂，你好。"戴墨菲却是冷静应对。

"我是这部手机主人的未婚妻，请问您是?"白晓礼貌问道。

"哦，白晓，我是戴墨菲。"直接摊牌。

什么?! 白晓和陈蜀笑斯混完回到家里，本来以为杜月河会在等她，却没见到人，看到晚饭吃了，碗也洗了，书桌上的文件也是摊开在看的状态，确定他回来过，所以打个电话问问情况，怎么也没有想到，接她电话的会是女人，而且还是戴墨菲!"月河的手机怎么会在你手上，他和你在一起吗?"

"嗯，他喝醉了，在我家。"

"你说什么?"白晓不能相信自己的耳朵。

"我说，他醉了，在我家。"

"怎么会? 我不相信，你把电话给他，我要和他说话。"

戴墨菲拍了拍杜月河，用亲昵的语气说道："William，William，你醒醒，白小姐要和你说话。"

杜月河给搅得半醒半醉，嘟囔出一句："别吵了我好困。"

白晓听见了，确实是杜月河的声音，慵懒极了，是他早上赖床或者喝了点酒之后的慵懒。

"白小姐，你也听见 William 的声音了，这样，再见。"说着戴墨菲就准备挂电话。

"等一下!"

"嗯好，白小姐还有什么要问的吗?"

"他为什么会在你那里?!"白晓急切地问。

"你觉得是为什么呢?"戴墨菲扯出一丝冷漠又高傲的语气反问道。

"你们……你们……"

"没错，我们一直在一起，我们公司在一起，应酬在一起，很多你不知道的时候我们都在一起，你知道吗? 是你插足我们。"戴墨菲薄凉的声音让自己的心越来越寒，但是看到倚在身边的 William，她觉得自己这样做是对的，都是为了她和 William 能在一起，不对别人残忍，就只能任由别人对自己残忍。

"这只是你一面之词，我不会傻到就这么相信你。"白晓想到与杜月河一起生活的点点滴滴，明明他很爱自己，一个人爱你，你必然能感受得到，没错，白晓能够感受到杜月河的爱，戴墨菲这么说无非是想让她误会月河，一定是这样的。

"你信与不信，都不关我的事，你只要知道，William 现在和我在一起，在我家，在我的床上，不说了，再见。"戴墨菲说完就挂了电话，把手机关机。

紧紧握着已经关掉的手机，戴墨菲瑟瑟发抖，她安慰自己，人都是利己的，这样没有错，我这样是对的。

他为什么会去找戴墨菲喝酒，还待在她家里不回来，这也许不是第一次也许很多次，杜月河在她不知道的时候和戴墨菲在一起。一瞬间脑海里闪过很多念头，白晓甚至设想到最糟糕的情况，也许他们一直都爱着对方，但是杜月河生戴墨菲的气，所以利用白晓来惩罚戴墨菲，从而让她悔过自己曾经抛弃过杜月河的事实，而最终的目的都是为了他们能在一起。

白晓本就容易发散思维联想到很多东西，会胡乱想东西，继续拨打杜月河的电话，但是那边已经关机了。

戴墨菲坚定自己的信念之后，就带着不省人事的杜月河去了自己家，醉酒的他身体发红，发烧一样很烫，戴墨菲把他的西装外衣脱掉，用温水帮他擦拭腋窝、脖颈、膝盖后面的腘窝，这样有助于快点降温。

照顾他一夜，到第二天早上的时候给白晓发了自己家的地址。

白晓昨天因为不知道戴墨菲的家在哪里，想去找杜月河也没办法，他的同事自己都不认识，联系不上，后来给周言打电话，周言因为是研究生时才去的英国，其实并不认识戴墨菲，所以也联系不到她。白晓走进杜月河的房间，抱着他的被子伤心地哭起来，哭着哭着哭累了才睡着，但是觉睡得并不安稳，早上很早就醒了，她想，要是到上班时间杜月河还没有回来，就去他公司找他。浑浑噩噩中早饭都没有做，忽然收到落款是戴墨菲的短信，上面一串地址，白晓不由分说地就冲出家门按着这个地址去了。

杜月河醒过来的时候觉得非常口渴，又头痛，看到戴墨菲递上来一杯温水，才惊觉自己在陌生的地方，匆忙问："这是哪里？"

"我家啊。"

"你怎么不送我回家啊？晓晓找不到我一定担心死了。"杜月河感到很懊恼。

"我不知道你家地址怎么送你回家啊？"

"我电话呢？我得马上联系晓晓。"

"你手机给你放床边充电了，出门也不检查手机有电没电的，我跟白晓说了你在这里了，不用担心。"

"什么？你给她打电话了？糟糕，我没跟她说出去找你，她那个想太多的性格一定会误会我们的，我得立刻回家去。"说完杜月河掀开被窝下床，这才发现自己外衣给脱下来了，忙抬头看向戴墨菲。

"你自己脱的。"戴墨菲说。

"噢，昨天的事我会自己跟晓晓解释，下次不要再一个人去酒吧了，还有你不是说准备回英国了嘛，走的时候跟我说一声，我和晓晓去送你。就这样，得走了。"手忙脚乱地把西装穿上，拔下手机就要冲出门去。

"William!"戴墨菲跟出去叫了他一声。

"还有什么事？我很急的。"

"我——"戴墨菲话还没说完，就响起了敲门声，有门铃不按确是重重敲门，应该是白晓。

第三十六章

矛盾升级

因为杜月河离门比较近，所以直接跨一步上前就打开了门，开门就看到吃惊的白晓。

杜月河一夜未归，虽然白晓不想相信戴墨菲的话，虽然在电话里也听到了他的声音，但是没有亲眼所见，她心底还是抱有一丝希望，但是杜月河此刻就站在戴墨菲的家门口给她开门，手上拿着手机还有没系上的领带，一看就是刚刚在穿衣服。

白晓太震惊了，以至于她没能说出什么惊天地泣鬼神的话，直接转身走掉了。

杜月河着急地穿上鞋子就追了出去，戴墨菲看着他们刚刚上演的一幕，心里不住地安慰自己："你做得没错，离间了他们William才能看见你。你做得没有错，没有错。"

白晓用尽力气地奔跑，想要快点逃离这个地方，但是她毕竟是女生，杜月河奋力追上了她，拉着她不放："晓晓，事情绝不是你想象的那个样子的！"

"放开我，不要用你碰过别的女人的手碰我！"白晓耗尽全力地挣扎。

"我不放！晓晓你要相信我！"

"相信你？你只说让我相信你！怎么相信？怎么相信你啊？我亲眼看见你在别的女人家里过夜，让我怎么相信你?!"白晓几乎歇斯底里地吼出来。

虽然早已不是青春期少女，对爱情盲目的幻想早已过去，而且也反感相亲那种太物质的感情方式，但是这样不洁的感情她接受不了，他们都已经订过婚了，和婚姻只是一步之遥，最起码的要求就是对对方忠诚！

"我只是喝得太醉了她才把我带回家里的。"说完这句话，连杜月河自己都觉得不能让人信服。

"喝得太醉？我只是和闺密出去一趟，你就和前女友去喝酒啊？你的私生活是不是太丰富了啊?!"

"不是这样的晓晓，墨菲她是准备去英国了所以才找我谈谈，希望可以郑重道个别，但是她心情不太好在酒吧里面和人拼酒，我后来没办法才和不让我们走的人拼了两瓶烈酒，之后当然是醉倒了，我清醒过来的时候就已经在她家里的。"杜月河急急解释。

"不要说了，我现在一秒钟也不想见到你。"白晓不想继续纠缠，一夜未眠让她非常疲惫，"你去上班吧，我也要迟到了。我们都冷静一下。"

"晓晓，到底我怎么样你才能相信我呢？"杜月河无比懊恼。

"那你好好想想怎么才能让我相信你吧。"

白晓一天无心工作，浑浑噩噩的，吕思涵问她怎么了，怎么跟丢了魂一样，白晓指着自己的黑眼圈说赶小说稿子一夜没睡，之后再进入眼眶红红、傻傻发呆的状况之中，就没有人再来问她怎么了，也幸好之前结束了手上的案子，暂时没有东西积压着要做，凭她现在的状态，没有可能达到总监的要求的。要不要请个假啊，白晓在思考这个问题。快要下班的时候，白晓接到了李悦的电话。

"白晓吗？我是李悦。"

"我是。"怎么李悦忽然给自己打电话。

"你上次订婚我在外省，没能赶回来不好意思啊。"

"没事的，心意到了就好。"李悦提到订婚，想想也没有过去太久，没想到现在她与杜月河之间就出现了问题。

"我这次带我女朋友回来见家长的，顺便还把一些高中好哥们儿都请出来了，你要不一起来聚聚?"李悦问道。

李悦是在外省上的大学，毕业之后就在外面发展了，回 N 市的时候并不多，除了一些中学时期的朋友结婚添子这样的人生大事会特地回来，平常朋友的聚会真的很少了。

白晓想，自己一个人待在家伤心也不是什么良方，出去见见同学，就当是散心。于是马上就答应了。然后去跟周总监请了几天假。

李悦没有请很多人，高中班级篮球队里面的居多，有的也带了女朋友一起，地点选在高中附近的饭店，感觉离母校越近，高中同学的情分便会越浓厚些吧。李悦的女朋友是他大学学姐，虽说是学姐，但上学比同龄人早一年，其实和李悦还有白晓一般大，他们在志愿者社团里面认识，但是是在学姐毕业之后而李悦还在念大四的时候开始在一起的，为了不异地恋，学姐没有回家乡而是留在了 Z 市工作，李悦毕业之后也为了学姐留在 Z 市发展，到现在感情很稳定估计好事将近，上次晓莺婚礼，本来是打算带着学姐出席，但是正好碰上学姐出差，所以没能一起来。

席间，同学们都在交换自己的近况。每次都是避免不了的情况，许久不见的朋友相见了，想要有话题聊，除了追忆一下当年在一起的情分，就只有讲述各自后来怎么样了，不然下次见面的时候，一下子脱节太多，就不知道自己和别人相距了多远。

这群同学里面也有和白晓要好，有参加过白晓订婚典礼的，看到白晓一个人来，也有过来问是不是未婚夫太忙了所以没空来陪她的。白晓苦哈哈地笑笑，回答"猜得很准可以去买彩票了"，是太忙啊，忙着新欢旧爱之间乱折腾啊，新欢常胜旧爱，旧爱的战斗力稍微弱一点，但是白晓这眼里容不得沙子的带点柏拉图式那种理想的爱情观，什么新欢旧爱，和旧爱在一起时怎么样都行，和新欢在一起时又怎么样也行，只是万万不能同时拥有新欢旧爱。

李悦察觉到白晓有点奇怪完全没有上回晓莺婚礼上见面时的那种活泼，也没与人耍耍嘴皮子斗斗嘴的兴致，基本只顾低头吃饭，而且也不像有多少胃口的样子，只听听身边的人讲讲话。这没多久又打回高中时候那种性格了？

开车来的人颇多，尤其带着女朋友又是开车来的居多，饭后还有任务要送女朋友回家去，所以一开始就约定了开车不喝酒，喝酒不开车，但是酒桌上没有酒，他们都觉得没什么意思，后来居然演变成了女生的酒会……白晓遇到来敬自己酒的，不好推辞也喝了几杯啤的，好在她自觉酒量还成，稍微有点热而已，没有很晕。

酒过半巡，李悦寻到和白晓交流的机会，特地问了一下她是不是遇到什么不开心的事，不然是不是不满意饭局所以不能尽兴，白晓借着一点点酒意简单提了下，问他们男性"吃着碗里的看着锅里的"到底是种什么心态，难道不知道贪得无厌是不会有好下场的吗？

李悦看她终于提起点精神责骂他们男性群体的时候，就大概猜到是什么情况了。但是唯有劝慰她几句，也没有什么好方法开导她。

一场饭就是一场长时间的座谈会，等到饭毕，都接近十点了，吃饭没吃什么，话确实说了很多。散场的时候，各位都"各回各家、各找各妈"，白晓是一个人来的，李悦提议送她回家，于是就和他女朋友一起被塞进了车里。李悦的家是中学买的学区房，离他们学校挺近的，当然也就离他们吃饭的地方很近了，他三两分钟就把学姐送回他家，就听着白晓指来指去地带路。夜晚，李悦把车窗打开，让风灌进车里，丝丝凉意让白晓本就不深的酒意醒了大半，然后眼泪就那么顺着风飘了出来。

"诶——"看到白晓的落泪，李悦刚想问问情况。

"别问。"白晓立马制止了他，因为担心可能会在他面前失控。

一路上话不多，李悦没有多问什么，让她自己平复情绪，很快就到了白晓与杜月河的家，白晓的情绪已经慢慢恢复很多。

"你现在住这儿？"李悦停好车，问。

"嗯，有什么……问题吗？"白晓奇怪。

"我小学住在这附近。"李悦说。

"是吗？如果你没搬家的话，还能算半个邻居。"

"我家是碰上拆迁，后来这里盖了小区。"

"好吧，看来你注定得搬走，天生就没有和我做邻居的命啊。"白晓调侃起他来。

"看你还有打趣我的兴致，元气恢复很多的样子啊。"

"还好吧，你明天就走了？"

"是啊，下次有机会再见，看你现在精神好点了我就说两句，你和你未婚夫的事我估摸着能猜出是碰到什么事，我也不能教你怎么做，但是，如果你还爱他的话，就好好与他谈谈吧，不要放任局面恶化下去。"李悦诚恳地说。

"一想到要回家就有点开心不起来啊。"白晓自打没趣道，尽力让自己的语气显得轻松。

"太阳落山之前不可以再吵架，这是我和我女朋友的约定，或者说经验之谈吧。"

白晓瞄了他一眼，挖苦道："说得好像自己是经验丰富的情场高手一样。"

"你怎么就知道我不是情场高手呢？"

"女人的直觉。"

"……"算了，本想理论一下争个面子，女人的直觉他是永远赢不了的，不争了。

拿上包，白晓下了车，嘱咐他小心开车不要闯红灯并目送他离去之后就准备上楼，走到树下的阴影里才看见杜月河抄着手盯着自己，也不知道他在这里站了多久。

"你就是这样报复我的吗？"杜月河冷冷地看着白晓，开口直截了当地问。

听着杜月河轻蔑的语气，前一分钟还在考虑回家怎么和他谈，这一秒已经心凉了半截，白晓质问："你在说什么？"

"我说什么？我等了你一晚上，给你打电话也不接，看到你被曾经喜欢了五年的初恋送回来，身上都是酒气，看到你们那么融洽的画面，你说我在说什么呢？你觉得我会怎么想呢晓晓？"杜月河的语气处处是嘲讽。

"你是觉得我和李悦有瓜葛是吗？"白晓从来没有听过杜月河如此冷漠的讽刺之声，她心里深深地感觉到这一刻这个男人身上的怒气和丝丝敌意，看到自己的未婚妻和别的男人在一起，作为未婚夫的他会吃醋是很正常的现象，但是他居然能理直气壮地假想自己和李悦，白晓起初就把自己的感情和盘托出，自己对李悦也是早已放下，杜月河他自己做错了事，现在还污蔑她对感情的忠诚！

"你自己的事，没有人比你更清楚。"杜月河眼里的冷意那么明显。

从没想过有一天他会用这样的眼神看自己，心里一团一团的怒气，没有必要纠缠下去了："我不想跟你理论。"说完就丢下杜月河自顾回了家。

杜月河追上来，看白晓完全不理睬他了，又讽刺道："你是因为自知理亏不知道说什么了才不跟我理论吧？"

白晓听着这话，深深看了一眼杜月河，从前光芒四射的那个青年，此刻满腹牢骚的模样让自己感到厌恶，自己理亏？她从来都是行得正坐得端，什么都亏偏偏从来不知道理亏是个什么，白晓嘲讽道："我还没有跟你算戴墨菲的账，你就把我冠上与未婚夫不和就去找初恋情人哭诉想要修出一段缘分来的罪名了是吗？做得真是好啊，你想象力也不输给我嘛，可惜我只有想象力，和你们这种留美留英、上世界一流名校、智商也高情商也高的富家公子公主是不一样的，我就是一个智商一般、情商又低的普通女人，也许别人对我好一点我就会跟他们走了，正好也遂了你的臆想。"

"你这边自嘲是挖苦我的吧?！还有，我再申明一遍，我没有和戴墨菲做出对不起你的事，半分都没有！你不仅不相信我，还跑出去和男人约会、喝酒，你觉得我还能相信你没有报复的成分吗？如果没有报复的因素在里面，就是你对他还念念不忘的，初恋啊，多难忘，我用了好大的力气才忘记的戴墨菲，你怎么就能确定你放弃他了呢？"

"那你又怎么证明自己没有还爱着戴墨菲?"

"我说没有就是没有！"

"你这么武断、这么霸道，你说的话都是至理名言没有半点杂质，我就是心胸狭窄的心胸针眼那么大的女人！！"

"你不要再这么说话！"反讽反讽，晓晓句句话里面都是刺都是反讽！

"有什么不能说的，我白晓对婚姻最看重的就是忠诚和光明正大，你用脚指头想我也知道，如果我要出轨，我会直接跟你分手，然后正大光明地和别人在一起，你不仅和戴墨菲勾搭来勾搭去的，而且你就仅仅凭借看到李悦送我回来就把我想成不检点的女人，太让我失望了！我现在一刻也不想看见你！更不要听到你的声音！"说完白晓走进自己的卧室，关上门，拧动锁芯上了锁。

白晓锁上门就崩溃了，抱着手臂蹲下身子哭起来，努力咬着唇不让自己发出声音，真是过分，还想和他好好谈谈，谈个屁！对牛弹琴！哼！混蛋也许还觉得他才是对白晓这头"笨牛"弹琴！好委屈啊……明明自己和人乱来还污蔑她，从前翩翩公子哥一个，从前风趣少年郎一枚，现在是什么样了？不仅对她不够诚实地瞒这个瞒那个，还与前女友混在一起，她都亲眼看见了还死活不承认？当她傻子啊？现在还敢调转枪头怀疑自己，大混蛋一个！面具戴得也太严实了，如今面具撕下来，居然这么让人胆寒！可是自己还爱得他死去活来的！！这最后一点最不能忍！！

杜月河看着白晓甩门进去，自己也挺生气，一整天都在想怎么弥补、怎么向她解释、怎么让她相信，没下班就提早赶回来了，她不在家就乖乖地做好晚饭等着，为了早一分钟见到她，就到楼下等着，夜晚更深露重的蚊子还多死人了，他现在身上至少有三十个包，终于等到她回来了，居然跟别的男人嘻嘻哈哈的，想到她之前对自己的冷言冷语，对他抓狂的模样，再仔细一看，那个人居然是李悦！他一下子就理智不了了！走进餐厅，餐桌上早早做好的饭菜早已凉了，杜月河此刻觉得这些饭菜是极大的讽刺，全数倒进垃圾桶，不过在进卧室之前居然还没忘记把碗碟洗一下。

第三十七章

决 定 离 开

一夜没有睡，默默流了好多眼泪，早上七点，白晓听到动静，没一会儿就听到关门声，他应该是去上班了。

白晓走出卧室，果真没有见到杜月河，她推开主卧室的门，看到窗帘半拉开，阳光透过玻璃投射进来，床铺凌乱没有整理，衣柜的门拉上了但是没有关严……就跟从前每一天早上一样，不同的是，他没有故意赖床，自己也没有想方设法叫他起来。

白晓把衣柜的门关牢，把床铺整齐，又到窗边把窗帘全部打开，又打开窗户拉好纱窗，阳光的温度直接接触自己的脸上、手臂上，非常温暖。就在这一刻，白晓做出了一个决定。

先洗了个脸，镜子里面的自己看起来很没精神，一夜无眠造成的黑眼圈让整个人更是看起来憔悴，翻出手机通讯录，找到显示为"师父"的，按下了拨号键。挂了电话之后立马就查了一下航班和列车讯息，能在当天就出发的，只有晚上一趟列车，所以毫不犹豫地就购买了。

一起生活了三个多月的家，三个月的同居生活，一幕一幕地闪烁在脑海里，他们制定了严格的轮班值日规则，轮流准备早餐还有打扫卫生，有时间一起去超市买日用品还有几天的食材，后来白晓各种招数叫杜月河起床……一幕幕都是曾经鲜活的存在，是她和杜月河两个人真实经历的。

不得不感慨，人生如戏这话果真基于现实，三个月前搬来的时候已经做好了将为人妻的心理准备，没想到还没把她娶进家门呢，就跟前女友旧情复燃，纠缠不清的。

不需要收拾太多东西，她今天就要离开这里，不要再见他，所以带上几件喜欢的常穿的衣服还有些贵重物品，又把房间全部打扫了一遍。

临出门前，白晓已经用冻茶包敷了黑眼圈，看着效果显著得不得了，必须要感慨一下生活的智慧，至少还要见人，在爸妈面前不能憔悴成那样。从前说回家，都是指的和父母一同生活的家，后来说回家，是指回和杜月河一起生活的这个家，现在这个话又要改变了。

白晓拖着行李箱出现的时候，白妈妈在看午间档的综艺节目，白爸爸在一旁的沙发上看书。

"晓晓，你怎么回来了？吃饭没有？也不提前通知我们一下。"白妈妈看到忽然回来的白晓，有点奇怪道，"你是要出差吗？怎么都把行李箱带出来啦？"

"爸，妈，我想把工作辞了，出去散散心。"在父母面前，白晓简明扼要地说出自己的打算。

"这……"白妈妈预感到发生了什么事情，"是不是月河欺负你啊？要是他欺负你，妈给你出气，你别憋在心里面，对身体不好。"

听到妈妈提到杜月河，白晓一下红了眼眶，眼泪扑簌簌地就掉下来。

"晓晓！真的是他欺负你啊?！这个月河也真是的，在我面前那么乖巧的样子，话说得多好听，还跟我保证一定会好好照顾你，你们订婚才几天，居然就敢欺负起你来了，不行，我要去找他算账去。"白妈妈直接的急性子一看到白晓这样，立马就要去找罪魁祸首开罪去了。

白爸爸一把拉住她，说："你先冷静下来，这个急脾气多少年怎么还是这样，也就我能受得了你，先听晓晓把事情跟我们说清楚明白了你再做决定也不迟啊，来来来，坐下坐下。"

"晓晓，你跟妈说，到底是怎么回事！"

白晓抽噎了几下，没有说话。

"晓晓，我预感你是因为月河才伤心难过的，他是你的未婚夫，严格来说，你们俩的事我和你妈妈还有他的父母都不应该多插手，但是同时你也是我们的女儿，你遇到任何事，我们都必须要优先确保你没有受到伤害，不能你被伤害了我们还袖手旁观啊，至少，你得让我们知道到底发生了什么事。"白爸爸动之以情，晓之以理地循循善诱。

白晓本不想把事情的原委都告诉爸妈，想这是自己和杜月河两个人的事，虽然婚姻涉及两个家庭，他们也订过婚了，但毕竟还没有结婚，没有一纸婚约作为婚姻的法定约束，希望能在最小的程度上降低对两个家庭的伤害，但是自己还是太脆弱，不能一人承受这些，所以内心挣扎一番，还是一五一十地把戴墨菲的事情告诉了爸妈，也说了杜月河想当然地误会自己和李悦。

"不行，不行晓晓，我不能让他这么欺负你，我要去找他说清楚。"白妈妈气不打一处来，拎上包就要出去。

"妈！妈你不要这样，我就是怕你会这样才不想说的。"

"你们还没结婚呢他就和前女友旧情复燃了，要是你嫁给他了，他这就是出轨！婚姻法会给他判刑的，这情节多恶劣啊！"

"妈，我想过了，既然事情已经发生，我也不想再和他有什么瓜葛了。"

"晓晓，妈是为你不值。"说着白妈妈的泪水也掉下来。

"您别担心，妈，我不也没有损失什么嘛？这个男人他不好，我们再找就是了，总有对我真心实意的。"

"晓晓，我现在劝你其他的也没用，这个事终归是月河做得不好，你们要不再谈一谈？看他认错的态度还有他的考虑，再做决定如何？"白爸爸总是能在混乱的局势里面把控一下方向的人。

但是白晓恳求道："爸，你和妈的感情一直都很好，小吵小闹偶尔有，但是你们对婚姻的忠诚是影响我长大的，我接受不了不纯洁的婚姻，没法再和他在一起了。你们就同意我出去散散心吧。"

"我们不是不同意你去散心，发生这样的事，妈知道，心里最不好受的就是你，但是就任由他欺负你不让妈给你出气，妈觉得你太委屈了。"

"我目前不想再和他有瓜葛。"

"晓晓，你有想好去哪里吗？工作真的要辞掉？"白爸爸问。

"我暂时没有心思工作，可能会离开几个月不回来，工作还是辞了，至于去哪里，我到了那儿再告诉你们可以吗？"

"好吧，晓晓，爸支持你的这个决定。你打算什么时候走？"

"今天。"

"今天就走？你这不是回来跟我们商量的，你这是已经做好了决定来通知我们。"白妈妈激动地说。

"孩子长大了有她自己的想法，我们不一直盼着晓晓能独当一面吗？她做好决定才来找我们，说明她已经长大了。"白爸爸永远都是理解白晓的。

准备好辞呈，下午四点，现在赶去公司，周言应该是在的，虽然直接打电话过去说一下情况然后直接辞职，凭她现在和周言的关系，也不是不可以，但是不论怎样，就算是出于礼貌，她还是应该本人去一下，而且像吕思涵这样的朋友，自己忽然要出去旅行好长时间，以后又不在一起工作，能见面的机会真的很少。

到了公司，吕思涵先看到白晓，奇怪道："晓晓你不是请假了吗？怎么还来公司啊，而且还是在快要下班的时候来啊？"

白晓笑笑说："有点事找总监，他在公司吧？"

"在的，晓晓，你不知道，没有你陪伴在身边的日子，弹珠总监的机关炮实在是太难熬了，快点回来陪我啊！"

白晓不知道怎么回应思涵，自己是来辞职的，估计以后都没有陪她共同承受总监毒舌的机会了，于是白晓没有正面回她，只是笑她："你这样什么时候才能羽化升仙为大神啊？"

吕思涵俏皮地朝白晓吐了下舌头。

敲了门听到"请进"的声音，开门进去之后看见周言在签什么文件，哗啦哗啦的钢笔划动出的响声。

自从在杜月河好友圈的聚会上见到周言，回公司之后他们平常见个面都显得尴尬，终于觉得有必要破除这尴尬的时候，周言找白晓聊过一次，说他还是希望职场和生活能够分开，职场里他是白晓的上司，生活里白晓是他敬重的学长的女朋友，在工作上面他还是希望能够严肃、严格对待。白晓对他的想法表示赞成，也肯定了他的严格背后对提升他们的工作能力是很有成效的。不过，虽然总监这样计划，但终归白晓和他有一层杜月河的关系在，他后来对白晓大多数时候都是手下留情没有那么毒舌了，沾了杜月河的光。不过，这个光也只是沾到今天为止了。

周言看到是白晓进来，感到挺诧异，因为她今天是请假的，于是首先问了下："白晓你今天是以公司员工的身份还是大嫂的身份来找我？"

白晓笑笑说："当然是员工啊。"

"那有什么事给我打个电话说一下就好，还需要特地跑一趟？"周言签完最后一份文件，示意白晓坐。

"嗯，的确是特地来这一趟的。给。"白晓取出辞呈递了过去。

"你要辞职？"白晓的工作做得越来越好，他也很重用她，没理由提前没征兆地就辞职啊，"难道要做全职太太？"

"不是，我想做一段时间的自由撰稿人。"

"可以悄悄问一下学长也是支持你这个想法的吗？"周言说着"悄悄问一下"，语气上面更和缓音量也更低了一点，真的是悄悄问。

白晓看他这样忍俊不禁地一笑，转移了话题："我暂时还是你的下属，要不要这么八卦啊？"继而又说，"我当然是考虑了各方面的因素才最终做出这个决定的。"

"那，辞呈我就先收下了，我帮你保留一个星期再交到人事部去，这一个星期你自己再考虑考虑，随时可以回来。"周言把辞呈收进抽屉里面，"不过你也暂时全线升级我大嫂了。"

白晓朝他笑了一下，不置可否。

从总监办公室出来，公司已经下班了，在周总监一开始超严格的要求和动不动就要加班的磨砺之下，现在他们部门的员工都能又高效又高质地完成工作，于是，下班时间刚过去，所有人已经准时走了。

白晓走到自己的位置上，大学毕业之后不久就在这里工作，一直至今，从初出校门的青涩学生蜕变为职场女性，又在周言的强化之下出现一丝工作女强人的影子，就这么放弃，说真的，的确有点不舍，但是不离开这里，就不会有新生，只会越来越拘泥在困局中，只有跳出当下的圈子，才能冷静地思考在这个圈子里的自己。

看到桌子上贴了吕思涵留下的纸条，上面写着"不知道你什么时候才能从总监那儿逃出来，我又要去陪男朋友，所以就不等你一起下班了，噢对，你今天不算是上班。拜拜，上班见"。白晓心里五味杂陈的，已经不会再有这个"上班见"了。

收拾好私人物品，白晓去跟周言道了别。

第三十八章

消 失 不 见

接到周言电话的时候，杜月河因为不想回家所以特地在公司加班。

周言感觉白晓忽然辞职太突然了，而且也没有正面回答自己杜月河是怎么个想法，于是还是给他打了个电话问一下。"学长。"

"怎么忽然找我，有什么事吗?"Yasin 和自己没有工作上的交集，所以第一反应是可能想组个局叫上他。

"我就是想问一下，你别说我叽叽歪歪啊，就是大嫂她辞职辞得也太突然了，我心理上有点受不了，就担心是不是因为我嘴巴太毒还是——"

"你说什么? 晓晓辞职了?"杜月河惊讶。

"啊? 难道学长不知道? 大嫂是瞒着学长自己辞了职?"

杜月河急忙问:"是什么时候的事?"

"今天，下班时间，四五点的时候，大嫂来公司递的辞呈。"

"有没有什么异常啊?"晓晓她想做什么啊?

"没什么异常啊，人有点疲惫的样子，但也还好，也就像是没睡好。"周言回想了一下。

"我知道了，谢谢你 Yasin。"

不知道晓晓为什么把工作也辞了，还是回去问问吧，他们两个这样僵持下去也不是办法。

回到家，家里一片漆黑，晓晓是已经睡了吗？

打开灯，看到家里非常整洁，明显地认真打扫过，回到卧室去，早上出门时凌乱的被褥也铺整齐了。杜月河心里一阵暖流，就算是和自己吵架，也还是尽着女主人的责任，自己昨天的确有点心窄，忽然有点后悔，本来晓晓就误会了自己和戴墨菲，还和她大吵一架，他先低头吧，两人之间如果有隔夜仇，最伤感情了，不能再继续让事态恶化下去。

走到晓晓的房门前，鼓起勇气轻轻敲了敲，等了一下没有动静，难道是睡着了？Yasin 也说她像没睡好，估计昨晚跟自己一样没有好好睡觉。轻手轻脚地开门进去，晓晓不在！再一看，她的房间少了一些东西，匆忙走到衣橱边拉开来看，也少了一些衣服，行李箱也不在，她走了?！

杜月河急忙拨打白晓的电话，却听到"您拨打的电话已关机"的提示音。又拨给陈蜀笑，问白晓有没有和她在一起，陈蜀笑正和白术约会，没有见到白晓。会去哪儿呢？都收拾了行李，好像要离开这里一样，对了，收拾了行李，那应该是回爸妈家。想到这里，杜月河又急忙赶去，没想到爸妈不在家，打电话也没有打通。杜月河很无措，这么晚了，白晓一个人会去哪里呢？为什么要跟白晓吵架呢？都是自己不好，可她跑去跟自己的初恋见面，自己怎么可能会一点也不在意啊？忽然杜月河想到一种可能，对，李悦，白晓的初恋，会不会是去找他了？

杜月河没有李悦的联系方式，但是他是在王晓莺的婚礼上认识他的，王晓莺的丈夫石峰他知道，在 N 市也算得上有名气的小企业家，王晓莺的联系方式他没有，但是他能找到石峰的，RT 中国年会上面有他出席晚宴，那上面有他私人的联系方式。想到这里，杜月河立马给他的助理打电话，让他调出上次年会时候的名流名单，把石峰的联系方式发给他。

经过一番波折，杜月河打通了李悦的电话。

"你好，李先生，我是杜月河，白晓的未婚夫。"

"噢，杜先生您好？请问你找我是为了……"杜月河找自己？这有点奇怪。

"晓晓没有去找你吗？"

"白晓为什么会来找我？而且我已经和我女朋友回 Z 省了啊。"是白晓和他闹别扭不知道跑哪里去了吗？昨天不还好好劝过她要好好谈一谈，好好对待他们俩的感情的吗？李悦有点摸不着头脑。

"那……我可以问一下，昨天晓晓去找你是为了什么吗？"不管怎么说，杜月河还是挺在意的。

"诶？不是她找我的啊，我昨天组了个局，把我女朋友介绍给我高中那些哥们儿认识一下，正好你们上次的订婚典礼我不是没去成嘛，所以就邀白晓一起了。"

居然是这样?! 自己怎么就脑子一热不理智地非要以为白晓因为生他气才去见初恋对象的呢？晓晓该多委屈、多生气啊?! 自己到底干了什么事啊?!

"你们闹矛盾的事我也有耳闻一点，白晓是个好姑娘，你应该好好珍惜的。"李悦提醒他。

"我、我现在找不到晓晓了，她生我的气，收拾行李不见了，我去哪里都找不到她。"杜月河感到很无助。

"啊？她会去哪里？你没有找她要好的朋友问一下吗？或者是回娘家去了?"李悦关心道。

"也没找到，如果能找到，我也不用大费周折地找你了，我必须说声很抱歉，昨天误会了你和晓晓，不过也非常感谢你，让我解开了误会。谢谢。"

挂了电话的杜月河想了一圈，决定还是去找爸妈问问，晓晓是他们的女儿，她的心思他们二老应该是最清楚不过了。

再次赶到爸妈家，太好了，他们总算回来了。敲了敲门，看到白妈妈来开门，杜月河开口叫："妈!"

"你不要叫我妈! 谁是你妈!"看到来人是杜月河，白妈妈有点气不打一处来，这个背着晓晓和前女友纠缠不清的混蛋，害得晓晓那么伤心，居然还怀疑晓晓在外面乱来，晓晓不让自己去找他理论，现在他还自己送上门来了！

"妈！您别这样，您是晓晓的妈，就是我妈。"杜月河在大铁门外面喊着。

"晓晓，晓晓，你别再纠缠我们家晓晓了，她都给你气哭了，气走了！"白妈妈火大道。

"妈！晓晓真的来找您啦？我回家见不到她，都急死了，妈我知道是我错了，我让她误会了，我还误会了她，您告诉我她去哪里了好不好？我马上就去求她原谅。"杜月河求饶道。

"别以为你说两句认错的话就能打动我。"白妈妈坚决。

"您别这样啊妈！我着急死了。"

"你着急？你要是紧张白晓还跟那个叫戴什么飞的前女友勾勾搭搭的啊？"

"晓晓把这个也跟您说了啊？"

"怎么？自己的丑事不能给人说啊？"

"不是不是，妈，您听我解释，事情不是晓晓知道的那个样子的，她误会我了，我跟墨菲几年前就结束了，您听听我的解释啊妈！"杜月河看白妈妈气愤极了，想这误会到底怎么解开啊？

白爸爸听到门外的动静，跑出来看到白妈妈在教训杜月河，赶忙过来解围："你冲着月河在这边嚷嚷也解决不了问题，他这不是来找晓晓了吗？不管做错了什么，好歹给他一个解释的机会啊。来，月河，你进来再说。"白爸爸把门打开，让杜月河进来。白妈妈翻了老公一个白眼，进屋里去了。

"谢谢爸。"杜月河感激道。

进了客厅，白妈妈摆着脸色怒道："你解释吧，你是怎么欺负我宝贝女儿的？"

"我没有……"想到自己和晓晓吵架，责问她和李悦的关系，这个"我没有"立马没了底气，只好认错，"我错了……"

"好，你说说你都错在什么地方了？"

"谢谢您肯听我解释，爸。晓晓有您这样的父亲，是我的福分。"白妈妈的性子很直，直性子的人没有心机但是想东西也容易一根筋，认准了死理怎么都不听劝，她认准了杜月河的错欺负她女儿，就什么都听不进去了，但是白爸爸非常理智，能为真正解决问题着想，万幸有这样性格的岳父。

杜月河把戴墨菲的事从头至尾地跟二老解释了一遍，也说自己很混账气糊涂了居然还误会白晓为了气他所以去找李悦。

两位家长冷静地把原委都听下去了，白妈妈都没有恶语打岔，一边听也还一边若有所思的样子，似乎是在仔细辨认他的话的真实性。

"就算你说的是真的，我们也不能轻易原谅你欺负了晓晓，总是你没处理好先前的烂摊子才让我女儿误会的。"白妈妈理直气壮地说。

"对对对，妈，您教训得是，我知错了，我现在就是很担心晓晓，您告诉我她去哪里了好吗？"杜月河哀求道，希望白妈妈能心软一点。

"我不知道她去哪里了！难怪晓晓走的时候特地没有跟我们说，我当时还不明白她为什么不说，现在总算知道了，我脾气暴但是性子软，你又特别会哄我，给你哄哄就把她的去处告诉你了，果然还是我不知道的好。"

"妈……您要帮我……"

"哼！"白妈妈一偏头，不想理他。其实听了他的解释，想他平时的性子，也确实挺可能的，说不定真的是晓晓误会他了，但是一想到白天晓晓哭得伤心的样子，就不能给他好脸色看。

白爸爸出来解围："好了，月河，你既然跟我们解释了情况，我和你妈呢，都是希望你和晓晓能好，晓晓去了哪里，确实没有告诉我们，只说是出去散散心，还说可能半年以上，你这次，是真的伤了她的心。"

"半年?!"这么久?!半年是多久，让他在没有晓晓的生活里独自生活半年以上？这是什么日子啊？而且还不确定是不是半年她就肯回来，回来还不一定会原谅他，怎么就一失足成千古恨了呢？几天前他们还在商量结婚的时候去哪里度蜜月啊！怎么一下子，晓晓离家出走不见人影了？还带着对自己一身的误会！

"月河，我也不确定，如果我们知道了晓晓去哪里之后，会不会告诉你，晓晓作为我们的女儿，性格我们最清楚不过了，她自己心里转不过弯来，我们怎么劝都没用，如果你说的都是真的，你们能解开误会是再好不过，这事儿毕竟是你们两个人的事，我们能帮你们一下，是肯定会出一下力的。你先回去吧，晚上到处找晓晓，也奔波坏了吧。"

"你这么关心他做什么，怎么说他也是让晓晓伤心的人！"白妈妈依旧没好气。

"好，爸、妈，我先回去了，您要是有晓晓的消息……"动了动嘴唇，想到白爸爸说的不确定会不会告诉他，"妈您别生我气了，气坏了身子我怎么跟晓晓交代呢？她不在，我会常常来看你们的，我也会等她想通了一切原谅我回来的。"

回到家，感到非常疲惫，昨夜白晓一夜无眠，杜月河也睡得不好，先是戴墨菲的事，后是李悦的事，再是晓晓离开他的事，连日的心理压力让他身体上也要吃不消了。倒在白晓的床上，仿佛还能感受到她的气息，为什么他们的最后一面是在争吵，早上他为什么不来认错呢？为什么要等到李悦澄清了他才相信晓晓？仔细想想，晓晓一直都对他非常诚实，所有的事情都不瞒她，直接说出来，为的就是避免两人之间不必要的误会，他怎么就没有相信晓晓呢？气愤让他失去了理智的思考力，真是后悔得不得了。

眼睛忽然看到床头柜上有个小盒子，挺眼熟，意识到是什么的时候他慌忙拿起来看，真的是他们的订婚戒指，月亮围着小太阳，他当时还矫情地说这个就是他们俩，月是他，小太阳是晓晓，她把订婚戒指也留下来了，是不想带走任何与他们有关的东西吗？

归咎原因，他确实做得不够好。

陈蜀笑得知白晓离家没让任何人知道她去了哪里，气得要跟她断绝关系，不过暂时不知道她在哪里，也不知道怎么和她断绝关系。又从白爸爸白妈妈那里知道了杜月河是做了什么让白晓误会、伤心难过极了才走的，又咬牙切齿地拿白术出气，白术苦笑着表示自己和杜月河性格迥异绝对不是同一类人！

他们都不知道，白晓此刻在去往大理的火车上。

第三十九章

师父收留

　　火车"况且况且况且……"，三天才到大理，白晓在火车上无比后悔为什么没有买机票，也就迟两天出发。欲哭无泪，整个人都不好了。

　　到达大理火车站的时候，白晓拉着行李箱冲下火车，伸展筋骨，忍住了想面对人群大喊一声"Freedom"的冲动，兴奋地出站去找等候多时的师父。一路上为了不被打扰所以一直关机，快到大理的时候才开机让师父来接，并且直接忽略那些短信电话提醒。

　　出站转了一圈没有看见师父，给他打电话居然电话关机了……正当白晓在想下一步该怎么做的时候就听到了火车站广播里传出了："这里发布一份寻人启事：白晓女士您好，您的师父正在广播室等您，请您听到广播后速来广播室。"

　　白晓一脸黑线地实在不想去见他，太不靠谱了。师父自己解释说，因为火车晚点，他那是来得早了，一个人太无聊就开始玩游戏，不知不觉玩了很久，手机没电自动关机了……白晓的号码存在手机里自己也不记得，自动关机之后连想借个电话打都不行，不过他急中生智去了广播台。

白晓的这位师父其实是以前的邻居哥哥，是个五子棋高手，白晓小时候总是屁颠屁颠地追在他身后跑，也跟他学五子棋，玩笑着叫"师父"，后来叫得顺溜了，就一直叫下来。现在他们都已经搬离了那时住的房子，白晓和师父却一直保持着或多或少的联系。

师父大学毕业之后带着女朋友去云南大理开了一家小客栈，没想到经营得很好，到今年已经第七个年头了。

之前师父在空间里发七周年店庆的升级版装修，说欢迎各位远方的亲朋好友光临寒舍，必定包吃包住倾囊款待，等等。白晓在决定离开 N 市的那一刻就想到了他，于是立马给他打电话，说自己想闭关写书，想去他那里蹭吃蹭喝，师父非常爽快地就说好，想待多久待多久，绝对地包吃包住。

没错，师父说的的确是包吃包住，而且吃住环境都还可以，但是百晓没有想到的是，有了两包，一般都还有第三包，三包服务才是店家服务顾客的基本准则，可这第三包是白晓需要对师父尽的责任，就是替他们带孩子。

师父姓龙，单名一个安字，他家客栈的名字就直接用的他名字，龙安客栈。师父多年来都是很满意这个名字的，用他自吹自擂忽悠幼齿级别的白晓的话来说，就是，首先，作为中华民族龙的传人，龙这个姓最具有代表性；其次，这个姓的人数不多，在当前中国姓名排行中排名第八十五位，只占据0.23％的人口，所谓物以稀为贵，精英都是少数派；再次，龙这个字的霸气让安这个字的平和给平衡了一下，显得他脾气好，为人没有那么遗世独立难以接近；最后，也是最重要的一点，比画少，开学时候发的新书，他能很快地就把名字全部写上去，等他写完的时候，白晓通常只写了三分之一，但是他总忽略是因为白晓比他小几岁，刚上小学一二年级，字都没认全，写字速度还很慢。白晓年纪小的时候总是给唬得一愣一愣的，这位师父在她心中简直就是偶像大神啊，但是年纪渐长，在学校里面也认识了更多的朋友之后，师父的地位就一天不如一天了。而自从他娶了李臻姐姐之后，再也不敢显摆地说自己的姓多精英了。

师父这种性格居然没有怎么遗传给他儿子——现年 5 岁半的龙浩也小朋

友，龙浩也是出了名的高冷，在三年前也就是刚两岁半的时候就表现出不喜欢自己的名字，别人叫他龙浩也龙浩也的时候，他会撇撇嘴纠正他说："我是龙少爷。"听到那么个光屁股的小屁孩一本正经地让人叫他龙少爷，而且也确实名副其实，相当合适，都会觉得有趣，后来客栈里从厨师到服务员甚至到来这里住了一两天的旅客都会叫他"龙少爷"。等他再大了一点，到了进幼儿园开始学简单的字，终于明白龙浩也的发音到底和龙少爷有什么区别了，又说出了新的担忧："如果幼儿园的妹妹问我为什么他们喊我龙少爷，但是我的名字写的是龙浩也，怎么办？"师父对这个担忧表示他多虑了，以"人家妹妹没你认的字多，不用担心"来开导之。

　　高冷的孩子大多聪明伶俐，如果是在其他地方遇见了，白晓是不免要去捏捏他的脸摸摸他的手来调戏一下，但是在龙少爷面前，只能是奶妈子一样唯唯诺诺的，因为他的功力实在是很深厚，弄得白晓常常不能全身而退。比如刚开始白晓不愿意叫他龙少爷，觉得长此以往下去容易滋长他的脾气，养成娇惯的脾性，所以就叫他"小也"，龙少爷每次听到都觉得是挑战了自己的"权威"，开始每次都会纠正她，后来见没什么作用就采取不理睬的对策，一叫小也就当作听不见，只有叫龙少爷才勉强笑笑凑过来摸摸白晓的脑袋。何其高冷！小小年纪居然高冷如斯，长大之后还不知道要祸害多少纯情少女呢！当白晓跟师父委婉表达这个担忧的时候，师父说："是啊，怎么办好呢？他爹我就曾经伤害了多少清纯姑娘的心啊。"白晓翻了个白眼就放弃了继续这个话题。

　　有回龙少爷在幼儿园犯了事，被喊家长，师父师娘让白晓去，无奈，吃人嘴短拿人手软，白晓在这儿包吃包住的生活确实不能多有抱怨，所以就以孩子姑姑的身份去了。

　　幼儿园里一问，才知道这孩子犯了什么惊呆全园小伙伴的大事——说他下午不安分睡午觉，带领全班小朋友一起跳江南 Style……

　　在老师那儿挨了批评，承诺回家一定会好好教导这熊孩子，哦不，这龙少爷之后，领着他回家去。

　　他蹦蹦跳跳，精神头十足的，一点也没有被喊了家长之后的自责，白晓问："少爷啊，你说你们云南人不应该跳跳孔雀舞什么的吗？怎么跳骑马舞啊？"

"因为我不会跳孔雀舞呀，又不是所有云南人都要会跳这个舞。"龙少爷一副"你很笨"的表情。

好吧，又被少爷小瞧，算了，已经习惯成自然，白晓又问："那骑马舞谁教你的？"

"爸爸教我的，我小时候和爸爸常常玩骑马，他说不想再当马，还说我长大了，可以一个人玩骑马了，就教我一个人也可以骑马的游戏啦。"

看着这个小屁孩嫩得能掐出水来的萌脸正经地说"我小时候"，白晓实在是有点受不了，而且这事儿的诱因居然是师父嫌给儿子当马骑太累就换着法儿地哄孩子。回到客栈，把幼儿园的事悉数汇报给师父师娘，包括师父教少爷骑马舞那段，师娘朝师父翻了个轻飘飘的白眼，拉着龙少爷去上思想教育课了，师父苦逼样的脸上朝白晓投过来两行视线，发射电波"为什么不帮我瞒一下，为什么不帮我瞒一下，为什么不帮我瞒一下"，白晓自当是电波接收器失灵坏了，全当没理解那眼波的意思。

龙少爷这么高冷这么皮，还有师父这个不靠谱的爹，但大体上也还三观端正思想积极向上，师娘李臻是功不可没的。

白晓偶尔能瞧见龙少爷和师父一起面壁思过的场景。有一回，少爷又在幼儿园里面以"植物被吃了会很痛所以我们应该吃肉"的理由不肯好好吃饭，还带领一群小朋友罢餐，从这天生的领导力上看，少爷将来还不知道会忽悠多少年少无知的孩子陪他一起犯二啊。这个理念当然是师父传给他的，因为师父是肉食动物，无肉不欢，所以在少爷问他为什么不肯吃青椒的时候，师父就给了上面那个解释，还为用了拟人的修辞让孩子容易理解了而自我感觉良好，沾沾自喜了。幼儿园罢餐事件之后，师娘李臻一个个地给他们俩上思想政治课，少爷先上完了，墙角面壁去了，等师父也上完了课去并排面壁时，少爷问："爸爸你为什么不吃青椒？"师父说："因为爸爸得了一种叫'吃青椒会死'的病。"

少爷说："可是妈妈不是这样告诉我的。"师父问："你妈怎么说?"少爷说："妈妈说因为你上辈子爱上了一根青椒，但是她没有嫁给你，你很伤心，所以不想看见她们更不想吃她们。我觉得妈妈说得有道理。"师父："……"少爷又说："可是爸爸，你是怎么记得上辈子的事情的? 我就一件也记不得了。我小时候的事情，也有很多记不得了。"师父："……"

果然一间客栈就该有一位能 hold 住一切特别是 hold 住她儿子的风情万种又知书达理的老板娘啊。

在云南的生活除了陪龙少爷玩，其他时候都很清闲，有时候白晓也会一个人出去转，一个人去洱海一个人去大理古城一个人去爬苍山一个人去看蝴蝶泉……大理走遍了就背个包装几件简单的行李去周边的城市转一转，很多没有被开发成旅游景点的云南乡村，拥有多元的少数民族文化环境，更加贴近当地的民俗现状。白晓看到很多新奇的民族文化，也接触到很多有个性化特色的事物，自觉大大丰富了写作素材。

白晓辞职离家来师父这儿的真相，很久都没让师父知道，所以师父他们一直只看到白天生龙活虎神采奕奕的白晓，当夜晚来临，白晓一个人待在房间里，孤单和思念的情绪开始泛滥蔓延，渐渐将她淹没，会想起杜月河，如果他们俩之间没有出事的话，现在她应该已经嫁给他做了杜太太，订婚之后同居在一起，两人一同生活的感觉真的很好，知道家里有一个人在等自己。一想到这些白晓就止不住地流泪。

这是一段白天嘻嘻哈哈精神饱满、夜晚以泪洗面的日子，让白晓还担心了好长一段时间可能会得人格分裂。

第四十章

一 年 之 后

　　不知不觉，在师父这儿混吃混喝的生活已经过去了一年，连小屁孩龙少爷也长了个头飙了体重，下半年也要迈进九年义务教育这条长河的发源地——小学一年级了。

　　白晓会定期给爸妈打电话，让他们知道自己在外面安全健康，也会定期联系一下陈蜀笑，从他们那儿，白晓一直能知道一点关于杜月河的消息，知道他离开了 RT 中国，与朋友一起合开了家公司，知道他会常常去看白晓的父母，知道他一直不肯搬离和白晓一起的家。

　　一年的光景，我们一生中有很多个一年，青春年华里最美好的一年却只有几个，这一年，在云南的秀美河山与宁静的生活里，白晓的心早已平复下来，但她也知道，自己一直没能忘记杜月河。

　　最后促成白晓决定找杜月河谈一谈的，是来自戴墨菲的一封电子邮件。

白晓：

　　你好。给你写这封邮件是因为很有必要，而且也必须是由我来解释清楚。

我和 William 在大学相识相恋，那时我对他并不好，因为我苛求精神高度契合的爱情，他虽然非常优秀，我却觉得没有达到我要求的精神契合，现在回想起来，自己太不成熟、太幼稚，所以错过了他的爱。等我回头才发现自己的真心。

我回国来就是为了挽回，天真地以为我坚持下去就会有结果，甚至那时不惜欺骗你，让你误会了 William，不过我始终是天真不成熟的，他已经离开，现在爱的人是你。

你走后，我和他深谈过一次，后来我决定放过他也放过自己，离开 RT 去了英国。最近得知你还没有原谅他，而他一直在等你回去，所以我有必要出面澄清一些事，William 从来没有对不起你过，是我欺骗误导了你，希望你能原谅我，并且给 William 一个机会，也给你自己一个机会。

戴墨菲

收到戴墨菲的邮件，白晓确实感到比较意外，但也觉得在情理之中，白晓知道戴墨菲离开了，而杜月河的种种表现也表明他是在等她回去，自己离家出来这么久，就算说她是任性也没关系，她当时迫切需要逃离那个状态，跳出圈子之后想了很多，有时候也怀疑是不是误会，戴墨菲的邮件让事情的真相浮出水面，而她和杜月河，也是时候谈一谈了。

白晓心中铭记着从前杜月河给他的名片上手写的号码，鼓起勇气拨通过去，电话嘟嘟三声就接了。

"您好？"传过来一个陌生的女声。

难道是换了号码吗？"你好，请问这个号码的主人是不是叫杜月河啊？"

"噢对，您好，我是杜总的秘书，他正在开会，请问小姐您是？"

"那算了，我之后再打给他吧。"

"好的。"秘书正准备挂掉电话的时候看到会议室走出来的杜月河，忙对着电话急急道，"小姐您等一下，杜总他来了。"然后又急忙把手机递给杜月河，轻声说，"有位小姐找您。"

"喂，我是杜月河。请问您是?"本来白晓已经记不清他的声音了，没想到在听到的这一刻全都想起来，还是一样地熟悉。

"我是晓晓。"鼓起勇气的白晓控制着想要落泪的心情，说道。

"……"杜月河沉默了一下，白晓不知道是怎么回事，正想开口继续说点什么的时候，杜月河冷漠道，"你老板又不安分了是吧?"

"啊?"白晓不明所以。

"去告诉他，再敢耍我玩，我就不会顾及发小情分了。"说完啪地挂了电话。

满脑子问号的白晓莫名其妙极了，这、这、这是什么情况啊?! 陈蜀笑不是说杜月河等她等得发狂了吗? 她爸妈也言语之间暗示过月河这孩子不错赶紧原谅他回来吧! 戴墨菲不也说他爱的人是白晓吗? 这怎么刚开口自报一下家门就被挂了电话啊?! 敢情他杜月河不会是做了那么多工作就是为了能在白晓稍微回心转意的那一刻特别拽、特别酷地一把推开，说自己其实很有市场早已不想在一棵树上吊死，你已经是过去式了从而惩罚一下白晓?!

气死了啊。

连忙又拨过去这个电话，没响两声就被那边挂断了。什么?! 到底什么情况?! 连续拨了三个电话，到最后一个的时候，终于打通了。

"喂，小姐您好。"是刚才那个秘书。

"杜月河呢? 他怎么不接电话!"

"杜总在忙，您还有什么事吗?"

"让他接电话!"

"这，您要是没重要的事我就挂了。"秘书忽然加重了语气，让白晓感觉杜月河就在旁边指示她怎么做。

"杜月河他就在你旁边对不对? 你替我告诉他我白晓仅仅透过这根电话线就可以看到他贼眉鼠眼的小眼神!!"说完也啪地挂了。真是生气，自己都低下头颅给他找台阶下了，还这么清高孤傲实在是过分，高冷，高冷个毛线啊。

在云南选择不用手机，清静，以前的那个现在只充当闹钟的作用，打电话回家只用客栈的固话，给杜月河拨的几个电话也是用的客栈固话，并且在吃了闭门羹之后嘱咐师父师娘还有值班的前台接待，不管谁打来找白晓，都说没有这号人。

秘书腼腆地笑笑把白晓的话转达给杜月河之后，杜月河惊觉，这好像真的符合白晓的思维结构，而白术为了捉弄他而请的那些群众演员冒充"白晓"给他打电话的，要么是败露了就黏人地调戏他一番，要么就不再打电话来了，并且自从白术被他严重警告过之后，也收敛了很长一段时间，今天这个，说不定真的是白晓，越想越觉得那是晓晓的声音和语气啊，怎么办？都是白术惹的祸啊！

"我找白晓。"

"我们这儿没有这个人你不要再打电话来了啊啊啊啊啊啊！！！！！！！！"师父在接到第十一个找白晓的电话之后终于爆发了。

但是师父立马又接到了第十二个电话。因为是客栈电话，需要接听房间咨询还有订房之类的事，所以师娘不让师父把电话线拔了，而又不能让这电话一直打一直打，不仅占线还会扰民。于是师父几个箭步就冲到二楼白晓的房间，不由分说地把正在独自生着闷气的白晓拉到前台，拿起一直在响的电话就塞到白晓手上，然后也是气呼呼地盯着白晓看。

白晓抱歉地笑了笑，做出一个求饶的动作，指了指电话然后就放到了耳边，这才见师父的脸色和缓一点地离开了。

"我是白晓。"

那边接起电话之后没有声音，杜月河喊了好几句喂喂喂之后也没有响应，正以为是线路出了什么状况准备挂断了重拨时，就听到了白晓的声音。

"啊！真的是你！"

"不，假的是我。"白晓想想刚刚自己被那么挂电话就很不爽，什么时候自报家门都不被相信了。

"对不起晓晓！我、我、我以为你也是白、白、白、白术花钱请的人来冒、冒充你的，所以我才没有认出来！你、你别生气！"杜月河竟然紧张加上急迫地说话结巴起来。

白晓看他这样都快要语无伦次地结巴了，差点笑出来，曾几何时，杜月河口齿伶俐极了，脑子转得也很快，什么时候这么狼狈过啊，不过白晓还是得撑着，这么笑出来就破功了。

"能不能好好说话。"

"我是太紧张了，你终于给我打电话了，我太高兴了，但是刚刚又没有认出你来，我又担心你会生我气。"杜月河忙解释说。

"生得气太多了，也不差这一个。"白晓故意加重语气说道。

"晓晓，你还在生我的气吗？"杜月河确认这个电话就是白晓打的时，一方面痛恨自己居然直截了当地数落了她，没给半分情面地就挂了，但是还是抱着她已经原谅了自己的心理的。

"你说呢？"白晓抛过去一个以不变应万变的回答。

"我——"杜月河语塞，不知道该怎么说，白晓是想听自己回答"有"还是"没有"呢？好像不管他说什么，都不是一个好的答案，"……"

知道他此刻肯定心中不好受极了，不知说什么的好，白晓又加重语气道："怎么不说话了？"

"晓晓……你原谅我吧。"带着点撒娇的哭腔，杜月河试了试这一套，也许晓晓根本就不是要他的回答，而是在看自己的态度。

"你以为你假装要哭了我就会同情你了吗？"白晓冷冷道。

"晓晓，你原谅我吧。"杜月河恢复了从前处变不惊的声音，沉着冷静的样子。

白晓听着这没有过多起伏的语气，没有之前的激动紧张，也没有不正经的哭腔，这才是杜月河原本的声音，白晓恍惚想起来从前他和自己表白还有求婚的时候，也是这样让人安心又非常有诱惑力的，忽然眼睛就有点热。脑子里想着要说出"好"的时候，白晓嘴巴上说出的却是："我们见面好好谈一次。"

"好！你在哪里？我马上就去找你！"瞬间，杜月河又激动地问出来，完全失掉了前一句话里面的那种魅力。

不过白晓本来是准备回 N 市再谈一谈的，她出来有一年了，其间过年都没有回家陪父母，有时候想想还是很愧疚的，但是听到杜月河说要来这里见她，觉得还是让他付出点成本，长长记性的好，不然以后要是他们再闹矛盾，也让杜月河知道她不是随随便便就可以对付的苦情女子。

"我在大理古城区的龙安客栈。"

"龙安客栈是吧，好，你在这里等我，我马上就飞过去见你！"太好了，晓晓既然愿意见自己，说明所有的事情都有转机，他会好好把从前的事情都说清楚的，只要晓晓愿意原谅自己，他们的一切都可以重新开始。

"那好，就这样，我挂电话了，拜拜。"

"等一下，我可以问你一个问题吗？"杜月河小心翼翼地问。

"你刚刚已经问了一个。"白晓提醒道，难道杜月河的智商有所降低？要是这样就不好办了，她一定不喜欢智商捉鸡去了的杜月河。

"你……有没有想过我啊？我每天都在想你。"杜月河期盼地问，也说出自己的感觉。

白晓感到自己脸红了的时候身体已经先一步做出反应挂了电话，摸着自己微烫的脸，觉得自己一定是因为太久没有听到情话了，对，没错，一定是这样，肯定是这样，只可能是这样！

嗯，就等着他来接自己回去。

"哟。"

白晓一抬头看到师父正抱着手臂靠在门框上看着自己，一副一眼把她望到底不得不来调侃一番的表情。

"师父！你怎么可以偷听我的电话?！太没有节操了！"想到刚刚所有的说话内容都被师父听到了，脸变得更红了，当然也非常气愤。

"你也太小看为师的脸皮了，还有啊，节操这个东西我很多年前论斤卖掉了。"师父不以为然地说，"啧啧啧，真是一场不错的戏啊。"

"我要去向师娘告状，说你又不以身作则，偷听我打电话，没能给少爷做榜样。"白晓威胁。

"我哪有偷听！明明就是正大光明地听的好不好，我这是让宝贝知道，做人就要光明正大不能偷偷摸摸，多正面啊。"师父胡说八道起来和白晓理论。

"哼，说不过你，我不跟你说话了。"白晓自知理论不过，也不想自找麻烦，绕过去不管。

"不逗你玩了。晓晓，你准备和他重新开始了是吗？"师父严肃起来。晓晓一开始来的时候，只说是旅游写书，而且白晓真的有写书，他也就没多想，但是很多时候，他发现晓晓会有很落寞的表情，虽然很快就给掩饰掉，后来晓晓在这里越待越久，他也感到奇怪起来，还让老婆试着刺探刺探，晓晓渐渐也跟他坦白了实际情况。知道晓晓因为一个男人而跑到这里来散心，一年是挺长一段时间，他也开始担心晓晓到底什么时候才能走出去。

"再看吧。"白晓给了个不甚明确的回答。

"虽然不知道具体是什么样的人，但他能在你毫无音讯的情况下乖乖地等你一年，作为一个男人，还是挺不容易的，你好好考虑一下，反正你还爱他是我们分分钟就看出来的，想捡起这段缘分呢，就好好谈谈，要是不想跟他回去，师父师娘这儿继续包吃包住还是没什么负担的。"

师父总算说了一段人话，白晓听得眼睛有点湿，这一年的时间都和师父师娘还有龙少爷住在一起，早就像家人一样了，虽然很想家，但一想到若真的离开这里，也会很不舍吧，而且师父说得这么有情有义的，怎么忽然就看着那么帅、那么有魅力呢，走上去拥抱了一下师父，有点哽咽道："师父，你真好。"

"嗯，我也知道自己很好，但是还是建议你赶快滚蛋啊，要是算算你一年的大米钱我也有点心疼呢。"师父说道。

"……"刚刚谁说他看着有魅力的了？!

第四十一章

重 拾 前 缘

　　杜月河激动得不能自已，不过在慌忙离开公司时没有忘记嘱咐秘书立马给他订一张去大理的机票。

　　开着"牛牛"飞奔回家，匆忙地收拾些简单的衣物就拎着行李箱往楼下跑，太开心了，山重水复疑无路，拨开云雾见青天的开心，晓晓终于要回来啦！

　　"啊——"过分激动的杜月河迈空步子，就这么从楼梯上摔了下来……

　　直到最后被医生勒令住院，大腿上打上了石膏，杜月河一直在后悔打电话给白术来接自己，因为自从听到杜月河掉下楼梯开始，白术就一直止不住地哈哈大笑，听到说骨折了，继续哈哈大笑，听到说是要去云南见白晓现在很着急，继续哈哈大笑，听到医生说是大腿骨骨折，必须要住院，更是笑得岔过气去了！这混蛋现在就坐在病床边上，靠近自己受伤的那条腿，让他没办法一脚踢上去。

　　直到陈蜀笑还有杜妈妈赶来的时候，杜月河已经把手边能够得着的东西都扔去砸白术一遍了，她们进病房时，看到白术抱着一堆东西坐在离床最远的那个角落，正在用《喜羊羊与灰太狼》的曲调唱"小杜杜、小月月、小河河，谁叫你轻易就骨折，给我平添多大的欢乐，啦啦啦啦啦啦啦……阿姨好，笑笑你也来啦。"

"妈，你别笑我了。"杜月河转移怒瞪着白术的视线，看到杜妈妈也掩着嘴偷偷笑的样子，觉得自己妈妈也笑话自己而此刻他心里可着急了还无处排遣去，备感桑心。

"白术通知我我才知道，这么大的人了，居然下个楼梯都能摔骨折，我和你爸爸真是自愧不如。"白妈妈把包放下，坐到窗边，仔细审视着被打上石膏变成大象腿的伤腿。

"妈，我到底是不是你和爸亲生的啊。"杜月河苦笑。

陈蜀笑看到杜月河也嘻嘻笑着，跑到墙角去找白术，把他手里抱着的东西一样一样拿出来放旁边，弹了一下他的额头，送他两个字"傻帽"，然后搬了个凳子坐到了床边去。

"听说你是着急去见晓晓才摔了的？"陈蜀笑问。

"小姨子……"杜月河可怜兮兮地说，"你肯定知道晓晓在大理，为什么一直不让我知道？"

陈蜀笑吐吐舌头，说道："晓晓大人不让，我又没有九条命，哪敢不听圣命啊。不过我可是颇有心机地给她传递你的事，没少给你说好话。"

"嗯，我知道你也有难处，还要叩谢小姨子的大恩大德。"杜月河知道陈蜀笑是希望他和白晓能和好的，不然白术和她也有点不好做，所以她肯定是出了不少力。只不过，他不知道的是，白术能大着胆子好几次都找人冒充白晓，完全是陈蜀笑的主意，她一方面希望能让他们和好，另一方面也要教训一下杜月河，为白晓出气的同时也让他以后长长记性。杜月河继续懊恼着："不过现在该怎么办？晓晓还在等我去见她呢。"

"你就等等呗，晓晓出去这一年的日子过得可滋润了，云南多好啊，大理多好啊，人家紫薇小燕子私奔浪迹天涯都想去的地方呢，景一美，人过得就舒坦，你就让晓晓在那儿再待三月五月的，不也挺好嘛。"陈蜀笑一番打趣，说得杜妈妈一旁都听着笑。

"小姨子你快别挖苦我啦，不行不行，我要出院，我要马上飞到大理去！"杜月河一刻也不能再等了，晓晓要是又走了他还能去哪里找？

"月河！你别闹了，不会让你这么任性的，妈妈我这点上还是能管你的。"杜妈妈发话了。

"妈……你让我去吧，你就让我去吧。"撑起上半身，拉着妈妈的衣袖摇啊摇的，杜月河撒起娇来，心里想着如果还是不同意，等他们走了就让秘书悄悄安排。

"撒娇也没用。"杜妈妈虽然一直很好说话，但是铁面起来是完全无私的。

杜月河见说服不了妈妈，就打算之后走第二步棋。

杜妈妈嘱咐了儿子要注意什么一二三，感谢白术什么一二三，对晓晓这事该怎么一二三……终于一二三完了之后，无比机智地把杜月河的手机没收走了，断送了他还要被抬上飞机的计划。

"妈！我还要给晓晓打电话啊！！"杜月河企图以此能挽回手机。

没想到陈蜀笑自告奋勇地拍胸脯说："这个光荣而艰巨的任务就交给我了，我一定会把你的实际情况如实转告给晓晓的，你才要去找她就贸贸然说骨折去不了，晓晓那想太多的毛病说不准就以为你是不重视她不想去了说来骗她的呢，所以啊，这事由我来说比较保险。"

"我还要电话遥控处理公司的事情！！"杜月河又搬出工作。

杜妈妈说："工作的事情我已经给你秘书打过电话都安排好了，几天不工作而已，妈还是养得起你的。就这样，妈先回去啦。"

杜月河又看向白术求助。

白术耸耸肩，指指杜妈妈，又指指陈蜀笑，再指指自己。

由此，杜月河除了躺在医院乖乖养病，什么都做不了。

当然啦，陈蜀笑的自告奋勇是有自己的计划的。

陈蜀笑打来电话，说杜月河大腿粉碎性骨折，肋骨也断了一根，胳膊脱臼软组织挫伤，还有轻微脑震荡 blabla……反正此刻躺在医院病床上动弹不得，陈蜀笑一边说一边不住地惋惜，说这么一个美貌钻石男就要残废了，真是天妒红颜还不够，还要天妒蓝颜，白晓听得心里一阵寒过一阵，这怎么几个小时之前还好好的，一下子就变成了这副模样？难不成自己是杜月河的灾星吗？不过是打了个电话给他就诱发了这么多不幸。

这个白痴。白晓心里怒骂。是不是白晓没在的这一年里，杜月河这家伙的智商已经降到比白术还不如的水平啦？下个楼梯也会骨折！

不过骂过他之后，也挺担心他的伤势，万一要是骨头没长好，以后出现个高低腿或者残疾成了瘸子怎么办？帅气逼人的商界新秀高富帅杜月河着一身得体合身的西装坐在观众席前排，微微一笑，唉哟真是好帅啊引得众花痴女浮想联翩，忽然他听到自己的获奖头衔，站起来上台领奖，却是一拐、一拐、一拐的……想想就很幻灭。

赶紧收拾完自己的行装，跟师父师娘还有龙少爷道别，乘坐最近一次航班赶回了 N 市。

知道白晓要走了，龙少爷就感觉有那么一点不开心，虽然白晓常说他高冷，但是也还毕竟是个孩子，相处了一年的人马上要离开了，终归是不舍的，所以和龙少爷再见的时候，他就不是很配合，扭扭捏捏的样子，白晓本想给他一个拥抱，没想到他霸气地推开了白晓，然后说："不用了晓晓姑姑，回去告诉那个欺负你的男人，要是再敢欺负你你就回来找我，放心吧，我爸爸不是好惹的，我们家'白滚滚'也不是好惹的。"前半句说得白晓就要热泪盈眶了，倒数第二句直接让白晓面对了现实没有那么丰满的，最后一句为师父伤心，白滚滚是他家养的小白狗，因为太胖了，有时候用食物引它站起来，就会因为太胖了而向后翻过去，滚滚的一只白球。师父在心中和白滚滚是一个级别的，白晓很为师父担忧。不过白晓也有点奇怪，是谁告诉少爷有个男人欺负她的。

本想下了飞机就赶去杜月河住院的医院，但是挣扎一番，觉得就这么特地赶回来去看他，是不是也太没骨气了。回来之前已经告诉爸妈自己马上要回来，所以爸爸开车来接她，在机场看到爸爸的那一刻，决定还是先回家再说。

　　一年未见的爸妈看到她回来非常惊喜，妈妈在家里准备了丰盛的饭菜，都是白晓一直爱吃的，白晓只有大学的时候离家时间比较长，但每年的寒暑假还有长假短假都会回家，一年也能有不少时间能在一起，这回离开，是白晓离开父母最长的一段时间。

　　"晓晓，你这次回来是待几天就离开，还是决定不走啦？"吃完饭，白妈妈略显紧张地问。

　　白晓看着妈妈非常在意的表情，忽然觉得自己离开太久，只顾着自己逃离，忽视了父母的处境，他们只有自己一个女儿，如今都已年过半百，女儿还这么不懂事，就觉得很是愧疚。

　　揉揉眼睛，白晓略带哽咽地回答："我不走了，哪里也不去了，就在家里陪您。"

　　久别的母女拥抱在一起。

　　白晓回来了，陈蜀笑自然第一时间就得到消息，立马就把她约了出来。

　　"哎哟，好久不见啊奔逃的大美女。"白晓刚坐下，陈蜀笑就揶揄起她来。

　　白晓下意识地就朝她翻了个白眼，这么久没有面对陈蜀笑，居然还能翻出令人熟悉的白眼，也纯属难得了。

　　"好像不大待见我诶。"陈蜀笑继续，"那我也没有必要跟你透露杜先生的情况了吧。"搬出杜月河来，不怕白晓不就范。

　　"诶，别啊。"果然，白晓着急来见她就是为了杜月河的事，态度一转道，"女侠您高抬贵手，赶紧给我说说吧。"

　　"伤势什么的，我之前在电话里面已经描述得很清楚了，这个杜先生哦，被石膏裹得跟个白粽子似的，只有脑袋脖子还有一只手一只脚能动，还不能幅度大了，容易扯着伤，我这么铁石心肠地看着都觉得可怜哦，也不知道会不会留下什么后遗症呢。"陈蜀笑满嘴跑火车，故意往严重里说。

　　"那岂不是很痛……"

"骨折诶，当然痛啦。不过他以前伤害你，就算是他活该好了。"陈蜀笑不以为然地说。

白晓知道陈蜀笑是站在自己这边的，但是也不能因为那样就说杜月河活该啊，好歹他也是……至少曾是白晓的未婚夫啊，再退一万步说，至少也是白术的好友啊，再再退一万万步说，白术还是杜月河牵线搭桥送到陈蜀笑手里的啊。白晓诺诺开口："他都受那么严重的伤了，你好歹口下留情一点啊。"

"怎么？心疼啦？"

"……"确实心疼了。

"诶？你居然都没有反驳我一下，真的心疼了哇！"陈蜀笑像看穿了她一样感到得瑟，又问，"心疼了你怎么不去医院看他去啊？就听我在这儿说他怎么样了怎么样了，有意思吗？"

"我吧，就这么贸然去了，是不是有点不好啊？"白晓说出心中的担忧。

"哪里不好？难不成你还担心失了面子？可别出演大龄女婚前离家出走，听闻未婚夫重伤不治性命堪忧却因放不下面子而错失最后一面的悔恨故事啊。"陈蜀笑说完，想了想，好像觉得也不太适合做新闻标题，是不是太长了一点？

"你别说得他跟马上就要死了似的……"白晓略无语，但是也有一点心有余悸地觉得不吉利，人伤了在医院躺着，怎么都感觉有点不好的。

"晓晓，他伤得真的蛮重的，人说'伤筋动骨一百天'，他几处骨折还有粉碎性的，长好了也要修养很久，你想啊，他一直都是人中龙凤诶，万一出现什么情况，吧嗒，骨头长歪了，腿歪了，人残了，对他们那种天之骄子而言，身体伤害完全比不上心理伤害，这个时候，很容易产生忧郁症之类的精神科疾病，而且我听说他是因为急着去见你才会摔的，这个事情你是直接的始作俑者是不是？所以，你应该要肩负起去照顾他的重任！"陈蜀笑说了一大通，最后直接把杜月河受伤的原因归咎到白晓身上，白晓彼时也是担心杜月河而顿时拉低了整条街的智商，居然给陈蜀笑这番言辞说得愧疚起来。

"可是……他出事之后都不给我打个电话，去不了云南也不让我知道一下，如果不是你说了我到现在还在大理什么情况都不知道呢。"白晓还是觉得这一点有点不能忍。

真麻烦，要解释胡编这么多，陈蜀笑现在有点后悔没有直接说杜月河昏迷不醒可能就此去了。"他是在自责，都说了要去见你，但是去不了了，觉得失约了无颜面对，而且他此刻的情绪也不稳定啊。"陈蜀笑继续胡编。

"那我现在就去医院看他？"白晓问。

"对！"终于搞定了。

陈蜀笑驱车载着白晓飞奔到医院。

白晓刚下车，陈蜀笑就拿出一个袋子，不知道装了什么东西，开口处还特地封起来了，"你要是还觉得不好意思，就换件衣服再去见他。就这样，我就先走了。拜拜……"白晓还没反应过来，陈蜀笑就又发动车子，十五秒之后就不见了踪影，留下白晓一人拿着个不知道装了什么衣服的袋子孤独地站在那里。

当白晓在医院前台问出杜月河住的病房，然后去女洗手间看看到底是什么衣服，打开来就惊呆了，居然是护士服！而且和这家医院的护士一样的护士服！上面居然还有医院名字！这不会是在哪里偷的吧……不知道说陈蜀笑什么好了，这怎么能穿呢?！果断弃啊！

彼时，白晓站在杜月河的单人病房外面，看着门上贴的患者名上"杜月河"三个字，三分钟之内都在仔细地研究哪一笔写得不好看，然后迟迟不敢进去，而她此刻身上就穿着陈蜀笑给她准备的护士服……因为十分钟之前站在门口的时候实在是没有勇气就那么走进去。不过，换了一身之后也没有增加一点勇气，还是站在这里踌躇。忽然，白晓想起了什么，跑到医院药店买了一次性口罩。第三次站到这个门口的时候，终于鼓起了所有的勇气，抬起手准备敲门进去！手那么抬着一会儿，又泄气了……白晓简直是恨死自己的胆小怕事优柔寡断了，懊恼地低着头抵在门上，路过的人都奇怪地看着这个扭捏了半天的小护士到底在干什么啊，发现这一点的白晓更加懊恼了，懊恼中下意识地轻轻撞了几下门。

"有谁在吗?"杜月河之前就感觉门口有动静,但是好像一会儿有一会儿又没有,直到听到有人敲门的声音才确定有人,不过还是不见人开门进来,所以出声问了一下。

哎呀,不好,自己刚刚做了什么傻事啊?!真是太愚蠢了!要不要直接逃走算了?不行不行,都到这里了,而且她穿成这样,又戴着口罩,杜月河他成精了才能看出来。于是脑子一空,手已经开门进去了。

杜月河看到进来的是护士,好像不是他见过的几个,不过自从他向护士借手机被拒绝之后,就没有再特别注意过她们,他看了两眼白晓,也没觉得奇怪,仰头一趟继续盯着天花板。

白晓特别在意他的伤势,虽然知道陈蜀笑的性格是会夸大一点的,但是那么严重的伤势就算给打个折也不容小觑的杀伤力,而且陈蜀笑有的地方说得也还是有点道理的,比如精神伤害可能会打过肉体伤痛什么的。

杜月河盖着被子,无所事事地盯着天花板看,病房里面有电视机,床头也有几本书,他都没有在看,也没有人陪他,感觉他一个人孤零零的,非常落寞孤独的样子,白晓看着这个场景,心里被刺痛了。

"伤现在怎么样了?"白晓故意压低一点声调,好让杜月河听不出来是自己。

听到护士问自己问题,杜月河依旧一动不动地开口说:"还没长好。"这是杜月河自嘲的话,才打上石膏,还不知道要多少天才能好,本来他这个点应该已经见到白晓了。

"我检查一下。"白晓听他口气里有点自暴自弃的意思,不等他再说什么就掀开了被子。白晓检查了一下杜月河的手臂,没看到什么伤口,也没有包扎,掀开他的衣服查看腹部胸部,说肋骨骨折,但是没有什么伤口,也没有戴上胸带之类的固定装置,又去检查他明显不自然的腿部,果然一只腿打上了厚厚的石膏,但是另一只腿没有受伤。陈蜀笑果然不是一般的夸张功力,眼睛自带显微镜放大功能的吧。

杜月河看着这位一言不发就掀他衣服的小护士,给弄得目瞪口呆也忘记了抵抗一下，不过护士来检查伤情掀个衣服应该也说得过去吧，只是，他的伤口只是在大腿上，胸腹部又没有……

看到杜月河没有本来以为的那么严重，白晓心中暗舒一口气，不过看他一个人落寂的样子，又看看他的伤腿，颇心疼。"还痛不痛？"白晓尽量让自己的语气没有显得很关心，但是又要达到一名护士了解病人病况的程度。

"痛啊。"杜月河答，想这是什么问题，骨折了能不痛？

"……"白晓也意识到自己问了个白痴问题，随即说："注意休息。"就溜了。

"诶？你……"就这么就走了？好奇怪的小护士……

一连一个多星期，白晓都会去医院假扮一下小护士，为了不被抓到当成骗子，她还特地跟护士长报备了一下，说病床上的是自己的未婚夫，他们吵架了，不便直接来看他，但是心里又担心，所以希望通融一下并且不要让他知道，护士长是位40多岁的中年女人，本来白晓还担心这个年纪的女人不容易说话，很难通融，没想到一听白晓说了事情的原委，就眼泪汪汪的，说她的感情真是羞涩得深情，吵架了还不忘来偷偷付出，她非常感动，所以白晓就被默认为"合法"的小护士了，如果护士长知道白晓说的吵架是一年前吵的架的话，会不会立马收回成命？

白晓在家煲大骨汤、做清淡又可口的饭菜，每天去医院了就换到医院的餐盒里面去，冒充医院统一的病号餐，反正杜月河一个人一间病房，也不知道真假。

白晓很奇怪，为什么都没有人来陪陪杜月河，一般的朋友同事见不到就算了，白术也不来，周言也不来，杜爸爸杜妈妈也不来，难道她不在的这一年里，杜月河和他们都决裂了吗？白晓去看杜月河时，他有的时候在睡觉，有的时候在看书，有的时候会跟白晓有两句不痛不痒的交流。白晓呢，假装整理一下被子，假装收拾一下桌子，假装检查检查这儿检查检查那儿，每次不会待多久，一天里面寻着机会进去两三次，然后还要回家做饭，离开医院之前还会去问一下护士长杜月河的治疗进度，一天就围绕着杜月河转。

杜月河一开始没有在意她，连着几天送饭的人都是这个小护士，基本不说什么话，后来也不给他检查伤势了，有次他睡觉醒了，居然看到她就坐在床边盯着自己看，然后立马就跑掉了，真奇怪，难道她是看上了自己？他还有白晓要去接回来呢，不能耽误人小护士的感情啊，还是早点说清楚的好啊。他最感到奇怪的就是，怎么医院的伙食一天比一天好了？而且还挺符合他的口味的？

这天中午，白晓又来送饭，看到杜月河睡着了，就搬了椅子坐在床边看他，和一年前相比，他瘦了一些，面部轮廓更加分明，好像还白了一点，头发也短了一点，脸上明明是越看越年轻的，平时的状态却分明那么成熟的样子，虽然在医院的平时和他日常的平时应该有点不一样，而且话也不多（明明是没有人来跟着他说话好不好），现在睡了又平添一丝无害的呆萌。眼前的这个人就是自己心心念念了一整年的人，也是努力想要忘记的人，确定当时的真相之后，又是立马缴械投降把心又交给了他的人，白晓看着他的睡颜，忍不住地伸手去摸摸他的脸，摸摸他的鼻子，摸摸他的眼睛，摸摸他的眉毛，顺势往上还摸了摸他的头发，摘下口罩又忍不住凑上去吻了吻他的额头。然后视线就对上了他睁开的眼睛。

"你……"杜月河睡得迷迷糊糊感觉有人在碰自己，摸摸这儿摸摸那儿的，像个小猫在蹭他一样，睁开眼睛想看一看什么情况，就感觉额头被什么东西碰了一下，就看到了这个可能是爱上自己的小护士。

"晓晓！"杜月河简直不敢相信自己的眼睛，本来以为只是一个爱慕自己的小护士呢，居然是自己魂牵梦绕了一年的晓晓，他一把抓住她的胳膊，难以置信道，"真的是你！晓晓！你回来了！我好想你！"说着就用力把她按进自己怀里。

白晓努力想要挣脱开，但又碍于他的伤不敢太大幅度挣扎。

说什么也不会再放开她了，受伤的这些天，家人朋友一个人都奇怪地不来看自己，他一点也得不到晓晓的消息，连与查房的护士医生借个电话打一下都不行，而且他想一只腿蹦出去打下公用电话，刚开门就被人拦着请回床上去了，简单一想，肯定是妈妈在这个医院有点关系，所以离开的时候稍微打点了一下，防止他和秘书取得联系从而带着伤飞到云南去。妈妈真狠……这什么都没有的生活几乎就要让他崩溃了，就像坐牢一样，每天醒了就是等吃饭，吃了饭就等困了睡觉，无聊的生活只能看看电视，翻翻书，然后每天晚间天气预报的时候看一下云南大理的天气，假想一下白晓正在做什么。

"你先放开我，我这样子不舒服。"白晓希望杜月河听到自己被他抱得太紧了不舒服而可以稍微放开她一下。

"不放不放，我一松手你可能就跑了。"杜月河才不傻，说什么都不放，他现在伤残状态，怎么可能追得上去？

"我不跑，你看我天天都来看你，天天给你做饭送来，我保证不跑。"白晓动之以情的。

杜月河一想，的确是一天跑来两三趟，又惊道："原来饭是你做的?！我就说怎么那么好吃！"

"别夸好吃了，你先松开我，我给你勒得要断气了。"白晓晓之以理。

杜月河抓住白晓的手，好让她不跑掉，然后才慢慢松开怀抱。

"你看，我真的不会跑掉的。"看到杜月河十分紧张自己的模样，他对自己的感情一年了也没变。

"可以把我的包给我递过来一下吗？"杜月河指指白晓身后的桌子上的黑色皮包，但是仍然不肯松手。

白晓无奈地叹了口气，杜月河是给自己弄得神经紧张了吧，然后侧着身子用另一只没有被抓着的手够到了包递过来。杜月河接过来就在里面翻，翻到一个小盒子就打开，取出一枚戒指就套到他抓住的那只无名指上，然后才松开了，给白晓一个笑容："这下我放心了。"

白晓一看，正是当日离开时留下的订婚戒指。这是杜月河准备去云南时带上的，装在随身带的单肩皮包里，白术送他来医院的时候，把大行李箱替他搬回家了，这个包随身带来医院。

眼睛有点热，想起了当日他给自己求婚时的场景，这是那枚"拂晓之月"，是杜月河自己设计定制的。

"原谅我吧。"杜月河柔声道。

"嗯，是我误会你了。"白晓说。

"那嫁给我好不好?"杜月河投来期待又自信的目光。

白晓扑进杜月河怀里，哽咽着说:"好。"

"啊——"杜月河惊叫一声。

"怎么了?"白晓紧张问。

"你压到我的腿了……你看，石膏都碎了……"

"我是有多重才能把这石膏给压碎了?!"白晓惊呼，"一定是医院偷工减料以次充好来蒙你这种人傻钱多的冤大头的!"

"我没说你重……而且我以为你更应该关心的不是你的体重或者是石膏坚不坚强，而是我的腿……"杜月河如是说，然后脸色发白地按下了病床呼叫器。

第四十二章

万事先领证

因为白晓太激动而压到了杜月河的腿，所以伤情加重了一些，重新打上了石膏。

因为上次订婚之后他们之间出现点问题，直接导致白晓离家出走，虽说杜月河对自己的魅力有那么一点信心，但是白晓出去散心，五湖四海什么人都会碰见，万一碰到一个战遍武林无敌手的情场高手，白晓移情别恋了怎么办？

这些担心的诱因都是因为他们当年傻乎乎地办了隆重得跟婚礼一样的订婚典礼！订婚典礼有个毛用啊！

"我不能一瘸一拐地进礼堂啊，多有损我的光辉形象，但是我又特别特别想把你马上娶回家，晓晓你说怎么办？"

"那就在病房里简单地一拜天地夫妻对拜一下就结为夫妻了？"

"……诚然你说的这个也不是不可以，但是我的腿想要做到这个就要再打一次石膏了，还有啊晓晓，我们现代文明社会是一个法治社会，一切人民的权益都建立在法治基础之上。"杜月河循循善诱。

"说人话，不要让我猜……"白晓怒道。

"先领证。"杜月河扯那一连串就是为了让白晓自己悟出这个道理来。想他自己，如果之前求婚之后立马领了证结了婚，估计墨菲那时候也不会再抱有希望，而且，就算晓晓出去跟哪个男人好上了，他死皮赖脸地死活不肯离婚，那晓晓早晚还是自己的。想远了，所以最重要的事就是先、领、证！

"你先把伤养好腿能走路了再说。"

"不要嘛。"杜月河撒娇。

"我不想嫁给一个瘸子。"

"我不是瘸子，我只是暂时扮演了一个瘸子。"

"万一被别人误会你是，我多丢脸。他们会说：'这个小姑娘看起来还不错，怎么找了个有残疾的对象啊？'"

"怎么会？！他们一定会说你哪里捡来个这么个帅得天理不容是上天让他受受苦所以才骨折了一下的高富帅！"

"不管你怎么说，你腿好了再说。"

"你还要不要嫁给我了？我这个可怜的男人，躺在这病床上，没有安全感，腿也不好，你要是跑了我也追不上，而且你还有前科，前科情节还颇为严重，我这个可怜的男人一整年都找不到你，你也不给我打个电话问候一下——"

"杜月河你现在怎么这么婆婆妈妈！！！你要不要我问候你全家！！！"

"……"咬手帕泪奔 ing。

任凭杜月河怎么撒泼耍赖招摇撞骗，一哭二闹三上吊的，白晓都不为所动坚持他伤好了再谈。

在妈妈抛弃自己一个月之后，似乎是终于想起来还有杜月河这么个儿子。杜妈妈走进病房，本以为会看见白晓，但是白晓今天去找陈蜀笑了，没在。

"月余不见，月河你看起来还不错的样子嘛。"杜妈妈往床边一坐，伸手摸了摸他打石膏的腿。

"梦妍女士，月余不见，我想通了一件困扰我无数个日夜的事。"

杜妈妈好奇，问道："什么事？"

"我肯定不是你亲生的。"杜月河一本正经道。

"啊？何以见得呢？"杜妈妈轻笑出声，真没想到儿子会这么说，虽然她的确晾了他一个月。不过她也是用心良苦，和白术、蜀笑都是通好了气，凭借对月河、晓晓两个孩子的了解，于是让月河孤立无援，白晓就会挺身而出了，这不，知道他们和好之后又晾了很多天，现在已经腻得跟化了的糖一样了。

本来杜月河是想列数一下开始住院的那几天，像坐牢一样的苦闷生活，而那生活就是拜娘亲所赐，但其实用脑袋一想，所有人都不来看他，其中就必然有猫腻，不说那些不知道他受伤的朋友，单单白术和小姨子他们那么唯恐天下不乱的人都能坐怀天下完全不乱，肯定是有个力量能 hold 住他们，而且白晓能从云南自己跑回来找他，开始还穿着这家医院小护士的衣服跑进来，以及医院莫名其妙多出来一个小护士来竟还没有人举报，估计也是动一动小手腕就搞定的，白晓说她去求过护士长，但护士长没有个手腕撑着，也不敢随便就应诺什么事的，这个"力量"以及这个"小手腕"必然就是他亲娘了，虽然最应该感谢的人就是她，但是他知道妈妈现在就是想听他自述悲惨史，听他说自己到底有多惨，一点不想顺她的意，感觉自己是被圈养的小山羊一样被小绳儿系着，拉到这儿拉到那儿的，没办法，智商来自娘亲啊。于是话一转，说了一个他急需解决的问题："因为你能轻松搞定老头子，而我基本搞不定晓晓。"

"因为你在这一点上面遗传你爸。"

"我能背地里悄悄告诉老爸吗？"杜月河天真地问。

"你直接去告诉他也可以啊，因为我能轻松搞定他。"杜妈妈不以为然，"你现在是想怎么搞定晓晓，不是都戴上你求婚的戒指了？你还怕跑了？"

"又不是没戴上过，又不是没跑过。不安心，万事想先领证。"

"你什么时候变成这么不淡定的着急性格啦？"

"谁让你们以前给我们办的订婚，订到现在还没结。一步到位多好，说不定你们都抱孙子了。"

"那不是为了让你们循序渐进嘛，本来就让你们相亲认识，进展已经够快的了，谁知道你在外面有莺莺燕燕啊。"

往事不想提，杜月河问："那现在怎么办？"

"你就没有问过为什么她不肯现在领证？"

"问过……她说不想嫁给瘸子，让我先把伤养好……"如果是一般人这么说，杜月河不会相信，但是白晓这么说，他觉得有那么一点可能，但应该不是真相。

"我劝你还是别着急，好好哄哄她，不然你逼急了她说不定很烦你，烦着烦着就不再让你烦，你就 over 了。"杜妈妈顽皮地做了个咔嚓砍头的动作。

"别吓我，我现在胆子只有针眼那么大，神经也脆弱——"

"你好好玩，妈妈回去了。"完全不想理眯叽叽歪歪的儿子，直接不理，走人。

然后，大慈大悲地归还了杜月河的早已不需要用的手机……

陈蜀笑和白术早就准备结婚了，双方父母都把嫁妆聘礼的数额全部算清，只待两小儿手拉着手走进小教堂里面去。他们本人也是后悔得要死，怎么就偏要做白晓他们这一对的伴娘伴郎呢？怎么就非要为了感激他们的牵线搭桥之恩而先把他们俩送进婚姻的坟墓呢？谁能想到订了婚还同居的两个人都几乎要散了，其中一个还不见了一年，直接导致他们的婚期被大幅度推迟。

彼刻，白晓对面坐着陈蜀笑，眼神里颇有不满地瞪着自己看，白晓现在脾气可淡定了，淡定地喝着果汁吃着饼干，以前被陈女侠如此盯着，就算皮不抖，皮上的寒毛梢子也要抖两抖的，这都是高冷的龙少爷的功劳啊。忽然想到龙少爷，心里还有那么一点点想念。

"你为什么不同意跟杜先生领证？"陈女侠终于发话了。

"我没有不同意啊。"白晓继续吃吃喝喝的，"我不是说了等他伤好就去嘛。"

"你们现在领还不是一样?!"

"才不一样嘞。"

"不管一样不一样，你们俩的婚姻已经直接影响到了我和白术的婚姻！"

"难道是白术看上我们家杜先生啦？或者是你看上我了？"之前因为担心杜月河的伤势，让陈蜀笑给唬得一愣一愣的，这回怎么也要在气势上面扳回来一成啊。

"一年不见，功力渐长啊！"

"我来不是跟你博弈婚期的，你们俩也是，非要做我们的伴娘伴郎之后再结婚，你们先领证后办酒不可以吗？而且我们订婚的时候你们不是做过了吗？"

"你那场失败的订婚不要提了。"

"除了你们两个自告奋勇的伴娘伴郎永远不知道跑到哪里去了，也的确没有什么其他失败的事了。"

"晓晓……你到底是跟谁学的，嘴巴现在都要比我毒了。"陈蜀笑败下阵来。

"10 月 22 日，我这天去领。"简洁明了，不拖泥带水，说完也吃完最后一块曲奇，擦擦嘴拍拍屁股走人。

哇哦，太爽了这感觉，再次感谢龙少爷的高冷对自己的熏陶。但是一想到自己刚回来那个时候，又觉得实在是太窝囊了……不忍回首。和陈蜀笑的生活方式就是不停地甜蜜得很、又互相挖苦打压，这样下去会不会得分裂症？不管，反正就算有也有这丫陪着自己嘛。

三个月之后，杜月河石膏早已拆了，腿骨也长好不瘸了，然后在一个秋高气爽的日子里也就是 10 月 22 日，白晓终于和杜月河把证给领了。

"晓晓，为什么你一直到现在才肯跟我领证啊？和之前区别很大吗？"从民政局刚出来，杜月河问道，他觉得既然都已经光荣地成为了一对合法夫妻，应该可以挖到真相了。

"因为可以让我们的结婚纪念日在你生日前两天啊。"

"这有什么特别的意义吗？"难道是因为很重视自己的生日？！他自己都不太在意自己的生日，有时候还会忘记……

"因为这样每年你生日礼物的好坏就可以取决于你在结婚纪念日那天让我

过得怎么样啊。"白晓举着红红的小本儿仔细端详。

"啊？你这是谁教的啊？"这么有心机的事，怎么都感觉不像是白晓自己想出来的。

"妈妈教的。"

"我对岳母那么好她为什么要这么对我呀呜呜呜……"

白晓看了杜月河一眼，上去抱抱他，拍拍他的背，摸摸他的头，以示安慰，然后告诉他："是你妈妈教我这么做的。"

"……"

首先，感觉整个人都不好了。其次，自己一定不是梦妍女士亲生的。再次，绝对不用担心晓晓和梦妍女士的婆媳关系。杜月河的脑袋里闪过好多念头，最后可以肯定的是，他们婚后的生活不会太平……

（完）